이민자들

Die Ausgewanderten

DIE AUSGEWANDERTEN

by W. G. Sebald

이민자들

W. G. 제발트 소설

이재영 옮김

창비

차례

일러두기

1. 이 책은 W. G. Sebald, *Die Ausgewanderten*(Eichborn 2006)을 번역 저본으로 삼았다.
2. 본문보다 작은 괄호 안 내용은 모두 옮긴이주이다.
3. 원서에서 이탤릭체로 강조한 부분은 고딕체로 옮겼다.
4. 외국어는 되도록 현지 발음에 가깝게 표기하되, 우리말로 굳어진 것은 관용을 따랐다.

헨리 쎌윈 박사

기억은 최후의 것마저
파괴하지 않는가

1970년 9월 말, 영국 동부에 있는 노리치(노퍽주의 주도로 대학
도시다. 제발트는 1970년부터 이 도시의 이스트앵글리아 대학에서 교편을

잡았다)의 새 일자리에서 근무를 시작하기 직전에 나는 살 집을 찾느라 클라라와 함께 힝엄으로 갔다. 들판을 가로지르고, 덤불숲을 지나치고, 드넓게 가지가 뻗은 떡갈나무 아래를 통과하고, 드문드문 보이는 몇몇 촌락들을 거치며 25킬로미터가량 도로를 달리니 마침내 힝엄이 나타났다. 특이한 박공지붕과 교회탑, 나무 우듬지 들이 모두 고만고만하게 나지막했다. 묵묵히 서 있는 건물들로 둘러싸인 넓은 장터는 텅 비어 있었지만, 부동산 중개업소에서 일러준 집을 찾기는 그리 어렵지 않았다. 근방에서 가장 큰 축에 속했던 그 집은 교회 근처였는데, 스코틀랜드 소나무와 주목(朱木) 들이 늘어선 잔디묘지가 교회를 에워싸고 있었다. 조용한 길가에 자리잡은 그 집은 촘촘히 엉켜 있는 딱총나무 무리와 루시타니아 월계수들, 그리고 사람 키 높이의 담장 뒤에 숨어 있었다. 우리는 약간 내리막길인 널찍한 진입로를 걸어내려가 작은 조약돌들이 고르게 깔린 앞마당을 지나갔다. 오른쪽의 외양간과 헛간 뒤로는 청명한 가을하늘을 배경으로 너도밤나무들이 높이 솟아 있었고, 나뭇잎들이 이따금 살랑거렸다. 나뭇가지 여기저기에 까마귀들이 틀어놓은 둥지가 보였지만, 이른 오후여서인지 새들은 없었다. 고전주의 양식으로 널찍하게 지어진 집의 전면은 온통 포도넝쿨로 뒤덮여 있었고, 현관문은 검게 칠해져 있었다. 놋쇠로 만든 구부러진 물고기 모양의 고리를 잡고 여러번 문을 두드렸지만, 집 안에서는 아무런 인기척도 없었다. 우리는 살짝 뒤로 물러섰다. 열두칸으로 틀이 짜인 창문의 유리는 모두 안이 들여다보이지 않는 거울용 유리 같았다. 사람이 사는 기척이 느껴지지 않는 집이었다. 샤랑뜨(프랑스 서부의 행정구역)에서 본 적이 있는 시골저택이 떠올랐다. 앙굴렘(샤랑뜨주의 주도)에 머물 때 찾아갔던 그 저택은 어떤 정신나간 형제가 지은 것이었다. 그중 한명은 국회의원이었고, 다른 한명은 건축가였는데, 이들은 수십년 동안 계획하고 설계한 끝에 저택의 전면을 베르사유궁전처럼 꾸며놓았다. 전혀 쓸모없는 장식에 지나지 않았지만, 그래도 멀리서 보면 외양이 아주 인상적이었다. 그 저택의 창문도 바로 우리 앞에 서 있는 집의 창문처럼 불투명한 빛깔로 번쩍거렸다. 그런 상황이면 으레 나오는 버릇대로 우리는 잠시 눈길을 마주치면서 정원이라도 한번 보고 가자고 서로를 부추겼다. 그렇게 하지 않았더라면 우리는 그냥 그 집을 떠나고 말았을 것이다. 우리는 조심스럽게 집 뒤쪽으로 걸어갔다. 집의 북쪽 지붕은 녹색 이끼로 덮여 있었고, 얼룩진 담쟁이덩굴이 군데군데 벽을 가리고 있었다. 이끼로 뒤덮인 길을 따라 하인용 출입구와 장작이 쌓여 있는 창고 곁을 지나고, 다시 그 뒤의 짙은 그늘을 통과하니 석조난간으로 둘러싸인, 극장무대를 연상시키는 넓은 테라스가 나타났다. 그 아래로는 화단과 길게 늘어선 덤불과 나무로 에워싸인 사각형의 널찍한 잔디밭이 보였고, 잔디밭 너머 서쪽으로는 탁 트인 경치가 펼쳐져 있었다. 보리수, 느릅나무, 상록떡갈나무 등이 드문드문 서 있는 공원이었다. 공원 너머로는 농지들이 완만한 굴곡을 그리며 뻗어 있었고, 지평선 위에는 구름들이 하얀 산맥을 이루며 떠 있었다. 우리는 오르막과 내리막이 끝없이 이어지며 보는 이의 눈을 먼 곳으로 이끄는 그 경치를 오랫동안 말없이 바라보았다. 우리 둘 말고는 아무도 없는 줄 알고 그렇게 서 있다가, 높이 뻗은 백양목이 정원의 남서쪽에 넓게 드리운 그늘 아래 어떤 사람이 미동도 없이 가만히 엎드려 있는 것을 알게 되었다. 늙은 남자였는데, 구부린 팔에 머리를 괴고 바로 눈앞에 있는 한치의 땅만 넋을 잃고 쳐다보고 있었다. 우리는 그에게로 다가갔다. 잔디가 푹신하여 놀랍도록 걷기가 편했다. 우리가 코앞까지 다가가도록 아무것도 모르던 그는 이윽고 우리를 알아차리고 어색한 몸짓을 하며 일어섰다. 키도 크고 어깨도 넓었지만, 왠지 좀 땅딸막해 보이는 사람이었다. 키가 큰 그가 그렇게 보이는 이유를 우리는 오래지 않아 깨닫게 되었다. 금테를 두른 납작한 독서안경을 잠시도 벗지 않던 그는 다른 곳을 볼 때면 항상 고개를 수그리고 안경 너머로 치켜보는 버릇이 있었다. 그 때문에 그는 무언가 간청하듯이 몸을 굽힌 자세를 취하기 일쑤였다. 흰 머리카락은 뒤로 빗어넘겼지만, 항상 몇가닥 정도는 넓은 이마 위로 흘러내렸다. 풀잎을 세느라 정신이 없었네요(I was counting the blades of grass)라며 그는 우리를 알아채지 못한 것에 대해 해명했다. 일종의 취미 같은 것인데, 괜히 정신만 사나워지는 것 같습니다(It's a sort of pastime of mine. Rather irritating, I am afraid). 그는 이마 위로 흘러내린 머리카락 한가닥을 뒤로 쓸어넘겼다.

그의 동작들은 뻣뻣했지만 완벽한 격식을 갖추고 있었다. 그가 자신을 헨리 쐴윈 박사라고 소개하는 방식도 이미 오래전부터 볼 수 없었던 구식 예절을 따르고 있었다. 틀림없이 집을 보러 오신 거겠지요,라고 그는 덧붙였다. 그가 아는 바로는 아직 집이 나가지는 않았지만, 어쨌든 자신의 부인이 돌아올 때까지 기다려야 할 거라고 했다. 아내가 집주인이고, 자신은 그저 정원에 기거하는, 일종의 장식용 은둔자(a kind of ornamental hermit)일 뿐이라는 것이었다. 이렇게 첫마디를 나눈 뒤에 우리는 공원과 집의 정원을 분리하는 철망을 따라 걸으며 이야기를 이어가다가 잠시 걸음을 멈추었다. 육중한 백마 세필이 오리나무들을 지나 빠르게 우리 쪽으로 달려왔다. 콧김을 내뿜으며 온몸에서 김을 발산하는 말들은 무언가를 기대하듯이 우리 앞에 정렬했다. 쐴윈 박사는 바지주머니에서 먹이를 꺼내주면서 말들의 콧등을 쓰다듬었다. 이놈들은 내게서 연금을 지급받고 있지요,라고 그가 말했다. 작년에 말 경매장에서 몇파운드를 주고 이놈들을 샀는데, 내가 사지 않았더라면 박피공장으로 끌려가고 말았을 겁니다. 허셜, 험프리, 히폴리투스라고 부르지요. 전에는 어떻게 살던 놈들인지 전혀 모르지만, 어쨌든 내가 이놈들을 샀을 땐 형편없는 상태였습니다. 털 속에는 진드기가 득실거렸고, 눈빛도 흐릿한데다, 허구한 날 축축한 들판에 서 있었는지 발굽도 많이 해져 있었지요. 이제는 그런대로 회복되었으니, 앞으로 몇년쯤은 편하게 지내다 갈 수 있을 겁니다. 그는 자신에게 대놓고 친근감을 표시하는 말들을 돌려보내고 나서, 우리와 함께 정원을 구석구석 둘러보았다. 가끔 걸음을 멈추고 자신이 화제로 삼은 것에 대해 좀더 자세한 설명을 덧붙이기도 했다. 잔디밭 남쪽 가장자리의 덤불 사이에는 통로가 하나 나 있었는데, 그 뒤로 개암나무가 늘어선 길이 있었다. 우리 머리 위에서 서로 이어져 지붕을 만들고 있는 양쪽 길가의 나뭇가지들 사이로 회색 다람쥐들이 돌아다녔다. 땅바닥은 갈라진 개암들로 촘촘히 뒤덮여 있었고, 수백송이의 콜키쿰(백합과의 여러해살이풀)이 바스락거리는 마른 나뭇잎들 사이로 드문드문 스며드는 햇빛을 빨아들이고 있었다. 개암나무 길은 테니스장이 있는 곳에서 끝났다. 테니스장 옆은 흰색 벽돌담으로 막혀 있었다. 한창 테니스에 빠졌던 적이 있었지요(Tennis used to be my great passion)라고 쎌윈 박사는 말했다. 하지만 여기

다른 곳들도 대개 그렇듯이 이젠 테니스장도 황폐해졌습니다(But now the court has fallen into disrepair, like so much else around here). 그는 상당히 파손된 빅토리아 양식의 온실과 멋대로 자라난 나무울타리를 가리키면서 말을 이었다. 몇년 동안 돌보지 않았더니 채마밭은 말할 것도 없고 우리가 부담을 너무 많이 줬던 자연도 그냥 저렇게 방치해두었더니 신음 소리를 내며 점점 함몰되는 중입니다. 그는 처음에는 많은 식솔들이 먹을 음식을 소출할 목적으로 이 정원을 가꾸기 시작했으며, 한때는 노련한 기술로 재배한 과일과 야채를 일년 내내 수확할 수 있었다고 했다. 요즘은 거의 관리를 해주지 못하는데도 쎌윈 박사 자신이 먹을 것쯤은 거뜬히 채우고도 남을 만큼 여전히 소출이 넉넉하다는 것이 그의 설명이었다. 하긴 그가 먹는 양도 점점 줄어들고 있는 형편이었다. 한때는 모범

적으로 관리되던 정원이 황폐해져서 좋은 점도 있다고 쎌윈 박사가 말했다. 야생을 되찾은 정원에서 저절로 자라나는 것이나 자신이 여기저기 대충 씨를 뿌리고 심어놓은 것이 빼어난 맛을 낸다는 것이었다. 우리는 어깨 높이까지 왕성하게 자란 아스파라거스들이 모여 있는 채소밭과 줄지어선 커다란 아티초크 덤불 사이를 지나 사과나무들이 옹기종기 모여 있는 곳까지 걸어갔다. 사과나무에는 주황색 열매들이 수없이 달려 있었다. 실로 내가 그때까지 맛본 그 어떤 사과보다 맛이 좋았는데, 쎌윈 박사는 사과 여남은 개를 대황잎으로 싸서 클라라에게 선물했다. 그러면서 그 사과 종은 뷰티 오브 바스(바스는 영국 남서부의 도시)라는 이름을 갖고 있는데, 아주 그럴싸한 이름이라고 덧붙였다.

쎌윈 박사와의 첫 만남 이틀 뒤에 우리는 프라이어스 게이트(수도원장의 문)라고 불리는 그 집에 입주했다. 전날 저녁 쎌윈 부인은 우리에게 곁채의 이층에 있는 방을 보여주었다. 가구들은 좀 별스러웠지만, 그것만 빼면 아주 훌륭하고 큰 방이었다. 그 방에서 앞으로 몇달간 지낼 생각을 하니 우리는 금세 기분이 좋아졌다. 커다란 창문을 통해 정원과 공원, 하늘 위에 수평으로 길게 펼쳐진 구름이 한눈에 들어왔는데, 이런 전망은 삭막한 실내장식을 보상해주고도 남을 만큼 멋졌으니 말이다. 눈길을 그저 창 쪽으로 돌리기만 해도 등 뒤의 모든 것을 순식간에 잊을 수 있었다. 옛 독일식이라는 말 말고는 달리 표현할 길이 없는, 몸체만 크고 볼썽사나운 찬장이 사라졌고, 부엌 벽을 뒤덮고 있는 회색 칠도 녹아 흘어졌으며, 전혀 위험하지 않다고는 할 수 없는 청록색의 가스냉장고도 기적처럼 자취를 감췄다. 스위스 빌에서 공장주의 딸로 태어난 헤디 쎌윈은 우리가 즉각 알아보았듯이 사업수완이 매우 뛰어난 여자였다. 그녀는 우리 취향에 맞게 셋집을 약간 고치는 것을 허락했다. 주철 기둥 위에 따로 증축해놓은 욕실로 가기 위해서는 좁은 판자 다리를 건너야만 했는데, 우리가 이 욕실 내부를 흰색으로 칠했을 때는 바뀐 욕실을 검사하러 그녀가 일부러 올라오기까지 했다. 달라진 욕실이 그녀 눈에는 기이하게 보였는지 아리송한 평을 내놓기도 했다. 전에는 항상 낡은 온실처럼 보이던 욕실이 이제는 새로 만든 비둘기집처럼 보인다는 그녀의 평은 우리의 생활방식에 대한 지독한 혹평으로 들렸기에 지금까지도 또렷이 기억하고 있다. 그리고 여전히 나는 그런 생활방식을 조금도 바꾸지 못했다. 하지만 지금 이에 대해 말할 자리는 아니므로, 원래 이야기를 이어가자. 우리 셋집으로 올라가기 위해서는 욕실로 이어진 판자 다리를 뒷마당과 연결해주는 철제계단 — 우리는 이것도 흰색으로 칠했다 — 을 이용하거나, 일층 뒤쪽의 이중문과 널찍한 복도를 지나가야 했다. 이 복도벽의 천장 바로 아래에는 여러가지 모양의 하인 호출용 종과 줄이 복잡하게 설치되어 있었다. 복도를 지나가다 보면 칙칙한 부엌 안쪽이 보이는데, 거기서는 나이를 짐작하기 힘든 여자가 하루 종일 싱크대 앞에서 일하고 있었다. 아일린이라는 이름의 그 여자는 정신병원의 병자처럼 목 위쪽으로 짧게 자른 머리를 하고 있었다. 표정이나 행동을 보면 정신이 좀 이상한 것 같았고, 입술이 항상 젖어 있었다. 그녀는 발목까지 닿는 기다란 회색 앞치마를 벗는 일이 없었다. 나도 클라라도 아일린이 무슨 일을 그렇게 시도 때도 없이 하는지는 알 수 없었다. 우리가 알기로 그녀가 준비해야 하는 식사라고는 하루에 딱 한번뿐이었으니 말이다. 이 식사에 대해서는 뒤에서 이야기하겠다. 복도 반대편에는 문이 하나 있었는데, 문턱이 돌바닥에서 약 30센티미터 높이로 치솟아 있었다. 이 문을 지나가면 어두컴컴한 계단이 나오는데, 여기로부터 이중벽 뒤에 숨어 있는 복도들이 각 층으로 뻗어나가고 있었다. 이 복도들은 석탄을 담은 양동이나 나무광주리, 청소도구, 침대시트, 차를 올려놓은 쟁반 따위를 들고 쉴 새 없이 오가는 하인들이 주인가족들과 자주 부딪치는 것을 막기 위해 만들어놓은 것이었다. 자기가 살고 있는 방의 벽 뒤에서 항상 하인들이 그림자를 드리우며 획획 지나다닌다는 것을 알면서도 태연할 수 있었던 사람들의 머릿속은 도대체 어땠을지 나는 자주 상상해보곤 했다. 얼마 안되는 돈이나마 벌어보겠다고 하루가 다르게 쌓여만 가는 일들을 쉴 새 없이 해대는 유령 같은 사람들을 좀 무서워하지는 않았을까. 우리가 기거할 방 자체는 아주 훌륭했지만, 방으로 올라가려면 보통 집 뒤쪽의 이 계단을 이용해야 했다. 이 점도 썩 마음에 들지는 않았다. 계단의 첫번째 층계참에는 아일린이 쓰는 작은 방으로 들어가는 문이 있었는데, 이

문은 항상 닫혀 있었다. 딱 한번 나는 그 방 안을 들여다볼 수 있었다. 대부분 모자가 덮어씌워진, 꼼꼼히 치장된 인형들이 그 작은 공간 곳곳에 수없이 서 있거나 앉아 있었다. 심지어 아일린이 자는 침대 위에도 놓여 있었다. 밤새도록 나지막이 흥얼거리며 인형들을 가지고 놀 것 같던 그녀가 그 침대에서 자기는 했는지 모르겠다. 일요일이나 휴일이면 아일린은 때때로 구세군 제복을 입고 집을 나섰다. 그런 날은 대개 한 어린 소녀가 그녀를 데리러 왔다. 소녀는 아일린의 손을 꼭 잡고 그녀 곁에서 걸었다. 우리가 아일린에게 적응하기까지는 적지 않은 시간이 걸렸다. 별안간 그녀가 괴상하게 낄낄거리며 크게 웃는 소리가 부엌에서 이층까지 들려올 때면 등골이 오싹했다. 그 큰 집에 줄곧 거주하는 사람이 우리 말고는 아일린뿐이라는 점도 편치 않았다. 쎌윈 부인은 여행을 하느라 몇주 동안 집을 비우기 일쑤였고, 여행하지 않을 때에도 시내와 근교에 있는 여러 셋집들을 관리하느라 대개 집에 없었다. 쎌윈 박사는 날씨가 허락하는 한 바깥에서 지냈고, 정원의 한 구석에 화석(火石)으로 담을 쌓은 자그마한 별채에 틀어박혀 나오지 않을 때도 많았다. 그는 최소한의 생필품들만 비치해놓은 이 별채를 사치스럽고 쓸모없는 건물이라는 뜻으로 폴리(영국의 시골저택 정원에 실용적 용도 없이 화려하게 지어놓던 장식용 별채)라고 불렀다. 그 집에 입주한 지 몇주 지나지 않은 어느 날 아침, 나는 집의 서쪽 면에 있는 그의 방들 가운데 한 방의 창문이 내려져 있고, 쎌윈 박사가 그 창가에 서 있는 것을 보

게 되었다. 그는 안경을 쓰고 커다란 체크무늬의 스코틀랜드 풍 잠옷과 하얀 비단 스카프를 걸치고 있었는데, 엄청나게 긴 총열이 두개 달린 장총을 들고 하늘을 향해 한발 쏘려는 참이었다. 내게는 거의 영겁처럼 느껴진 긴 시간이 흐른 뒤, 이윽고 총이 발사되자 총성이 온 천지를 진동시켰다. 나중에 쎌윈 박사는 큰 들짐승 사냥용으로 제작된 총이 여전히 작동하는지 시험해보려던 것이라고 설명했다. 그는 오래전 청년시절에 ㄱ 총을 구입했는데, 그가 기억히기로 힌두빈 분해해서 정비한 것 말고는 수십년 동안 한번도 사용하지 않은 채 드

레스룸에 처박아두기만 했다는 것이었다. 외과의사로 처음 얻은 일자리에 부임하기 위해 인도에 가야 했을 때 그 총을 샀고, 당시 인도로 가는 사람들은 장총을 꼭 챙겨야 할 장비로 여겼다는 설명이었다. 하지만 실제로 그 총을 들고 사냥에 나선 것은 딱 한번이었고, 그때마저도 총을 쏴볼 기회를 놓쳐버렸다고 했다. 그런데 그날 문득 소총이 아직도 작동하는지 한번 실험해보고 싶어졌는데, 쏘아보니 발사할 때의 반동만으로도 사람이 죽을 수 있을 것 같더라는 것이었다.

그런 예외적인 경우를 제외하고는, 앞서 말했듯이 쎌윈 박사는 집 안에 있을 때가 거의 없었다. 그는 자신의 은신처에 틀어박혀 생각에만 골몰했다. 그가 가끔 썼던 표현을 빌리면, 그런 생각들은 날이 갈수록 모호해지면서도 한편으로는 더 별스럽고 더 정밀해졌다고 한다. 우리가 그 집에 머물렀던 기간 내내 그가 손님을 맞았던 것은 딱 한번뿐이었다. 4월 말즈음으로 기억하는데, 쎌윈 부인은 스위스에 가 있었다. 어느날 아침 쎌윈 박사가 올라와 말하기를, 오래전부터 여러가지 일로 가깝게 지내게 된 친구를 저녁식사에 초대했는데, 괜찮으면 우리도 저녁식사를 같이하며 **조촐한 자리**를 빛내준다면 참으로 기쁘겠다는 것이었다. 저녁 8시쯤 아래층에 내려가보니 4인용 소파와 몇개의 육중한 안락의자가 놓여 있는 **응접실**의 커다란 벽난로에서 불이 타오르고 있었다. 그 계절에도 저녁만 되면 여전히 몸속을 파고드는 냉기를 막기 위해 불을 땐 것이었다. 벽에는 곳곳에 기다란 거울들이 걸려 있었는데,

군데군데 불투명하게 된 거울들은 일렁거리는 불길을 여러 겹으로 만들어 불안한 영상을 반사하고 있었다. 쎌윈 박사는 팔꿈치 부근에 가죽을 댄 트위드재킷을 입고 넥타이를 매고 있었다. 그는 우리에게 자신의 친구 에드워드 엘리스 씨를 소개했다. 저명한 식물학자이자 곤충학자라고 했다. 언제나 몸을 약간 앞으로 수그리고 있던 쎌윈 박사와는 달리 매우 가냘픈 몸매의 엘리스 씨는 항상 몸을 꼿꼿하게 세우고 있었다. 엘리스 씨 역시 트위드재킷을 걸치고 있었다. 그의 목은 깊은 주름이 많아서 일부 조류나 거북이의 목처럼 아코디언같이 접었다 폈다 할 수 있을 지경이었고, 목을 둘러싼 셔츠의 깃은 너무 헐렁했다. 머리는 너무 작아서 선사시대 유인원이나 퇴화된 인간을 연상시켰지만, 형형한 눈만은 멋진 생동감을 발산하고 있었다. 우리는 우선 내가 하는 일과 다음 몇년간 우리가 계획하고 있는 일들, 그리고 영국에서 우리가 받은 인상에 대해 이야기를 나누었다. 특히 낮고 평평하게 펼쳐져 있는 노퍽주의 인상이 그들의 관심거리였다. 산악지역에서 성장한 우리가 이곳에서 어떤 느낌을 받는지 궁금한 모양이었다. 어스름이 방 안으로 스며들었다. 쎌윈 박사는 자리에서 일어나 다소 엄숙한 태도로 우리를 응접실 바로 옆에 있는 식당으로 안내했다. 서른명쯤은 넉넉히 둘러앉을 만큼 큰 떡갈나무 식탁 위에는 은촛대가 두개 세워져 있었다. 쎌윈 박사와 엘리스 씨의 자리는 식탁의 위쪽 혹은 아래쪽이라 불러야 할 양 끝에, 나와 클라라를 위한 자리는 창문 맞은편에 마련되어 있었다. 이미 집 안은 거의 컴컴했고, 바깥에도 녹음이 푸른 그림자로 깊게 가라앉고 있었다. 하지만 지평선에는 아직 서녘 하늘의 빛이 남아 있었고, 수평으로 길게 늘어선 구름은 밤이 찾아드는 시간임에도 눈처럼 하얗게 솟아 있어 알프스의 드높은 산맥을 연상시켰다. 아일린이 1930년대에 일종의 특허설계로 제작된 음식 운반 및 보온용 밀차를 밀고 들어왔다. 그녀는 여느 때와 다름없이 회색 앞치마를 두르고 말없이 맡은 일을 했다. 고작 몇마디 혼잣말을 웅얼거린 것이 전부였다. 그녀는 촛불을 켜고 식탁 위에 그릇들을 놓더니, 들어올 때와 마찬가지로 아무 말 없이 다시 나가버렸다. 식사를 하면서 우리는 서로에게 그릇을 건네주려고 식탁 주변을 왔다 갔다해야 했다. 전채는 매리네이드(고기나 생선, 오이 등을 담그기 위해 식초와 레몬즙, 향신료 등으로 만든 액체)에 담근 어린 시금치잎을 얹어놓은 녹색 아스파라거스 뿌리 몇개였다. 주요리는 녹인 버터로 버무린 브로콜리와 페퍼민트를 넣고 삶은 햇감자였다. 쎌윈 박사는 낡은 온실의 모래땅에 심어놓은 감자들이 4월 말이면 벌써 호두만큼 자란다고 말했다. 마지막으로 우리는 사탕수수가루를 뿌리고 크림을 두른 대황 꽁뽀뜨(과일을 통째로 설탕에 조린 디저트)를 먹었다. 거의 모든 음식이 야생의 정원에서 캐낸 재료로 만들어진 것이었다. 식탁이 치워지기 전에 엘리스 씨는 스위스 이야기를 꺼냈는데, 쎌윈 박사와 내가 스위스에 대해서는 나눌 이야기가 많으리라고 짐작한 것 같았다. 아니나 다를까, 처음에는 잠시 망설이던 쎌윈 박사가 제1차세계대전 직전 베른에서 보낸 시절에 대해 이야기하기 시작했다. 1913년 여름, 스물한살 나이였던 그는 케임브리지 대학에서 의학 기초과정을 수료하고 난 뒤 의학공부를 계속하기 위해 곧장 베른으로 갔다. 하지만 계획과는 달리 대부분의 시간을 베른 지방의 알프스 고지에서 보냈고, 날이 갈수록 등산의 매력에 깊이 빠져들었다. 특히 마이링엔과 오버아르 (스위스 베른주의 산중턱에 위치한 마을들)에서는 몇주 동안 머무르기도 했는데, 거기서 당시 예순다섯의 등산안내인 요한네스 네겔리를 알게 되었다. 처음부터 네겔리에게 푹 빠진 그는 칭겐슈톡, 쇼이히처호른, 로젠호른, 라우터아르호른, 슈렉호른, 에비히슈네호른 등 수많은 산들을 네겔리와 함께 올랐다. 네겔리와 함께 보낸 그 시절처럼 편안했던 적은 그전에도 그후에도 없었다면서 쎌윈 박사는 이야기를 이어갔다. 이제 와서 그 시절을 되돌아보며 뒤늦게 깨닫는 사실이지만, 전쟁이 터지고 내가 징집되어 영국으로 돌아가야 했을 때 요한네스 네겔리와 작별하는 것만큼 고통스러운 일은 없었지요. 헤디와는 크리스마스 즈음 베른에서 만났고, 전쟁이 끝난 뒤에는 그녀와 결혼까지 하게 되었습니다만, 그녀와의 이별이 차라리 네겔리와 떨어지는 것보다 쉬웠으니까요. 지금도 네겔리가 마이링엔 역에 서서 내게 손을 흔들던 모습이 눈에 선합니다. 하지만 이런 기억은 그저 내가 상상으로 꾸며낸 것인지도 몰라요. 그는 나지막이 혼잣말을 히듯이 이야기를 이어갔다. 헤디는 해가 갈수록 점점 더 낯설게만 느껴졌지만, 네겔리는 그를 떠올릴 때마다 한층 더 친근하게 느껴지곤 했으니까 말입니다. 마이링엔에서 그렇게 헤어진 뒤로는 두번 다시 만난 적이 없었는데도 그랬지요. 네겔리는 전쟁소집령이 내려온 직후에 오버아르휘테에서 오버아르로 가다가 사고를 당해 실종되고 말았습니다. 아레 빙하의 크레바스에 빠져 추락사한 것으로 추정되었지요. 병영에서 군복을 입고서 처음 받은 편지들 중 한통에서 이런 소식을 읽게 되었는데, 그뒤로 나는 심한 우울증에 빠져 의병 제대를 할 뻔했어요. 나 자신이 눈과 얼음 속에 파묻힌 것 같은 기분에서 벗어나지 못했지요.

쎌윈 박사는 잠시 침묵하더니 다시 말을 이었다. 하지만 이제 다 옛날이야기가 되었지요. 그는 엘리스 씨를 보며 말했다. 우리가 마지막으로 크레타섬으로 여행갔을 때 찍은 사진들을 이분들에게 보여드리기로 했지 않소. 우리는 **응접실**로 돌아갔다. 어둠속에서 장작들이 빨간빛을 발산하며 타고 있었다. 쎌윈 박사는 벽난로 보호대 오른쪽에 설치된 줄을 당겨 벨을 울렸다. 마치 문밖에서 신호만 기다리고 있었던 듯 아일린이 즉시 환등기를 실은 작은 수레를 끌고 들어왔다. 벽난로의 장식선반 위에 있던, 한쌍의 목동과 아가씨, 그리고 눈이 사시인 무어인으로 구성된 마이센산(産) 인물상과 커다란 금박시계가 치워졌다. 다시 밖으로 나간 아일린은 목제 틀에 고정시켜놓은 영사막을 가져와서 거울 앞에 세웠다. 환등기가 낮게 윙윙거리며 돌아가자 그때까지는 보이지 않던 방 안의 먼지들이 사진전시회의 서곡처럼 빛살 속을 반짝거리며 날아다녔다. 봄에 떠난 여행이었다. 섬의 풍경이 옅은 녹색의 베일처럼 우리 앞에 펼쳐졌다. 엘리스 씨가 쌍안경과 식물채집상자를 들고 서 있는 모습도 보였고, 쎌윈 박사가 무릎까지 내려오는 반바지를 입고, 어깨에 가방을 메고, 포충망을 들고 있는 모습 등도 보였다. 한 사진은 그스타드(겨울 스포츠와 휴양지로 유명한 베른 알프스의 마을) 위쪽의 산들을 배경으로 찍은 나보꼬프의 사진과 세부까지 거의 똑같았다. 나는 그 며칠 전에 스위스에서 출판된 어떤 잡지에서 그 사진을 발견하고는 오려서 따로 보관해둔 참이었다. 엘리스 씨와 쎌윈 박사가 여행

을 떠났던 것은 기껏해야 십년 전으로 거슬러올라가는 일이
었으니 두 사람은 이미 육십대 후반의 나이였다. 하지만 사
진 속의 두 사람은 놀랍게도 거의 청년들처럼 보였다. 그들은
자신들의 옛 모습을 보면서 어떤 감정의 동요를 느끼는 듯했

다. 섬에서 발견되는 봄의 식생과, 기어다니거나 날아다니는 온갖 동물을 담은 사진들을 보여줄 때는 이런저런 말을 했지만, 자신들이 등장하는 사진이 나타나면 말이 없어졌다. 아무 말도 하고 싶지 않거나 할 수 없는 것 같았다. 그래서 이런 사진들이 영사막 위에서 조용하게 떨고 있는 동안에는 거의 완벽한 정적이 응접실을 뒤덮었다. 하지만 그들이 어떤 감상에 휩싸여서 말을 못했다는 건 순전히 내 생각일 뿐인지도 모른다. 마지막 사진은 북쪽의 산마루 위에서 라시티 고지를 내려다보며 찍은 것이었다. 햇살이 사진기의 렌즈를 향해 몰려오고 있었으므로, 사진을 찍은 시점은 정오 즈음이었으리라 짐작되었다. 남쪽에서 고지 위로 높이 솟아오른 2000미터 높이의 스파티산은 빛의 파도 뒤에 떠 있는 신기루 같았다. 계곡 아래의 광활한 대지에는 감자밭과 야채밭, 과수원, 그밖의 작은 숲들이 늘어서 있었고, 한곳의 묵혀둔 땅에는 풍력펌프에 매달린 수백개의 하얀 날개가 꽉 차 있었다. 이 사진 앞에서도 우리는 오랫동안 아무 말도 하지 않고 앉아 있었다. 얼마나 오랫동안 그렇게 가만히 있었던지, 환등기의 유리가 깨어져 영사막에 검은 선이 나타났다. 유리가 깨어질 만큼 오래도록 쳐다보았던 라시티 고지의 그 장면은 당시 내게 깊은 인상을 주었지만, 그뒤로는 오랫동안 잊고 지냈다. 몇년 후 런던의 어떤 영화관에서 카스파르 하우저(1828년 독일의 뉘른베르크에 나타났던 수수께끼 인물. 바덴 공국의 왕자라는 설이 있었지만 확실치 않으며, 스무살을 갓 넘긴 나이에 살해당했다)가 스승 다우머의 집 앞 채마밭에서 스승과 함께 꿈에 대해 대화를 나누는 장면을 보고서야 비로소 라시티 고지가 다시 떠올랐다. 그 장면에서 카스파르는 처음으로 꿈과 현실을 구별해내어 스승을 기쁘게 해주었다. 그는 이런 말로 이야기를 시작했다. 예, 꿈을 꾸었어요. 깝까스산맥에 대한 꿈이었어요. 여기서 카메라는 오른쪽에서 왼쪽으로 큰 원을 그리면서 돌고, 산맥들로 둘러싸인, 인도의 풍경을 강하게 연상시키는 고원의 파노라마가 펼쳐진다. 전면이 기이한 삼각형으로 만들어진 힌두교식의 탑 혹은 사원 건물들이 푸른 덤불숲과 삼림 들 사이로 솟아 있다. 영상 전체를 뒤덮는 약동하는 빛 속에 떠 있던 그 박편들을 볼 때마다 나는 라시티의 풍력펌프에 달려 있던 날개들을 떠올렸다. 물론 나는 그 날개들을 실제로 본 적은 한번도 없었다.

1971년 5월 중순 우리는 그 집에서 이사 나왔다. 어느날 오후에 클라라가 갑자기 집을 한채 샀기 때문이었다. 처음에는 광활한 전경이 사라져버린 것이 못내 아쉬웠는데, 새집의 창밖으로 보이는 두그루의 버드나무가 그나마 위안이 되었다. 녹회색 나뭇가지들은 바람이 없는 날에도 쉬지 않고 흔들렸다. 버드나무들은 집에서 15미터도 떨어지지 않은 곳에 서 있었는데, 지척에서 나뭇잎들이 흩날리는 모습을 보고 있노라면 때로 나 자신까지 그렇게 움직이는 듯한 착각이 들었다. 쎌윈 박사는 아직 세간살이도 갖추지 못한 우리집을 정기적으로 방문했고, 올 때마다 정원에서 거둔 야채와 나물 들을 가져왔다. 노란콩과 파란콩, 깨끗이 씻은 감자와 고구마, 아티초크, 파, 샐비어, 파슬리, 딜 등이었다. 클라라가 시내에 가고 없던 어느날, 쎌윈 박사가 이런 것들을 들고 다시 우리집을 찾았다. 그는 내게 고향이 그립지 않느냐고 물었는데, 이 질문이 계기가 되어 우리는 오랫동안 대화를 나누게 되었다. 내가 별 뚜렷한 답을 찾지 못하자, 쎌윈 박사는 잠시 생각하더니 지난 몇년 사이에 향수병이 점점 더 심해진다고 고백했다. 그랬다. 그의 이야기는 고백이라고 표현할 수밖에 없는 내용이었다. 어디가 그렇게 그리우냐고 묻자, 그는 어릴 적에 리투아니아의 흐로드나(현재는 벨라루스에 속하는 도시지만 제2차세계대전 전까지는 리투아니아에 속했다) 근처 마을에 살다가 일곱살 되던 해에 가족과 함께 그곳을 떠나 이민길에 올랐다고 대답했다. 1899년 늦가을, 그는 부모님, 여동생 기타와 라야, 그리고 삼촌 샤니 펠트헨들러와 함께 아론 발트라는 마차꾼이 끄는 작은 마차를 타고 흐로드나로 갔다고 했다. 그는 지난 수십년 동안 그렇게 마을을 떠나던 기억을 잊고 지냈는데, 얼마 전부터 그날의 장면들이 다시 떠오른다고 말했다. 두해 동안 다녔던 헤더학교(네살 이상의 남아들이 다니는, 동유럽 유대인 사회의 전통적인 초등교육기관)의 선생님이 내 머리에 손을 얹던 기억도 납니다. 짐이 빠져나간 텅 빈 방도 눈에 선해요. 내가 수레에 쌓인 짐 위에 앉아 있었던 것, 말의 엉덩이, 광활한 갈색 대지, 농가의 진흙 마당에 목을 빼고 서 있던 거위들, 흐로드나 역 대합실 한가운데에 차단 울타리로 둘러싸여 있던 과열

된 난로, 그리고 그 주변에 몰려 있던 이민자 가족들도 기억납니다. 길게 오르내리며 기차의 창문에 매달려 있던 전신선들, 리가(라트비아의 수도)에 줄지어 서 있던 집들, 항구에 정박해 있던 배들, 사람들로 붐비는 와중에도 우리가 되도록 편하게 자리를 만들어보려고 애썼던 갑판 한구석의 어두운 공간도 떠오릅니다. 파도가 높게 일던 바다, 깃발처럼 펄럭이던 연기, 회색의 원경, 솟았다 가라앉았다 하던 배의 움직임, 우리 모두가 가슴속에 품고 있던 걱정과 희망, 이런 모든 것이 지금도 마치 어제 일처럼 생생합니다. 우리는 생각보다 훨씬 더 일찍, 그러니까 약 일주일 뒤에 목적지에 도착했지요. 우리가 타고 온 배는 드넓은 강어귀로 접어들었습니다. 사방에 크고 작은 화물선들이 즐비했지요. 강의 좌우로 평지가 펼쳐져 있었고, 이민자들은 한 사람도 빠짐없이 갑판에 모여 자유의 여신상이 옅은 안개 사이로 모습을 드러내기를 기다렸지요. 우리 모두는 아메리쿰 ― 우리는 미국을 그렇게 불렀습니다 ― 으로 가는 표를 샀으니까요. 육지에 발을 내려놓았을 때도 우리는 신세계의 땅을, 약속된 도시 뉴욕의 땅을 밟고 있다고 철석같이 믿었지요. 타고 온 배가 다시 항구를 떠난 지 한참 뒤에야 우리는 실망스럽게도 우리가 도착한 곳이 뉴욕이 아니라 런던이라는 사실을 알게 되었습니다. 대부분의 이민자들은 어쩔 수 없이 현실을 받아들였지만, 명백한 증거들까지 모두 무시하면서 오랫동안 고집스럽게도 미국에 도착했다고 믿는 사람들도 있었지요. 이런 우여곡절 끝에 나는 런던에서 자라게 되었어요. 우리는 화이트채플(이민자들이 많이 사는 런던의 구)의 굴스턴 거리에 있던 한 지하 셋집에서 살았습니다. 렌즈 연마공이었던 아버지는 고향에서 가지고 온 돈을 주고 어떤 안경가게에 취직했는데, 흐로드나 출신인 동향사람 토시아 파이겔리스가 운영하던 가게였지요. 나는 화이트채플에 있는 초등학교에 다니게 되었는데, 믿기 어려울 만큼 순식간에 영어를 배웠어요. 젊고 아름다운 여선생님 리사 오언을 열렬히 사랑하게 되어, 그녀가 말을 할 때면 언제나 그녀의 입술을 유심히 쳐다보았으니까요. 하굣길에는 그녀를 떠올리면서 그녀가 하루 내내 말해준 내용들을 모조리 머릿속에서 되새기곤 했습니다. 머천트 테일러 학교(1561년 개교한 유서 깊은 사립학교)의 입학시험에 나를 등록시켜준 분도 그 아름다운 선생님이셨지요. 선생님은 매년 소수의 가난한 학생들에게 지급되던 장학금을 내가 받게 되리라고 확신하고 계셨습니다. 나는 선생님의 기대를 저버리지 않았지요. 방이 두개 딸린 화이트채플의 셋집에서 나는 부모님과 여동생들이 잠든 후에도 오랫동안 부엌에 앉아 공부에 열중했고, 샤니 삼촌이 자주 목격했듯이 부엌의 불이 밤새도록 꺼지지 않는 날도 많았습니다. 나는 닥치는 대로 배우고 읽었고, 날이 갈수록 아주 어려운 문제들도 점점 더 쉽게 풀 수 있게 되었지요. 졸업시험에서 전교 일등을 했고, 그렇게 학창시절이 끝날 때까지 내가 했던 공부는 나 스스로 생각하기에도 실로 엄청났습니다. 자신감으로 충만해 있던 그 시절에 나는 말하자면 새로 견진성사를 받는 심정으로 내 이름을 헤르슈에서 헨리로, 성을 쎄베린에서 쎌윈으로 바꾸었지요. 그뒤 다시 장학금을 받아 케임브리지에서 의학을 공부하게 되었는데, 거기서도 내 성적은 최상급에 들었어요. 하지만 이상하게도 대학에 입학한 뒤부터 내 학습능력이 눈에 띄게 떨어지는 듯한 느낌을 받았습니다. 대학졸업 후의 일들이야 당신도 이미 알고 있는 대로입니다. 나는 스위스로 갔고, 전쟁이 터졌고, 군복무 기간의 첫해를 인도에서 보냈고, 헤디와 결혼하게 되었지요. 헤디에게는 오랫동안 내 혈통에 대한 이야기를 하지 않았어요. 1920~30년대에 우리는 아주 사치스럽게 생활했는데, 당신도 그 잔흔은 본 셈입니다. 그렇게 생활한 탓에 헤디의 재산을 상당히 소비하고 말았지요. 물론 나도 개인병원을 운영했고, 종합병원에서 외과의사로 일하기도 했지만, 내 수입만으로는 그런 생활을 유지할 수 없었을 겁니다. 여름이 되면 자동차를 타고 몇달 동안 유럽 전역을 돌아다녔지요. 당시에는 테니스를 빼면 자동차가 나의 가장 큰 취미였습니다 (Next to tennis, motoring was my greatest passion in those days). 그때 사놓은 차들이 아직도 모두 차고에 있는데, 지금쯤은 아마도 제법 값이 나갈 겁니다. 하지만 나는 지금까지 한번도 뭔가를 팔아볼 결심을 하지 못했어요, 내 영혼을 팔았다고 할 수도 있는 한번의 경우를 제외하면 말입니다. 사람들은 내가 금전감각이 전혀 없다고 거듭 말하더군요(except perhaps, at one point, my soul. People have told me repeatedly that I haven't the slightest sense of money). 하긴 연금저축이라도 하나쯤 골라 납입하면서 노후대책을 마련해야겠다는 생각조차 못했으니까요. 내가 지금 거의 가난뱅이가 되어버린 것도 이 때문이지요(This is why I am now almost a pauper). 반면에 헤디는 그렇게 쓰고 나서도 상당히 남아 있던 재산을 잘 운용했기 때문에 지금은 확실히 돈많은 부인이 되었습니다. 무엇이 우리 사이를 갈라놓았는지는 여전히 잘 모르겠군요. 돈일 수도 있고, 결국 발각되고 만 내 혈통에 대한 비밀일 수도 있고, 그도 아니면 그저 사랑이 식어서일 수도 있겠지요. 제2차세계대전과 그뒤의 수십년간은 내게 암흑과도 같은 불운의 시기였습니다. 나는 이 시기에 대해서는 말하려고 한들 할 수가 없을 겁니다. 1960년 개인병원과 환자들을 포기하고 나서 나는 소위 현실세계와의 마지막 접촉마저 끊어버렸습니다. 그뒤론 그저 식물과 동물 들만이 거의 유일한 대화 상대지요. 이것들과는 그럭저럭 사이가 좋습니다. 쎌윈 박사는 이렇게 말하면서 수수께끼 같은 웃음을 짓더니 일어섰다. 그리고 작별인사로 내게 악수를 청했는데, 이는 전에 없던 일이었다.

그날 이후로 쎌윈 박사가 우리를 방문하는 일은 점점 드물어졌다. 마지막으로 우리를 방문했던 날, 그는 클라라에게 인동덩굴로 묶은 백장미다발을 선물했다. 우리가 프랑스로 휴가를 떠나기 직전이었다. 그로부터 몇주가 흐른 늦가을의 어느날, 그는 가지고 있던 그 묵직한 사냥총으로 자살했나. 프랑스에서 돌아와 듣게 된 바에 따르면, 그는 자신의 침대에 걸터앉아 총을 두 다리 사이에 세우고 총신 끝에 턱을 올려놓았다. 그리고 인도로 가기 전에 그 총을 산 이래 처음으로 목표물을 죽일 생각으로 총을 발사했다. 그 소식을 들었을 때, 처음에는 물론 끔찍한 감정에 휩싸였지만, 그래도 어렵지 않게 흉흉한 기분에서 벗어날 수 있었다. 하지만 어떤 일들은 아주 오랫동안 잊은 후에도 갑작스럽고 느닷없이 다시 떠오르는 법이다. 나는 날이 갈수록 이런 사실을 더 뚜렷하게 실감하고 있다. 1986년 7월 말 즈음, 나는 며칠 계획으로 스위스에 머무르고 있었다. 내가 기차를 타고 취리히에서 로잔으로 갔던 것은 23일 아침이었다. 기차가 속도를 늦추면서 아레 다리를 건너 베른으로 접어들 무렵, 나는 도시 너머로 눈을 돌려 고지 위에 연달아 늘어선 산들을 바라보았다. 그때 오랫동안 잊고 지냈던 쎌윈 박사가 문득 생각났다. 하지만 그 순간 그를 떠올렸다는 것은 나의 상상에 지나지 않는지도 모른다. 사십오분쯤 후, 볼 때마다 늘 경이롭게 느껴지는 제네바의 호수 풍경을 놓치지 않으려고 그때까지 뒤적거리고 있던, 취리히에서 구입한 로잔의 지방신문을 옆으로 치우려는 순간, 어떤 기사를 보게 되었다. 1914년 여름에 실종된 것으로 알려진 베른의 등산안내인 요한네스 네겔리의 유골이 칠십이년 만에 오버아르 빙하에서 발굴되었다는 소식이었다. 사자(死者)들은 이렇게 되돌아온다. 때로는 칠십년이 넘는 세월이 흐른 뒤에도 얼음에서 빠져나와, 반들반들해진 한줌의 뼛조각과 징이 박힌 신발 한켤레로 빙퇴석 끝에 누워 있는 것이다.

Trois fois coup sur coup dans les Alpes

CH/FD/Morts suspectes

Des linceuls s'

Hier, on a identifié le cadavre d'un guide disparu en 1914
Mais le phénomène des glaces qui rendent leurs victimes e

Septante-deux ans après sa mort, le corps du guide bernois Johannes Naegeli a été libéré de son linceul de glace.

PAR

Véronique TISSIÈRES

Hier, on apprenait en effet que la dépouille découverte jeudi dernier sur le glacier supérieur de l'Aar était celle de cet homme de Willingen (près de Meiringen) dont on avait perdu la trace depuis ces jours d'été 1914, où il resta seul à la cabane du CAS. Agé, à l'époque de 66 ans, il est probable qu'il tenta de regagner la plaine par le glacier ; il n'y parvint jamais et toutes les recherches entreprises à l'époque demeurèrent sans résultats.

Coïncidence ? Quelque jours avant la découverte de la dépouille du guide bernois, le corps d'un fantassin de l'armée austro-hongroise, victime de la Première Guerre mondiale, émergeait du Giogo Lungo (Dolomites). Début juillet, enfin, la Vallée-Blanche rendait la cadavre d'une de ses victimes...

Trois cas recensés dans le massif alpin au cours des quinze premiers

jours de juillet ! C'est beaucoup, c'même tout à fait exceptionnel, car restitution de corps par les glacie contrairement à ce que pourraient la ser supposer les exemples ci-dess reste un phénomène rare. « Rare m cyclique, précise-t-on au service secours en haute montagne de la pol valaisanne. Il ne faut en effet pas p dre de vue que ces restitutions so étroitement liées au mouvement d masses de glace. Certaines années, glaciers du canton livrent deux vic mes presque coup sur coup, puis pl rien pendant longtemps. »

Ce fut le cas l'an dernier. Le cor d'une jeune femme, disparue quat ans auparavant, fut retrouvé à la su face du glacier de Breney (val Bagnes). Peu après, le Théodule ren

L'histo

Film, légendes, la rest
l'imagination. Mais il v

C'était en 1937. Fin août, la son terminée, le gardien de cabane Bertol (au-dessus d'Arol quitta la petite bâtisse pour la v lée. Il n'y arriva jamais. Des rech ches furent entreprises, en vain.

Qu'était-il devenu ? Les langu allèrent bon train dans la région. jasa, on parla d'une escapade Italie. D'autant plus qu'il n'avait p disparu seul, mais avec la caiss contenant les recettes du refug Pas de grosse somme, de qu toutefois recommencer une no velle vie ailleurs.

Sept ans plus tard, un gui repéra, émergeant de la masse glacier, une main tenant fermeme

☐ LE GLACIER DE L'AAR
Qui vient de rendre un guide décédé en 1914.

LM-a

파울 베라이터

어떤 눈으로도 헤칠 수 없는
안개무리가 있다

　1984년 1월, S시에서 보낸 우편물이 도착했다. 초등학교 시절 나의 선생님이었던 파울 베라이터가 일흔네번째 생일을 맞고 일주일 뒤인 12월 30일 저녁에 목숨을 끊었다는 소식이었다. S시에서 약간 떨어진 곳, 그러니까 철로가 곡선을 그리면서 작은 버드나무 수풀에서 빠져나와 넓은 들판과 만나는 곳의 철로에 드러누워 있다가 기차에 깔렸다는 것이다. S시

의 사람들이 친애하던 동료 시민에 대한 애도라는 제목의 조사 (弔詞)가 실린 지역소식지를 즉시 내게 보냈는데, 그 조사는 파울 베라이터가 자신의 뜻에 따라, 혹은 어떤 자기파괴적인 강박증상으로 목숨을 끊었다는 사실은 전혀 언급하지 않은 채, 유명을 달리한 교사의 공적만 열거하고 있었다. 그는 자신의 의무를 수행하는 데 그치지 않고, 그보다 훨씬 더 정성을 기울여 학생들을 돌보았고, 음악을 열렬히 사랑했으며, 창의력이 풍부했다는 등의 내용이었다. 제3제국(나치스 통치하의 독일) 시기에 파울 베라이터가 교사직에서 해임된 적이 있다고도 적혀 있었지만, 이에 대한 설명은 전혀 없었다. 조사의 내용은 이렇게 성의도 없고 책임감도 없었다. 게다가 그의 자살이 너무 느닷없는 일이기도 해서 나는 그뒤 몇년 동안 파울 베라이터를 자주 떠올리게 되었다. 결국 나는 그에 대해 간직하고 있던 아주 즐거운 기억들을 모으는 데 만족하지 못하고 내가 모르는 그의 이야기를 찾아나서게 되었다. 그의 삶을 추적하다보니 나는 학교를 졸업한 뒤로는 아주 가끔씩만, 날이 갈수록 더 드물게만 들르곤 하던 S시에 가게 되었다. 그리고 파울 베라이터가 자기 집을 끝까지 소유하고 있었다는 사실을 곧 알게 되었다. 1970년, 원래 다고베르트 레르헨밀러의 원예농장이던 곳에 지어진 임대주택이었다. 파울은 이 집을 포기하지 않았지만 거기서 살지도 않았다고 한다. 그가 사는 곳이 어디인지는 아무도 몰랐다. 그의 모습을 S시에 볼 수 없었던데다, 퇴직하기 몇년 전부터 그가 이상한 태도를 보이기 시작했고, 날이 갈수록 그런 태도가 더 뚜렷해졌기 때문에 사람들은 그를 아예 별종으로 취급했다. 파울은 교사로서 우수한 능력을 보였음에도 오랫동안 별종이라는 평판을 받았지만, 이제 이런 평판이 더 굳어진 것이었다. 파울과 함께 성장했고, 때로 파울이 타지에서 살던 시기를 제외하면 언제나 그와 함께 생활했던 S시의 사람들은 결국 닥칠 일이 닥치고 말았다고들 생각하고 있었다. S시에서 파울 베라이터를 알고 지냈던 몇몇 사람과 대화를 나누었지만 별 소득은 없었다. 다만 아무도 그를 파울 베라이터 또는 베라이터 선생이라고 부르지 않고 그저 파울이라고만 부르는 것이 눈에 띌 뿐이었다. 마치 주변사람들 눈에는 그가 전혀 어른으로 보이지 않았던 듯했다. 학창시절에 나와 친구들도 그를 그냥 파울이라고 불렀던 기억이 났다. 그를 무시해서가 아니라 그를 모범적인 형처럼, 우리의 일원처럼 느꼈기 때문에 그랬다. 하지만 이제 나는 그런 느낌이 착각에 불과했다는 사실을 알고 있다. 파울이 우리를 잘 알고 이해했던 것은 사실이지만, 우리들은 아무도 파울이 어떤 사람인지, 그의 마음속에 무엇이 들어 있는지 몰랐기 때문이다. 그래서 나는 아주 뒤늦기는 했지만 그에 대해 좀더 알아보고 싶어졌던 것이다. 그 오래된 레르헨뮐러 임대주택의 이층에 있던 큰 집에서 그가 어떻게 살았는지 마음속에 그려보고 싶었다. 지금은 철거된 후 다가구주택으로 바뀐 그 집은 녹색과 울긋불긋한 색들이 어우러진 농장의 채소밭과 꽃밭 들로 둘러싸여 있었고, 오후가 되면 파울도 자주 밭일을 돕곤 했다. 그가 여름이면 침실처럼 사용하던, 널빤지가 깔린 발코니에 드러누워 별무리를 바라보고 있는 모습을 떠올려보기도 했다. 겨울이면 얼어붙는 모스바흐의 양어장에서 혼자 스케이트를 타는 모습을 그려보기도 했고, 철로에 누워 있는 장면을 상상해보기도 했다. 그는 안경을 벗고 자갈 위에 몸을 뉘었을 것이다. 반들거리는 레일들, 침목들, 알트슈타트 고개 근처의 작은 가문비나무숲, 그리고 그에게는 너무나도 익숙하던 능선들이 어스름 속에서 어렴풋이 어른거리며 근시인 그의 눈에 들어왔을 것이다. 마침내 굉음이 다가왔을 때 그가 본 것은 짙은 잿빛뿐이었겠지만, 그 한가운데에서 크라처와 트레타흐, 힘멜스슈로펜(알프스 일대인 알고이 지역의 고산들)의 잔상들은 날카롭게 선명했을 것이다. 이렇게 그의 모습을 떠올려보기는 했지만, 그렇다고 내가 파울을 더 잘 알게 된 것은 아니었다. 감정이 격해질 때면 순간적으로 그의 심정을 잘 알 것 같기도 했지만, 그런 식의 접근은 옳지 않다고 생각한다. 이런 감정적인 접근을 피하기 위해 나는 내가 파울 베라이터에 대해 알던 것들과 그간의 탐색을 통해 새로 알게 된 것들을 여기 적어두었다.

1952년 12월, 우리 가족은 W마을에서 19킬로미터 떨어진 소도시 S시로 이사했다. 버스와 화물차를 모두 취급하는 알펜포겔 운송회사의 적포도주색 가구운송차량이 우리 가족의 짐을 날랐는데, 그 차의 운전석 옆에 앉아 있던 나는 몹시 긴장한 채 서리를 잔뜩 맞은 가로수들이 짙은 아침안개 사이로 끝없이 나타났다가 사라지는 것만 쳐다보고 있었다. 기껏해야 한시간가량 걸렸을 그 길이 내게는 마치 세계의 절반을 이동하는 것처럼 멀게 느껴졌다. 이윽고 우리는 아흐 다리를 건너 S시로 진입했다. 당시 S시는 제대로 된 시라기보다는 인구 구천명가량의 약간 큰 장터에 지나지 않았지만, 나는 이곳에서 새로운 대도시의 북적대는 삶이 시작되리라는 확신에 충만해 있었다. 푸른 에나멜로 도색된 거리 표지판들, 오래된 역 앞의 거대한 시계, 엄청나게 웅장해 보이던 비텔스바허 여관의 외관을 보면서 나는 내 예상이 틀리지 않았다고 생각했다. 줄지어선 집들 사이로 여기저기 방치된 폐허들을 보고 나의 확신은 더욱 굳어졌는데, 뮌헨에 한번 가본 뒤로 나는 도시를 생각할 때 잡석더미와 방화벽, 집 안이 훤하게 들여다보이는 깨어진 창문 들을 맨 먼저 떠올렸기 때문이다.

이사한 날 오후, 갑자기 날씨가 험해졌다. 모진 눈보라가 몰아쳐 하루 종일 그치지 않더니 밤이 되어서야 소리없이 규칙적으로 떨어지는 눈송이로 바뀌었다. 다음 날 아침 처음으로 S시의 학교에 갈 때는 눈이 엄청나게 쌓여서 나는 신기한 나머지 축제의 흥겨움 같은 기분에 휩싸였다. 내가 편입한 학급은 3학년이었는데, 담임선생님이 바로 파울 베라이터였다. 나는 뛰어오르는 사슴이 새겨진 진녹색 스웨터를 입고서 호기심 가득한 눈길로 나를 바라보는 쉰한명의 또래 앞에 서 있었는데, 파울이 말하는 소리가 먼 데서 전해져오는 것처럼 들렸다. 그는 내가 때맞춰 왔다고 했다. 바로 어제 사슴의 도약에 대한 전설(독일 남부에서 전해지는 전설로, 사냥꾼에게 쫓기던 사슴이 계곡의 수직절벽을 타고 올라 도망갔다는 내용이다)을 이야기해주었는데, 내 스웨터의 그림을 칠판에 옮겨 사슴이 도약하는 모습을 보여줄 수 있게 됐다는 것이다. 그는 내게 스웨터를 벗어두고 일단 교실 뒤쪽에 있는 프리츠 빈스방어라는 학생의 옆자리에 앉으라고 했다. 그리고 사슴이 도약하는 그림을 사례로 삼아 어떻게 하나의 그림을 십자가와 사각형과 점들로 분해할 수 있는지, 그리고 거꾸로 이런 자잘한 부분들을 가지고 어떻게 다시 그림 전체를 조합해낼 수 있는지 보여주겠다고 했다. 나는 프리츠 옆에 앉자마자 공책을 펼치고 칠판에 그려진 뛰어오르는 사슴을 모눈종이에 베끼기 시작했다. 프리츠도 — 나는 그가 한번 낙제하여 3학년을 두번째 다니는 중이라는 사실을 곧 알게 되었다 — 열심히 그리긴 했지만, 그의 손은 너무 굼떴다. 지각한 학생들까지 그림을 다 그린 뒤에도 한참 동안 그의 공책에는 겨우 열개가 조금 넘는 십자가가 그려져 있을 뿐이었다. 나는 프리츠와 말없이 눈짓을 주고받은 뒤 얼기설기한 그의 그림을 재빨리 완성해주었다. 그날 이후 거의 이년 동안 프리츠는 내 짝이었고, 나는 산수와 필기, 그림 숙제를 거의 대부분 대신 해주었다. 파울이 여러번 고개를 절레절레 저으면서 지적했듯이, 프리츠와 나는 똑같이 끔찍한 악필이었다. 차이가 있다면 프리츠는 도무지 글씨를 빨리 쓰지 못했고 나는 글씨를 절대로 친친히 쓰지 못했던 것뿐이었다. 그의 숙제를 내가 해놓아도 별로 표시가 나지 않았기에 숙제를 대신 해주기는 무척 쉬웠다. 파울은 우리의 협동작업을 나무라지 않았다. 오히려 우리를 격려해주는 뜻에서 갈색 틀로 고정된 유리곽에 흙을 반쯤 채우고 쌍무늬바구미를 넣어 우리 책상 옆의 벽에 걸어주었다. 그 유리곽 안에는 쥐털린 알파벳(독일의 도안가 L. 쥐털린이 도안한 필기체 알파벳)으로 **멜로론타 불가리스**라는 학명이 적힌 쌍무늬바구미 한쌍 말고도 한무리의 알과 번데기와 유충이 들어 있었고, 위쪽에는 부화하는 딱정벌레와 날고 있는 딱정벌레, 그리고 사과나무잎을 먹고 있는 딱정벌레가 있었다. 프리츠와 나는 쌍무늬바구미의 신비로운 변태를 보여주는 이 유리곽에서 영감을 받아 초여름 무렵에 쌍무늬바구미의 모든 것에 대해 매우 집중적인 연구를 시작했다. 해부학적인 연구도 했고, 심지어 그것을 푹 삶아먹어보기까지 했다. 슈바르첸바흐의 소농(小農) 집안에서 태어난 프리츠는 형제는 많았지만 제대로 된 아버지가 없었다. 그는 음식을 요리하고 먹는 데 지극히 관심이 많았다. 매일 함께 나누어먹었던 나의 도시락에 대해 아주 자세하게 품평하는가 하면, 귀갓길에는 투라 식료품점의 진열대나 아인지들러 열대과일 전문상점의 진열대 앞에 한참 동안 서 있곤 했다. 아인지들러 상점에 있던 진녹색 송어 어항에서는 언제나 공기방울이 부글거렸고, 우리는 넋이 빠져 어항 속을 들여다보았다. 그늘진 가게 안에서 서늘한 냉기가 흘러나오던 9월의 어느날 오후 우리는 아인지들러 상점 앞에서 또 한참을 서 있었다. 늙은 아인지들러 씨가 밖으로 나오더니 우리 손에 큼지막한 배를 하나씩 쥐여주었다. 그런 근사하고 귀한 물건을 얻는 것 자체가 신기한 일이었지만, 몇명 남지 않은 단골들을 접대하는 것조차 지독하게 귀찮아 하기로 유명하던 아인지들러 씨의 성마른 성격을 생각하면 실로 희한한 일이었다. 배를 먹다가 프리츠는 언젠가 요리사가 될 거라고 내게 말했다. 나중에 그는 실제로 요리사가 되었다. 그것도 세계적 명성을 누리는 요리사가 되었다. 취리히의 돌더 그랜드 호텔과 인터라켄의 **빅토리아 융프라우 호텔**에서 최고의 요리기술을 완벽하게 습득한 그는 뉴욕, 마드리드, 런던을 비롯한 세계 곳곳에서 찾는 최고의 요리사가 되었다. 프리츠가 런던에서 일할 때 우리는 우연히 한번 만난 적이 있다. 1984년 4월의 어느날 아침, 대영박물관의 도서열람실에서 베링(1681~1741, 덴마크의 항해가로 베링해와 베링해협을 탐험했다)의 알래스카 탐험의 역사를 추적하던 중 그를 만났던 것이다. 프리츠는 18세기의 프랑스 요리책들을 보고 있었는데, 우연히 통로 하나를 사이에 두고 마주 앉아 있던 우리는 동시에 책에서 눈을 뗀 순간 서로를 즉시 알아보았다. 이십오년 가까이 서로 한번도 보지 못했는데도 말이다. 우리는 도서관 까페에 앉아 그간 살아온 이야기들을 주고받다가 파울에 대해서도 한참 이야기하게 되었는데, 프리츠는 파울이 무언가를 먹는 모습을 단 한번도 본 적이 없다는 것이 영영 잊히지 않는다고 했다.

파울의 수업 중에 우리는 우리 교실을 척도에 맞게 축소하여 공책에 그린 적이 있었다. 교실 안에는 기름을 먹인 나무 바닥에 나사로 고정해놓은 책상 스물여섯개가 세줄로 늘어

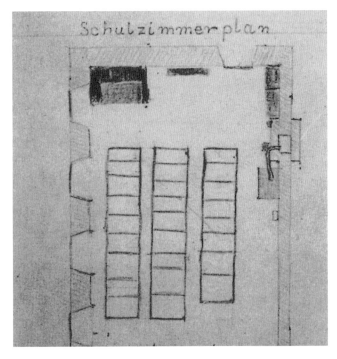

서 있었다. 종려나무잎으로 장식된 예수의 십자가상을 등지고 강단에 올라서면 학생들의 머리를 내려다볼 수 있었지만, 내가 기억하는 한 파울이 거기 서서 수업을 했던 적은 없다. 칠판 앞이나 기름천으로 만든 해진 세계지도 옆에 서 있거나, 책상들 사이를 걸어다니거나, 팔짱을 낀 채 녹색 타일로 장식된 난로 옆 비품통에 기대어 있곤 했다. 하지만 그가 가장 좋

아하던 자리는 깊숙한 벽감 안에 있던 남쪽 창문 옆이었다. 창밖으로는 프라이 슈타렌케스텐 증류주 제조소가 운영하던 오래된 사과나무 과수원의 나뭇가지들이 하늘을 향해 높이 뻗어 있었고, 그 뒤로는 멀리 레히탈 알프스(오스트리아 서부의 알프스산맥)의 들쑥날쑥한 능선들이 거의 일년 내내 눈에 덮여 있었다. 파울의 전임자는 엄하기로 악명이 높던 호르마이어 선생님이었는데, 금지된 짓을 하다가 그에게 적발된 학생들은 몇시간 동안 모난 장작 위에 무릎꿇고 앉아 있어야 했다. 그는 학생들이 창밖을 내다보지 못하도록 창문의 아래쪽 절반을 석회 도료로 하얗게 칠해버렸다. 1946년 파울이 복직했을 때 맨 먼저 한 일이 이 석회칠을 직접 면도칼로 꼼꼼하게 벗겨낸 것이었다. 사실 그것은 별로 급한 일도 아니었다. 어차피 파울은 날씨가 궂은 날에도, 심지어 혹한이 몰아치는 겨울에도 창문을 활짝 열어놓는 습관이 있었으니 말이다. 그는 산소가 부족하면 인간의 사고능력이 떨어진다고 생각했다. 파울은 수업 중에 앞쪽 창가로 가서 반쯤은 학생들을 향해, 반쯤은 창밖을 향해 서 있기를 좋아했다. 그는 그 구석진 곳에서 대개 얼굴을 약간 추켜들고 안경알을 반짝이면서 우리에게 말하곤 했다. 그의 문장들은 질서가 잘 잡혀 있었고 사투리도 섞여 있지 않았지만, 약간의 언어장애 혹은 발성장애가 있는 듯하기도 했다. 그의 목소리는 후두가 아니라 가슴 언저리에서 만들어지는 것 같았다. 그 때문에 파울이라는 사람은 함석을 비롯한 여러가지 금속부품으로 조립해놓은 기계이며, 어느 한군데가 조금만 고장나도 완전히 궤도에서 이탈해버리는 장치라는 생각이 들 때도 있었다. 실제로 그는 우리들의 아둔함 때문에 절망하는 모습을 자주 보였다. 그럴 때면 왼손으로 머리를 쥐어뜯었는데, 그러면 머리카락이 기괴하게 위로 뻗어올랐다. 우리들이 일부러 멍청한 체한다고 생각한 그는 ─ 아마도 그의 짐작이 맞았을 것이다 ─ 화가 치밀어 손수건을 꺼내 깨물기도 했다. 그런 발작이 멈추면 그는 언제나 안경을 벗고, 무방비하고 눈먼 사람처럼 학생들 사이에 망연자실 서 있다가 이윽고 안경알에 입김을 불어가며 꼼꼼히 안경을 닦았다. 그 순간이나마 우리를 보지 않아도 되는 것에 안도하는 듯한 모습이었다.

파울의 수업은 구구단, 기초산수, 독일어와 라틴어 문자, 자연, 향토연구, 음악, 체육 등 당시 초등학교에서 가르치도록 규정되어 있던 내용들을 모두 포함하고 있었지만, 종교과목만은 직접 가르치지 않고 매주 한시간 두명의 선생님이 나누어 가르쳤다. 한 사람은 혀짧은 소리로 말하는 교리문답 교사 마이어(중간 철자가 ei였다)였고, 다른 한 사람은 크게 울리는 목소리를 지닌 마이어(중간 철자가 ey였다)로서 성직록(祿)을 받는 성직자였다. 이들은 우리에게 『성찰기략(省察記略)』『신경(信經)』, 교회력, 일곱가지 죄악 등을 가르쳤다. 교과 없이 신을 믿는다는, 나로서는 뜻을 알 수 없던 소문을 오랫동안 달고 다니던 파울은 종교수업이 시작할 때나 끝날 때 I-마이어 선생이나 Y-마이어 선생과 만나지 않도록 주의를 기울였다. 가톨릭신자들의 장광설만큼 그가 싫어한 것이 없었기 때문이었다. 종교수업이 끝난 교실로 돌아와 칠판에 자주색 강림절(성탄 전 사주간) 제단이나 주황색 성체현시대(성체강복 미사 때 쓰이는 제단) 같은 것들이 그려져 있는 것을 보면, 이 그림들을 즉시 격한 몸짓으로 깨끗이 지워버렸다. 종교수업이 시작하기 전에 파울이 교실문 옆에 서 있던, 예수의 불타는 심장 모양의 성수대에 물을 꽉 채우는 것도 여러번 보았다. 제라늄에 물을 줄 때 사용하던 물뿌리개로 그렇게 물을 가득 채워놓았으니 종교교사들이 검게 반들거리는 돼지가죽 서류가방 안에서 성수병을 꺼내보았자 성수를 따를 수도 없었다. 물이 가득 찬 성수대를 들어 간단히 비워버릴 용기는 없었던 그들은 예수의 이 무진장한 심장을 어떻게 설명해야 할지 난감해하곤 했다. 체계적인 방해공작일까 생각하다가도, 어쩌면 이 일이 기적까지는 아니라고 해도 천상에서 내려온 암시로 볼 수 있지 않을까 하는 번득이는 희망에 사로잡히기도 했다. 확실한 것은 종교교사들이 모두 파울을 길 잃은 영혼으로 생각했다는 것이다. 선생님들이 수업 중에 파울이 올바른 종교로 이끌어지기를 기도하라고 연거푸 우리에게 요구했으니 말이다. 파울이 로마교회를 싫어했던 것은 원칙상의 문제만은 아니었다. 그는 신의 대리인과 그들이 뿜어대는 나프탈렌 냄새를 소름 끼치게 혐오했다. 일요일이 되면 그는 교회에 가지 않는 것은 말할 것도 없고, 교회의 종소리조차 듣지 않으려고 아주 멀리 산 위로 올라갔다. 날씨가 나쁘면 제화공 콜로에게 가서 오전 내내 장기를 두었다. 콜로는 철학자이자 절대적인 무신론자였는데, 파울이 오지 않는 주일이면 구원을 독점하고 있는 교회를 비난하는 팸플릿이나 소논문을 썼다. 이런 일들을 회상하면 항상 떠오르는 기억이 있다. 평소에는 주위의 처량한 정신적 상황을 차분하게 견디던 파울이 성스러운 체하는 인간들에 대한 극도의 혐오감에 휩싸인 나머지 흥분한 모습을 드러내고 만 일이 있었다. 우리의 바로 위층 교실에는 에발트 라이제라는 학생이 있었는데, 그는 교리문답 교사들의 말에 푹 빠져 열살배기 아이라고는 거의 믿을 수 없을 만큼 맹신적인 모습을 과시하고 다녔다. 열살 먹은 아이가 벌써 근엄한 보좌신부처럼 보였으니 말이다. 그 아이는 전교생 중에 외투를 입고 다니는 유일한 학생이었고, 가슴께를 핀으로 고정해놓은 보라색 목도리도 걸치고 다녔다. 우리 고장에서는 글루페라고 부르던 핀이었다. 머리에는 꼭 무엇이든 쓰고 다녔는데, 한여름에도 밀짚모자나 가벼운 아마포 모자를 잊지 않았다. 파울은 자신이 증오하는 우매화 혹은 자기우매화의 대표적인 사례가 라이제라고 생각했고, 그래서 그 아이를 너무나 혐오한 나머지 어느날 골목에서 맞닥뜨렸을 때 아이가 모자를 벗지 않고 인사하자, 그의 모자를 벗겨 따귀를 한대 올려붙였다. 그런 다음 다시 모자를 씌워주고는 앞으로 보좌신부가 될 사람이라도 선생님에게는 올바로 인사해야 한다고 주의를 주었다.

파울은 모든 수업의 적어도 4분의 1가량은 교육지침에 들어 있지 않은 내용을 가르치는 데 썼다. 대수학의 기초지식을 가르치기도 했지만, 자연과목에 대한 그의 열정이 특히 뜨거웠다. 어느날 숲에서 여우의 사체를 발견한 그는 그것을 커다란 요리용 찜통에 집어넣고 며칠 동안이나 푹 고았다. 역겨운 냄새 때문에 이웃들은 말로 다 할 수 없는 고역을 치렀다. 오로지 여우의 뼈들을 학교로 가져가서 학생들과 함께 골격을 올바로 조합하는 작업을 해보고 싶어서 그랬던 것이다. 그는 초등학교 3학년과 4학년 교육용으로 지정된 독본이 가소로운 거짓말투성이라면서 그 대신에 『라인 가정의 벗』(1881년부터 1942년까지 매년 간행된, 글과 화보를 수록한 책자 형태의 대중용 달력)만 읽도록 했다. 그는 이 책을 육십부 구입해서 우리에게 나누어주었는데, 아마도 자비를 들여 구입했을 것이다. 거기에 수록되어 있던 많은 이야기, 예컨대 비밀의 참수형에 대한 이야기는 지금까지도 기억에 생생하다. 하지만 그중에서 가장 또렷하게 기억나는 것은 「바젤의 목동 지팡이」에서 순례자가 여관 여주인에게 한 말이다. "내가 다시 돌아올 때, 아스칼론의 해변에서 성스러운 조개나 예리코의 장미를 가져와 선물해드리리다"라는 말이었는데, 왜 이 말이 이토록 기억에 생생한지는 나도 모르겠다. 파울은 일주일에 적어도 한번은 프랑스어를 가르쳤다. 첫시간에 그는 자신이 한때 프랑스에서 살았던 적이 있고, 거기 사람들은 프랑스어를 쓰는데, 자신이 그 말을 할 줄 아니까 우리가 원한다면 쉽게 배울 수 있을 것이라고 했다. 상쾌하고 화창한 오월의 어느날 오전에 우리는 학교 운동장에 둘러앉아 야외수업을 했다. 욍 보 주르 (un beau jour)라는 말이 그런 화창한 날을 뜻한다는 것은 금방 알 수 있었고, 꽃이 만발한 밤나무를 프랑스어로 욍 샤떼니에 앙 플뢰르(un chataignier en fleurs)라고 표현할 수 있다는 것도 쉽게 이해되었다. 파울의 수업은 언제나 지극히 직관적이었다. 원칙적으로 그는 학교를 벗어나 주변의 여러곳을 돌아다니면서 직접 눈으로 관찰하는 수업을 중시했다. 그는 기회가 닿는 대로 이런 수업을 했고, 덕분에 우리는 발전소의 변압기 설비, 제련소의 용광로와 증기풀무, 바구니 공장, 치즈 공장 등을 직접 볼 수 있었다. 양조장의 맥아즙 제조장과 맥아 탈곡장에도 가보았는데, 탈곡장 안이 어찌나 조용하던지 아무도 입 한번 벙긋할 엄두를 내지 못했다. 거의 육십년 동안 S시에서 영업해온 소총제조업자 코라디의 작업장에도 가보았다. 코라디는 언제나 녹색 눈보호대를 착용하고 있었고, 작업장 창문을 통해 흘러드는 빛이 비교적 밝을 때에는 복잡한 구식총의 발사장치를 고치느라 몸을 수그리고 있었다. S시 근교에서 그런 것을 고칠 줄 아는 사람은 코라디뿐이었다. 발사장치를 고치는 데 성공하면 그는 총을 들고 앞마당으로 나가 하늘을 향해 몇방 쏘았다. 그것은 수리가 끝났다는 신호이자 기쁨을 표현하는 축포였다.

파울이 견학수업이라고 부른 이런 나들이 덕택에 우리는 걸어서 약 두시간이면 갈 수 있는 볼 만한 곳은 어디나 모두 가보았다. 플루엔슈타인성, 슈타르츠라흐 협곡, 호펜 북부의

운하수위 조절소에도 가보았고, 퇴역군인협회의 뷜러 대포
가 전시되어 있던 칼바리엔산의 화약탑도 빼놓지 않았다. 몇
주 동안 다양한 준비학습을 한 뒤에 제1차세계대전 후 폐광
된 슈트라우스베르크 근처의 갈탄광산에 갔을 때는 붕괴된
갱도를 발견하여 우리 스스로 적잖이 놀랐다. 우리는 갱도의
입구부터 알트슈타트 기차역까지 갈탄을 실어나르던 공중케
이블의 흔적들도 발견했다. 하지만 우리의 견학수업이 그런

특정한 목적을 수행하는 탐사가 아닐 때도 있었다. 날씨가 아
주 맑은 날이면 파울은 우리를 데리고 식물학습을 하러 가거
나, 식물학습을 구실로 들판에 데리고 가서 그냥 놀게 해주기
도 했다. 대개 초여름에 그런 일이 잦았는데, 우리가 밖에 있
는 날이면 이발사이자 검시관이던 볼파르트의 아들이 와서

우리와 어울리기도 했다. 머리가 좀 모자란다고 알려졌던 그는 나이를 짐작하기 어려웠지만, 늘 아이처럼 기분이 좋은 모습이었다. 만골트라고 불렸던 그는 키가 아주 커서 거의 우리 두배였지만, 그래도 우리와 어울려 다니기를 좋아했다. 그는 우리가 과거나 미래의 아무 날이나 대면 즉시 그날이 무슨 요일인지를 맞히고는 더없이 뿌듯해했다. 아주 간단한 산수문제도 풀지 못하는 그였지만, 우리 중의 누군가가 1944년 5월 18일이 자신이 태어난 날이라고 말하면 그날은 목요일이었다고 즉시 대답했다. 좀더 어려운 문제들, 예컨대 교황의 탄생일이나 루트비히왕의 탄생일을 가지고 그를 시험해볼 때도 있었는데, 그럴 때도 그는 한순간도 지체하지 않고 그런 날들의 요일을 맞힐 수 있었다. 암산실력이 놀라울 정도였고, 수학에도 조예가 깊었던 파울은 만골트의 비밀을 밝혀내기 위해 몇년 동안 여러가지 복잡한 실험과 대화를 하는 등 온갖 방법을 써보았다. 하지만 내가 아는 한 파울도, 다른 어느 누구도 만골트의 비밀을 끝내 밝혀내지 못했다. 그가 사람들의 질문을 하나도 이해하지 못했기 때문이었다. 파울도 우리나 만골트처럼 근교로 소풍 가는 것을 아주 좋아했다. 그는 방풍 점퍼를 입거나 셔츠만 걸친 채 얼굴을 약간 치켜들고 성큼성큼 경쾌한 걸음으로 우리 앞에서 걸어갔다. 돌이켜보면 그의 걸음은 독일 반더포겔 운동(1901년 베를린에서 시작된 청년 학생들의 도보여행운동)의 모범적인 걸음걸이였는데, 아마도 청소년 시절의 체험이 파울에게 깊이 각인되었던 모양이다. 들판을 걸어갈 때면 줄곧 휘파람을 부는 것이 파울의 습관이었다. 그의 휘파람 기술은 실로 진기하다고 할 만큼 뛰어났다. 플루트 음색과 비슷했던 그의 휘파람 소리는 놀랍도록 풍성했고, 산을 오르면서도 그는 아주 긴 선율들을 너무나 쉽게 연달아 불어낼 수 있었다. 그 선율들은 아무렇게나 지어낸 것이 아니라, 정밀한 짜임새를 갖춘 아름다운 악절과 멜로디였다. 우리 중에 그런 선율을 들어본 사람은 아무도 없었다. 나는 세월이 한참 흐른 뒤에야 벨리니의 오페라나 브람스의 소나타를 듣다가 그 선율들을 다시 발견하곤 했는데, 그럴 때마다 깊은 감동에 휩싸였다. 우리가 중간에 쉬는 시간을 가질 때면 파울은 항상 기다란 면양말에서 클라리넷을 꺼내 느린 악장들을 연주하곤 했다. 물론 당시에는 이런 다양한 고전음악들이 내게는 모두 낯설기만 할 뿐이었다. 이런 음악시간에 우리는 그저 청취자의 역할만 하면 되었지만, 파울이 적어도 한주 걸러 한번씩 우리에게 노래를 가르칠 때는 그럴 수 없었다. 음악시간에도 재미보다는 진지한 의미가 더 강조되었다. 우리는 「슈트라스부르크의 참호 위에서 그렇게 내 슬픔이 시작되고」「산 위의 성」「초록의 화환 술집에서」「강가를 따라 내려가네」 같은 노래들을 배웠다. 그렇지만 파울에게 음악이 무엇을 의미했는지 내가 제대로 알게 된 계기는 따로 있었다. 어느날 오르간 연주자 브란다이스의 아들이 우리 교실에 와서 바이올린 연주회를 열었던 일이 있었다. 뛰어난 음악적 재능을 지녔던 그는 이미 음악학교에 다니고 있었는데,

짐작건대 파울의 초대를 받아 대부분 농부의 아들이었던 우리 앞에서 연주를 하게 된 것일 터이다. 여느 때처럼 창가 자리에 서 있던 파울은 젊은 브란다이스 아들의 연주에 너무나 깊은 감명을 받은 나머지 결국 안경을 벗고 억제할 수 없이 솟구쳐오르는 눈물을 닦아야 했다. 심지어 흐느낌을 감추기 위해 우리에게서 고개를 돌렸던 것까지 기억난다. 그러나 파울에게 그런 격정을 불러일으킨 것은 음악만이 아니었다. 그가 갑자기 어떤 생각에 빠져들면서 구석으로 가서 앉거나 서 있는 일은 아무 때나, 수업 중이든 쉬는 시간이든, 학교 밖에서 우리와 함께 걸어갈 때든, 때를 가리지 않고 일어났다. 항상 쾌활하고 즐거운 것 같았던 파울이 그럴 때면 마치 불행의 화신처럼 보였다.

이 불행이 도대체 어디에서 연원하는지를 내가 어느정도나마 알게 된 것은 루시 란다우 부인의 설명을 듣고 난 후였다. S시에서 파울에 대해 조사를 하는 중에 나는 그곳의 공동묘지에서 파울의 장례식을 책임졌던 사람이 그녀라는 사실을 알게 되었다. 나는 그녀를 만나 듣게 된 이야기들을 나중에 나 자신의 단편적인 기억들과 종합해보았다. 루시 란다우 부인은 이베르동(스위스 남부의 소도시로 뇌샤뗄 호수에 접해 있다)에서 살고 있었는데, 내가 그녀를 처음 방문한 것은 파울이 죽은 다음해의 어느 여름날이었다. 사위가 기이한 정적에 휩싸여 있던 그날 이후 나는 여러번 그녀를 다시 찾게 되었다. 그녀는 일곱살이 되던 해 미술사가였던 홀아버지와 함께 고향 프랑크푸르트를 떠났다고 했다. 그녀가 살고 있던 호숫가의 작은 빌라는 세기가 바뀔 무렵 한 초콜릿 공장 주인이 노년을 보낼 생각으로 지은 집이었다. 란다우 부인의 아버지는 1933년 여름에 이 집을 샀는데, 이 집을 사느라 거의 전재산을 써버렸기 때문에 그녀의 유년시절과 뒤이은 전쟁 기간 내내 집 안에는 가구가 거의 없었다고 했다. 그렇지만 그렇게 텅 빈 집에서 사는 것이 그녀에게는 결핍이라기보다는 오히려 어떤 행운이 그녀에게 선사해준 특별한 상이나 혜택처럼 느껴졌다는 것이었다. 하지만 왜 그렇게 느꼈는지는 설명하기가 쉽지 않다고 했다. 그녀는 자신의 여덟번째 생일날을 여전히 또렷하게 기억할 수 있다고 했는데, 그날 아버지는 테라스에 하얀 종이보를 덮은 작은 식탁을 차려놓고 학교에서 사귄 그녀의 새 친구 에르네스뜨와 함께 저녁식사를 할 수 있게 해주었으며, 검은 조끼를 입고 냅킨을 팔에 건 채 아주 친절한 웨이터 역할을 맡았다고 회상했다. 바람에 살짝 흔들거리는 나무들로 둘러싸인, 큰 창문이 많던 그 텅 빈 집은 그날 창문들을 모두 활짝 열어놓아 마치 마술 무대처럼 느껴졌다고 회상하면서 그녀는 말을 이었다. 나는 호숫가에서 쌩또뱅(이베로동 북서쪽의 마을)과 그 너머까지 불들이 줄지어 타오르기 시작했을 때도 그 모든 일이 내 생일을 축하하기 위해 벌어지는 줄만 알았지요. 물론 에르네스뜨는 ── 그녀는 오랜 세월이 지난 뒤에도 여전히 그의 이름을 발할 때마다 미소를 지었다 ── 암흑 속에서 빛을 뿜어대는 불꽃의 향연이 국경일 때문이라는 것을 잘 알고 있었지만, 굳이 그걸 밝혀서 나의 행복감을 깨뜨릴 만큼 상대를 배려할 줄 모르는 아이가 아니었어요. 식구가 많은 노동자가족의 막내로 태어난 에르네스뜨는 항상 모범적이고 세심한 태도를 보여주었는데, 그뒤로 그만큼 세심한 사람은 다시 만나본 적이 없어요. 파울은 예외지요. 아쉽게도 나는 그를 너무 늦게 만났어요. 1971년 여름, 프랑스 쥐라의 쌀랑레방(프랑스 동부의 소도시로 스위스 국경에서 가깝다)에서였지요.

여기까지 말하고 란다우 부인은 한동안 가만히 있더니 이윽고 다시 말을 이었다. 그날, 꼬르들리에 공원의 산책길에 있는 벤치에 앉아 나보꼬프의 자서전을 읽고 있는데 파울이 내 앞을 두번 지나치더니 다시 내 앞에 나타나 지극히 예의 바른 태도로 그 책에 대해 이야기하기 시작했어요. 우리는 그날 오후 내내, 그리고 그뒤로도 몇주 동안 아주 흥미로운 대화를 나누게 되었지요. 그의 프랑스어는 약간 구식이었지만, 작은 실수 하나 없이 정확했어요. 그는 마치 내게 미리 알아두어야 할 사실을 알려주듯 이렇게 말하더군요. 오래전부터 잘 알던 쌀랑레방으로 이번에 오게 된 것은, 지난 몇년 동안 자신의 상태가 점점 나빠져서 급기야 밀실공포증 때문에 학교에 출근도 할 수 없는 지경이 된 탓이라고 말이에요. 그는 자기가 학생들을 아직 좋아하는 것은 분명하다고 말했어요. 그런데도 학생들이 경멸스럽고 지긋지긋한 종족처럼 느껴져서 그들 앞에 서면 아무런 이유도 없이 어떤 울분 같은 것이 솟구쳐오르는 것 같다고 하더군요. 그렇게 고백하면서 그는 자신이 겪고 있는 혼란이나 정신건강에 대한 걱정 따위는 가능한 한 억누르고 숨기려고 했지요. 우리가 만난 지 며칠 지나지 않아 파울은 얼마 전에 자살을 시도한 적이 있다는 이야기를 꺼냈는데, 그때도 그는 뭐든 가볍고 무심하게 넘기는 아이러니를 섞어가며 말했어요. 그 일은 너무 수치스러워서 떠올리고 싶지도 않지만, 쌀랑의 여름 거리를 함께 산책하는 친절을 베풀어준 내게 파울이라는 이상한 유령이 대체 어떤 존재인지 알려주어야겠기에 하는 말이라더군요. 란다우 부인은 무심결에 불쌍한 파울(Le pauvre Paul),이라고 말하더니 나를 보면서 말했다. 이제 나도 제법 오래 살았는데, 지금까지 이런저런 이유로 내게 마음을 뺏긴 남자들이 한둘이 아니었어요. 그렇게 가깝게 — 그녀는 이 가깝게라는 말을 강조하면서 장난스러운 미소를 지었다 — 알고 지낸 남자들이 꽤 여럿이었는데, 다행히 그들의 이름은 대부분 잊어버렸지요. 하나같이 세련되지 못하고 아둔한 남자들뿐이었는데, 그들과 달리 내면의 고독 때문에 마음이 헐어버린 파울은 나를 더할 나위 없이 잘 배려해주고 즐겁게 해주었어요. 우리는 쌀랑에서, 때로는 쌀랑을 벗어나서 산책하고 소풍을 가곤 했는데, 정말 멋진 시간들이었지요. 란다우 부인의 말에 따르면 그녀와 파울은 함께 온천과 암염광산에도 갔고, 베를린 요새에 올라 오후를 함께 보내기도 했다. 다리 위에 서서 쉬리외즈의 초록 물빛을 바라보면서 이야기를 나누기도 했고, 아르

부아로 가서 빠스뙤르 생가도 둘러보았고, 18세기에 공장과 도시와 사회의 이상적인 모델로 조성되었던 아르께스낭의 왕립제염소를 구경하기도 했다. 왕립제염소를 구경할 때 파울은 니꼴라 르두의 설계와 건축에서 나타나는 시민적인 유토피아와 질서의 구상이 점점 심화되고 있는 자연의 파괴와 관련있다는 주장을 펼치기도 했는데, 란다우 부인에게는 이런 주장이 매우 대담하게 느껴졌다고 한다. 그녀는 파울의 죽음 후에 그녀에게 닥친 깊은 슬픔으로 인해 파묻혔다고 생각했던 영상들이 여전히 이토록 생생하게 되살아나는 것이 스스로도 놀랍다고 말했다. 그중에서도 가장 또렷하게 남아 있는 기억은 체어리프트를 타고 가도 결코 쉽지만은 않은 몽뜨롱(쥐라산맥에 있는 높이 1596미터의 산 정상) 여행이었다고 했다. 산의 정상에 도착한 그들은 마치 장난감 철도를 위해 만들어놓은 것처럼 작게 보이는 제네바 호수 주변의 경치를 오랫동안 바라보았다. 아주 작아 보이는 시가지들의 한편으로 완만한 곡선을 그리며 솟아오른 몽블랑의 거대한 몸체, 멀리서 어른거리는 바누아즈산의 빙하, 지평선의 반을 가득 채우는 알프스의 파노라마가 펼쳐져 있었다. 도시와 자연의 첨예한 대비가 그녀로 하여금 우리 인간의 갈망이 얼마나 모순적인지 난생처음 실감하게 해주었다고 한다.

　나중에 다시 봉리외 빌라로 가서 란다우 부인을 방문했을 때, 나는 그녀에게 파울이 쥐라와 쌀랑 지역을 오래전부터 잘 알고 있었다고 말했던 것과 관련해 질문했다. 그녀는 파울이

1935년 가을부터 1939년 초까지 브장송(프랑스 동부의 도시)에서, 그뒤에는 돌(브장송 서쪽의 도시)에서 빠사그랭이라는 사람 집의 가정교사로 일한 적이 있다고 알려주었다. 1930년대 독일 초등학교 교사의 이력치고는 어딘가 미심쩍은 이 일을 설명하는 데 도움이 되겠다고 생각했는지 란다우 부인은 커다란 앨범을 가져왔다. 앨범에는 그 당시뿐만 아니라 파울 베라이터의 거의 전생애가, 몇몇 공백을 빼고는 전부 사진으로 기록되어 있었고, 파울 자신이 사진 아래 기록해둔 메모들도 있었다. 그날 오후, 나는 이 앨범을 앞에서 뒤로, 다시 뒤에서 앞으로 훑어보았고, 그뒤로도 여러번 다시 펼쳐보았다. 이 앨범에 담긴 사진들을 보다보면 죽은 자들이 다시 돌아오는 것 같기도 했고, 우리가 그들 속으로 섞여들어가는 것 같기도 했다. 지금도 앨범을 보면 그런 기분이 든다. 맨 앞의 사진들은 블루멘 거리의 레르헨뮐러 원예농장 바로 옆에 있던 베라이터의 집에서 파울이 행복한 유년시절을 보내는 모습들을 보여주고 있었다. 파울이 고양이와 함께, 혹은 아주 얌전해 보이는 수탉과 함께 노는 장면을 찍은 사진들이 많았다. 그다음으로는 지방 기숙학교에서 보낸 몇년이 수록되어 있었는데, 유년시절과 다름없이 행복한 모습들이었다. 이어서 라우잉엔의 교원양성소에 입소할 때의 사진이 있었다. 파울은 그 사진 밑에 라우잉엔 교원조련소라고 적어놓았다. 란다우 부인의 설명에 따르면 파울이 지극히 고루한 빙침들과 병적인 가톨릭 신앙에 의해 지배되던 교육을 받기로 한 것은 그런 곤

욕을 치르고서라도 교사가 되고자 했기 때문이었고, 그가 영
혼을 훼손당하지 않은 채 라우잉엔 시절을 견뎌낼 수 있었
던 것은 그의 무조건적이고 절대적인 이상주의 덕분이었다.
1934~35년 당시 스물네살이던 파울은 S시에서 교생실습을
마쳤는데, 놀랍게도 그때 그가 가르쳤던 교실은 약 십오년 뒤
에 내가 앉았던 바로 그 교실이었다. 여기 사진에 있는 학생
들의 모습은 십오년 뒤 우리들의 모습과 별반 다를 것이 없
다. 앨범의 사진들과 란다우 부인의 설명이 확인시켜준 것처
럼, 실습기간에 뒤이은 1935년 여름은 막 교직에 들어선 파울
베라이터의 삶에서 가장 아름다운 시절이었다. 빈에서 온 헬
렌 홀렌더가 몇주 동안 S시에서 머문 덕택이었다. 헬렌의 어
머니가 루이트폴트 여관을 숙소로 잡았던 반면, 파울보다 불
과 한두달 연상의 헬렌은 베라이터의 집에서 지냈다. 파울은

앨범에 이 사실을 적어놓고 그 뒤에 두개의 느낌표를 찍어놓
았다. 파울에게 헬렌은 실로 계시와도 같았을 것이라고 란다
우 부인은 짐작했다. 사진이 거짓말을 하지 않는다면, 헬렌
홀렌더는 분명 자유분방하고 영리한 여성이었고, 파울이 즐
거이 자신을 비추어볼 수 있는 깊은 물과도 같았을 것이라고
그녀는 말했다.

그런데 한번 생각해보세요. 9월 초
에 헬렌은 어머니와 함께 빈으로 돌
아가버렸고, 파울은 외딴 마을 W에서
처음 정규교사로 일을 시작했는데,
아이들의 이름을 겨우 외울 수 있게
되자마자 갑자기 공문이 날아온 거예
요. 파울도 이미 알고 있던 그 법규 때
문에 교사직을 유지할 수 없다는 내

용이었지요. 여름내 그의 가슴을 채웠던 아름다운 미래에 대한 희망이 그야말로 사상누각처럼 무너져버린 거예요. 미래라는 것이 그의 코앞에서 사라지던 그때, 파울은 처음으로 극

복할 수 없는 패배감을 느꼈어요. 그뒤로도 여러번 그를 덮쳤던 이 패배감을 파울은 끝끝내 이겨내지 못했지요. 10월 말, 파울은 아버지가 사업상 알고 지내던 사람의 중개로 가정교사 일자리를 얻어 바젤을 거쳐 브장송으로 갔어요. 그녀는 여기서 잠시 이야기를 멈추었다. 그 시절이 파울에게 얼마나 힘겨웠던가를 잘 보여주는 사진이 하나 있다. 일요일 오후에 찍은 작은 사진인데, 한달 사이에 행복에서 불행으로 쫓겨난 파울이 사진 맨 왼쪽에 서 있다. 끔찍하게 말라서 몸이 거의 증발해버릴 것처럼 보인다. 헬렌 홀렌더가 어떻게 되었는지는 란다우 부인도 몰랐다. 파울은 그녀에 대해 끝까지 함구했다고 한다. 란다우 부인은 파울이 그녀를 위해 해야 할 역할을 하지 못한 채, 그녀를 위험에 내버려두었다는 자책감에서 헤어나지 못했기 때문이라고 짐작했다. 란다우 부인이 직접 알아본 바에 따르면, 헬렌은 어머니와 함께 강제수용소로 이송된 것이 거의 확실했다. 그녀는 빈의 기차역에서 여명이 밝기

도 전에 출발하는 임시열차에 실려 일단 가까운 테레지엔슈
타트 강제수용소로 이송되었을 가능성이 크다는 것이 란다
우 부인의 생각이었다.

　나는 그렇게 파울 베라이터의 생애에 한걸음 한걸음 다가
서고 있었다. 란다우 부인은 내가 S시 출신이며 그곳의 사정
을 잘 알고 있었음에도 불구하고 파울의 아버지가 소위 반
(半)유대인이었으며, 따라서 파울은 4분의 3만이 아리아인이
었다는 사실을 몰랐던 것은 놀랄 일도 아니라고 했다. 내가
다시 이베르동으로 갔을 때 그녀는 내게 말했다. 파괴의 시간
이 지나간 뒤에 그 사람들이 얼마나 철저하게 침묵하고, 모
든 것을 감추고, 때로는 실제로 잊어버리기도 했는지요. 그런
것은 그들이 그전에 보여주었던 비열한 태도와 동전의 양면
처럼 맞붙어 있는 것이에요. 키피가게 주인 쇠페클레가 파울
의 어머니에게 어떻게 했는지 생각해보세요. 파울의 어머니

테클라는 뉘른베르크의 시립극장에서 한동안 배우로 활동하기도 했지요. 쇠페를레는 테클라에게 반유대인과 결혼한 여자가 자신의 상점에 드나들면 다른 손님들이 싫어할 수 있으니, 아주 정중하게 부탁하건대 앞으로는 자신의 가게에 매일 드나드는 일은 삼갔으면 좋겠다고 했답니다. 베라이터 가족이 겪어야 했던 그런 비열하고 치졸한 일들을 당신이 몰랐다는 것이 내겐 전혀 놀라운 일이 아니에요. S시처럼 비참한 소굴에서는 그런 일이 다반사였고, 시절이 나아졌다고는 하지만 그런 태도는 지금도 여전히 남아 있어요. 이 이야기 전체의 논리가 바로 그런 것이니 놀랍지도 않습니다.

란다우 부인은 어쩔 수 없이 잠시 드러내고 만 격한 감정을 다시 가라앉히고 애써 침착을 되찾으려고 했다. 교양있고 우울한 사람이었던 파울의 아버지는 프랑켄 지방의 군첸하우젠(독일 뉘른베르크 근처의 소도시)에서 태어났어요. 파울의 할아버지 암셸 베라이터가 거기서 잡화점을 운영했는데, 수년동안 그의 일을 도와주던 여점원과 결혼하게 되었지요. 암셸은 벌써 쉰이 넘은 나이였고, 기독교신자였던 로지나는 겨우 이십대 중반이었어요. 어렵지 않게 이해할 수 있는 일이지만, 그들 부부는 바깥출입을 삼가면서 조용하게 살았어요. 파울의 아버지인 테오가 그들의 유일한 자식이었지요. 그는 아욱스부르크에서 상업 직업훈련을 받은 뒤 오랫동안 뉘른베르크의 백화점에서 일하면서 상급 사무직으로 진급했지요. 그러다가 1900년에 S시로 가서 저축한 돈과 대출받은 돈을 합처 잡화점을 열었어요. 커피원두에서 옷깃 단추까지, 여자 속옷에서 뻐꾸기시계까지, 얼음사탕에서 오페라해트까지 없는 것이 없었다고 해요. 1975년에 파울이 백내장수술을 받고 눈을 붕대로 감은 채 베른의 종합병원에 입원해 있을 때, 그는 란다우 부인에게 아버지의 잡화점에 있던 온갖 물건에 대해 자세히 이야기해주었다고 한다. 란다우 부인에 따르면, 파울은 그런 기억이 여전히 그토록 또렷하게 자신 안에 남아 있을 줄 몰랐다고 말했다. 어릴 때 잡화점의 모든 것이 그에게는 너무 높게만 느껴졌는데, 이는 물론 그의 키가 아직 작아서이기도 했겠지만, 실제로 상품수납장들이 4미터 높이의 천장까지 닿을 정도로 높았기 때문이기도 했다. 진열장이 높아 위쪽으로 약간의 빛만 가게에 흘러들었기 때문에 여름의 환한 대낮에도 잡화점 안은 침침했고, 세발자전거를 타고 바닥에서만 왔다 갔다 하던 파울에게는 특히 더 어둡게 느껴졌다. 진열대들과 상자들과 계산대 사이로 난 좁은 통로들을 누비며 그는 온갖 냄새를 맡았는데, 좀약과 은방울꽃 비누의 냄새가 특히 강했다고 한다. 마전털실과 로덴 천은 습기찬 날에 냄새가 더 많이 났고, 청어와 아마인유는 더운 날에 냄새가 심했다. 파울은 이런 기억을 떠올리면서 감정이 북받치는 듯했다고 한다. 직물로 만든 공들, 번쩍거리는 장화의 목, 조림용 유리병들, 아연으로 도금한 물뿌리개, 채찍 지지대, 그리고 유리창 안에 온깃 색깔의 바느질용 비난실들을 신열해놓은 특수진열장 사이를 세발자전거를 타고 몇시간씩 돌아다넜다고 한다. 그는 귀터만사(社)가 제작한 이 진열장을 가장 좋아했다. 잡화점 직원들로는 경리와 계원이었던 프롬크네히트를 맨 먼저 들 수 있는데, 그는 매일 편지를 쓰고 숫자를 계산하느라 책상 앞에 고개를 수그리고 앉아 있다보니 서른살이 되었을 때에는 치켜올라간 어깨가 더이상 내려가지 않았다고 한다. 노처녀 슈타인바이스는 하루 종일 걸레와 먼지떨이를 들고 가게 안을 돌아다녔고, 시도 때도 없이 서로 피한방울 섞이지 않았다고 강조하던 뮐러 헤르만과 뮐러 하인리히는 항상 조끼와 토시를 걸친 채 거대한 금전등록기의 양쪽에 서서 마치 신분이 높은 사람들이 아랫것들을 내려다보듯 손님들을 대했다. 반면 잡화점 주인이던 파울의 아버지 테오 베라이터는 길 건너 노인병원에서 온 가난한 환자들을 대할 때나 양조장 주인의 씀씀이가 헤픈 부인을 대할 때나 항상 겸손한 태도로 문을 열어주었고, 문밖까지 나가서 배웅했다. 그는 매일 프록코트나 가느다란 세로줄무늬 정장을 입고 각반으로 무릎 아래를 묶은 차림으로 상점에 나와 두개의 종려나무 모양 도기 사이에 자리를 잡았다. 그 도기들은 날씨가 좋을 때는 스윙도어 바깥에 세워두고, 날씨가 나쁘면 가게 안으로 옮겨놓았다.

란다우 부인의 설명에 따르면 그만큼 큰 잡화점은 그 지역에서 단 하나뿐이었고, 그 덕분에 베라이터 가족은 부유한 중산층의 생활을 누릴 수 있었다. 때로는 그 이상의 사치도 누릴 수 있었다고 하는데, 이는 테오도어가 1920년대에 뒤르코

프사(1860년대에 창립된 독일의 기계회사)의 자동차를 몰았던 것만 봐도 알 수 있다. 파울은 그의 아버지가 자기를 데리고 티

롤 지방과 울름, 보덴 호수 등지로 차를 몰고 갔고, 가는 곳마다 이목을 끌었다고 했다. 테오도어 베라이터는 1936년 종려주일(부활절 직전의 일요일)에 심장마비로 죽었다고 하나, 실제로는 그가 죽기 바로 이년 전에 고향 군첸하우젠에서 여러세대에 걸쳐 그곳에 살던 유대인들이 처참한 공격을 받은 사건때문에 생긴 마음속의 분노와 불안이 그를 죽음으로 몰아간 것이라고 란다우 부인은 힘주어 말했다. 란다우 부인이 이런 사실들까지 세세히 알고 있는 것을 보면서 나는 그녀가 파울과 함께 이 모든 일에 대해 끝없이 이야기했으리라는 것을 새삼스럽게 깨닫곤 했다. 테오도이의 징레식에는 그의 아내와 직원들 말고는 아무도 참석하지 않았고, 그의 육신은 부활

절 전에 S시 공동묘지 구석의 작은 담장 뒤에 있는, 종파에 소속되지 않았거나 자살한 사람들만 따로 매장하는 곳에 묻혔다. 테오도어가 죽자 잡화점은 그의 부인이던 테클라가 물려받게 되었는데, 테클라는 재산을 몰수당하지는 않았지만 헐값에 팔 수밖에 없었다고 한다. 그 무렵 그럴듯한 사업가 행세를 하던 가축업자이자 부동산업자 알폰스 킨츨레가 잡화점을 넘겨받았는데, 이 굴욕적인 거래 후에 테클라는 우울증을 앓다가 몇주 만에 죽고 말았다.

멀리 떨어져 있던 파울은 이 모든 소식을 듣고도 아무 일도 할 수 없었다고 한다. 슬픈 소식들은 언제나 너무 늦게 도착했고, 당시에 그는 일종의 판단력 마비증상에 빠져 바로 다음 날 일을 미리 생각하는 것조차 불가능했기 때문이었다. 그래서 파울은 1935년과 1936년 사이에 벌어진 일들을 오랫동안 제대로 알지 못했고, 그 어두운 시절을 거들떠보고 싶어하지 않았다고 한다. 대부분의 시간을 이베르동에서 보냈던 그의 생애 마지막 십년 동안에야 비로소 파울은 당시의 사건들을 알아볼 마음을 먹었고, 심지어 그럴 필요를 절실하게 느끼게 되었다고 한다. 시력이 매우 나빠졌음에도 불구하고 그는 매일같이 문서실에 앉아 자료들을 찾아 읽으면서 끝없이 메모했다. 그는 군첸하우젠 사건에 대해 조사했는데, 앞서 말했듯이 그 일은 1934년의 종려주일에 벌어졌다. 소위 '수정의 밤'(1938년 11월, 나치에 의해 조직된 유대인 학살사건. 나치의 유대인 말살정책의 시발점이 되었다)이 있기 여러해 전 일이었는데, 유대인

집들의 창문이 깨어졌고, 지하실에 숨은 유대인들은 밖으로 붙잡혀나와 거리에서 질질 끌려다녔다. 파울이 끔찍하게 생각했던 것은 그날 일어난 악독한 공격과 폭력 들, 예컨대 당시 일흔다섯이었던 아론 로젠펠트가 칼에 찔려죽은 것이나 당시 서른살이었던 지크프리트 로제나우가 창살에 목이 묶여 교살된 것만이 아니었다. 파울은 그 사건과 관련된 당시의 신문기사를 읽게 되었는데, 군첸하우젠의 아이들이 다음 날 아침부터 거리 곳곳에서 열린 공짜 바자회에서 온갖 물건을 선물받았으며, 그뒤로도 몇주 동안 폐허가 된 상점들에서 머리핀이나 초콜릿, 색연필, 분말청량제 따위를 마음껏 가져갈 수 있었다는 내용이었다. 유대인들의 비극을 고소해하는 태도가 읽히는 기사였다. 그런 일들은 끔찍한 폭력만큼이나 파울에게는 충격적이었다.

이런 모든 상황을 생각해볼 때, 나는 파울이 1939년 초 독일로 돌아갔다는 사실을 도무지 이해할 수 없었다. 프랑스의 상황도 점점 나빠져 독일인 가정교사로서는 먹고살기가 힘들어서 그랬는지, 아니면 어떤 맹목적인 분노나 도착적인 기분 때문에 그랬는지는 알 수 없지만, 어쨌든 그가 찾아간 곳은 한번도 가본 적이 없던 제국의 수도 베를린이었다. 베를린 근처 오라니엔부르크의 자동차정비소에서 사무직 일자리를 얻어 일하던 그는 몇달 지나지 않아 징집영장을 받게 된다. 4분의 3만이 아리아인이던 사람들에게도 영장이 발부되었던 모양이다. 그는 그뒤로 육년 동안 기갑포병대에서 복무(이런 표현이 어울리지는 않겠지만) 했다. 처음에는 독일의 여러 병영에서 근무하다가 곧 독일이 점령한 나라들을 왔다 갔다 하게 되었다. 폴란드, 벨기에, 프랑스, 발칸반도, 러시아, 지중해 연안 등지를 두루 돌아다녔다. 아마도 그는 사람의 가슴과 눈

이 도저히 견디낼 수 없는 것들을 숱하게 보았을 것이다. 해가 바뀌고 계절도 계속 바뀌었다. 왈롱(벨기에 동남부)의 가을 뒤에 베르디체프(우크라이나의 도시) 근처의 끝날 줄 모르는 하얀 겨울이 뒤따랐고, 오뜨손(프랑스 서부의 주)에서 겨울을 보냈는가 하면 달마티아(크로아티아의 연안 지방) 해안이나 루마니아에서 여름을 맞았다. 파울은 사진 아래에 이렇게 적어놓았다. 우리는 항상 2000킬로미터쯤 떨어진 곳에 있었다. 하지만 어디로부터? 시간이 흐를수록, 하루가, 한시간이, 한번의 맥박이 지나갈수록 모든 것은 점점 더 알 수 없게 되었고, 아무런

특색도 없는 추상적인 것들로 변해갔다.

란다우 부인의 이야기는 계속되었다. 1939년 파울이 독일로 돌아간 것도, 전쟁이 끝난 후에 그가 자신을 몰아냈던 S시로 돌아가서 교편을 잡은 것도 정상적인 일은 아니었어요. 물론 다시 학교로 돌아가고 싶었던 마음은 이해할 수 있어요. 그는 천성적으로 아이들 가르치는 일을 좋아했으니까요. 당신이 이야기해준 것처럼, 그는 평범한 수업을 돌연 너무나 멋진 체험으로 바꾸어버릴 수 있는 진정한 교사였지요. 그리고 아마도 그는 좋은 교사로서 불행한 십이년의 세월을 어떻게든 끝맺고, 산뜻하고 새롭게 시작해야 한다고 생각했을 테지요. 하지만 이건 반쪽의 설명도 못돼요. 1939년과 1945년에 파울이 독일로 돌아갔던 것은 그가 뼛속 깊이 독일사람이었기 때문이에요. 아마도 그로서는 달리 이렇게 할 수가 없었을 거예요. 그는 알프스 아래의 고지에 위치한 고향과 이 비참한 도시 S에서 벗어날 수 없었어요. 물론 그는 진심으로 S시를 혐오했고, 골수에 사무치도록 역겨워하던 그곳의 주민들과 함께 그 도시를 파괴하고 갈아버리고 싶은 마음도 있었을 거예요. 그건 확실해요. 퇴직하기 직전에 입주할 수밖에 없었던 새집만 해도 그래요. 그 멋지고 유서 깊은 레르헨뮐러 주택이 철거되고 흉측한 다가구주택들이 들어서게 되었으니 새집으로 이사할 수밖에 없었지만, 파울은 새집을 무척 싫어했지요. 하지만 그는 죽기 전 십이년 동안 여기 이베르동에 살면서도 그 집을 포기하지는 못했어요. 오히려, 그의 표현에 따르자면, 아무 이상이 없는지 살펴보려고 해마다 몇번씩 S시에 가보곤 했지요. 대개 이틀 동안 그렇게 S시에 다녀올 때마다 그는 우울한 모습이었어요. 내가 그렇게 말렸는데도 또 가서 마음만 앓게 된 것을 착한 아이처럼 후회했어요. 매번 그랬지요.

다른 기회에 다시 대화를 나누게 되었을 때, 란다우 부인은 이렇게 말했다. 여기 봉리외에서 파울은 정원일에 시간을 쏟아부었어요. 그가 가장 좋아하는 일이었지요. 쌀랑에서 돌아온 뒤 우리는 그의 거처를 봉리외로 옮기기로 했어요. 그때 그가 맨 먼저 내게 물었던 것이 그때까지 마냥 방치되어 있던 정원을 자신이 관리해도 좋으냐는 것이었지요. 파울은 정말로 독창적으로 정원을 바꿔놓는 데 성공했어요. 어린 나무, 꽃, 관엽식물과 덩굴식물, 그늘을 만들어주는 담쟁이 화단, 만병초, 장미나무, 관목 들—그 모든 것이 잘 자라났고,

빈 곳이 한군데도 없었어요. 파울은 날씨가 아주 나쁘지만 않으면 매일 오후 정원에서 일했고, 가끔씩 아무 데나 앉아 날로 풍성해지는 초록빛을 느긋하게 바라보곤 했지요. 그를 진료한 의사도 눈을 보호하고 호전시키기 위해서는 움직이는 나뭇잎들을 차분하게 바라보는 것이 좋다면서 정원 일을 권했어요. 하지만 밤이 되면 파울은 의사의 권유와 지시를 무시하고 새벽이 될 때까지 불을 켜놓고 있었어요. 참 많은 책들을 읽었지요. 알텐베르크, 트라클, 비트겐슈타인, 프리델, 하젠클레버, 톨러, 투홀스키, 클라우스 만, 오시에츠키, 벤야민, 쾨스틀러, 츠바이크 등의 책들을 읽었어요. 그러니까 자살했거나 자살할 뻔했던 문필가의 책을 주로 읽은 것이지요. 그가 발췌해놓은 기록을 읽어보면 이 저자들의 삶이 그에게 얼마나 큰 관심거리였는지 알 수 있어요. 그런 기록들로 수백쪽을 채웠는데, 대부분은 가벨스베르거(1789~1849. 바이에른의 서기였으며, 이탤릭체의 속기법을 고안했다)의 속기체로 썼어요. 다른 글씨체로는 원하는 만큼 빨리 쓸 수 없었으니까요. 파울의 기록에서는 자살 이야기가 자주 등장해요. 란다우 부인은 표지가 기름천으로 된 노트를 내게 건네주었다. 파울은 여기에다 일종의 증거수집을 해놓은 것처럼 보이더군요. 재판이 진행되면서 증거가 점점 더 늘어나, 결국에는 파울도 자신이 더이상 S시에 속하는 사람이 아니라 이민자의 한 사람이라는 사실을 깨끗하게 인정할 수밖에 없었지요.

1982년 초 파울의 눈 상태가 나빠지기 시작해 얼마 뒤에는 사물들이 일부만 보이거나 쪼개진 것처럼 보이게 되었다. 란다우 부인에 따르면 그는 재수술을 해도 성공할 가능성이 거의 없다는 사실을 차분하게 받아들였고, 베른에서 했던 수술이 그에게 선사해준 지난 팔년에 대해 진심으로 감사했다고 한다. 지극히 부정적인 예후를 들은 뒤에 파울은 란다우 부인에게 이렇게 말했다고 한다. 어릴 때부터 검은 점이나 진주처럼 보이는 형상들이 그의 시야에서 떠다녔는데, 그는 그런 증상이 곧 시력상실로 이어질 것이라고 생각하여 두려워했다고 말이다. 그런 것을 생각하면 그의 눈이 이렇게 오랫동안 훌륭하게 버텨준 것만도 고맙고 놀랍다는 것이 파울의 생각이었다. 실제로 파울은, 그의 표현을 빌리면, 쥣빛 시야가 점점 퍼져가는 것을 지극히 평온한 마음으로 받아들였고, 바야흐로 자신이 접어들게 될 새로운 세계는 이전보다는 좁겠지만, 그래도 나름대로 편안할 것이라고 말했나 한다. 란나우 부인은 말을 이어갔다. 내가 파울에게 페스탈로치(1746~1827,

스위스의 교육개혁가)의 책들을 모조리 읽어주겠다고 했더니, 그는 내가 그렇게 해준다면 기꺼이 눈을 희생하겠다고 하면서 그 자리에서 곧장 책을 읽어달라고 하더군요. 맨 먼저 『은자의 황혼』을 읽어달라고 했어요. 어느 가을날, 그렇게 페스탈로치를 읽어주고 있는데 그가 문득 밀하더군요. S시의 자기 집을 더이상 소유하고 있을 필요가 없으니 그만 포기해야겠다고 말이에요. 크리스마스 직후에 우리는 그 집을 처리할 생각으로 S시로 갔어요. 전쟁 후에는 독일땅을 밟아본 적이 없어서 나는 여행을 떠나기 전에 마음이 좀 불안했답니다. 눈이 전혀 내리지 않아 겨울 성수기 분위기는 전혀 느껴지지 않았어요. S시에 내렸을 때 나는 마치 세상의 끝에 당도한 기분이었고, 왠지 예감이 좋지 않아 그 길로 그냥 돌아오고 싶었지요. 냉기가 감도는 파울의 집은 먼지가 잔뜩 쌓여 있었고, 과거의 흔적들이 고스란히 남아 있더군요. 우리는 아무런 계획도 없이 이삼일 동안 이것저것 뒤졌어요. 사흘째 되던 날, 그 계절에 전혀 어울리지 않게 푄(산을 타고 내려오는 고온건조한 바람)이 불어왔어요. 전나무들이 검은 무리를 이루어 산을 덮고 있었고, 창유리는 납빛으로 번쩍거렸지요. 하늘이 너무 어둡고 낮게 깔려 있어서 먹물 같은 액체가 금방이라도 흘러내릴 것 같았어요. 관자놀이가 너무 아파 누웠더니 파울이 아스피린을 갖다주더군요. 지금도 또렷하게 기억하는데, 아스피린이 서서히 듣기 시작했을 때 감았던 내 눈 안에서 두개의 기이하고 불길한 형상이 움직이기 시작했어요. 잠에서 깨어났을 때는 오후 3시쯤이었지만, 겨울이어서 벌써 땅거미가 내려앉고 있었어요. 파울이 내게 이불을 덮어주었더군요. 그런데 집 안 어디에도 파울이 없었어요. 이상하게 생각하며 현관에 서 있는데, 파울의 방풍재킷이 보이지 않더군요. 그날 아침 파울이 사십년째 옷걸이에 걸려 있는 옷이라고 지나가듯 이야기했던 그 재킷이 없었어요. 그 순간 나는 알았어요. 파울이 그 옷을 입고 나갔고, 살아서 그를 다시 보지 못하리라는 것을 말이에요. 얼마 후 누군가 초인종을 울렸을 때, 나는 마음의 준비가 되어 있었어요. 다만 그가 택한 자살의 방식이 너무 놀라울 뿐이었는데, 잠시 뒤 생각해보니 파울에겐 그럴 이유가 충분히 있었어요. 기차는 그에게 깊은 의미를 지니고 있었지요. 기차의 종착역은 항상 죽음이라고 생각했는지도 몰라요. S시에 있던 그의 집을 둘러보면 금방 알아차릴 수 있었던 것처럼, 그가 운행예정표, 운행시간 책자, 철도의 전반적인 운영방식, 이 모든 것에 대해 어떤 강박적인 관심을 가졌던 시절이 있었어요. 비어 있던 북쪽 방의 책상 위에 만들어놓은 모형철도가 아직도 눈에 선해요. 그것은 파울이 겪어야 했던 독일의 불행을 상징하고 있었어요. 란다우 부인의 말을 들으면서 나는 파울이 그토록 자주 칠판에 그렸던 기차역과 선로, 신호조종기, 물품창고, 신호 들 따위를 떠올렸다. 우리는 그가 그려놓은 그림들을 최대한 정확하게 노트에 베껴야 했다. 나는 란다우 부인에게 파울의 그런 수업에 대해 이야기해주다가, 결국 사람은 무엇 때문에 죽는지 참 알기 어렵

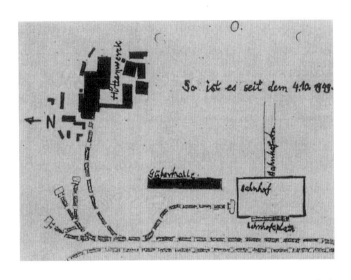

다고 말했다. 란다우 부인도 내 말에 동의하면서 그것은 정말
알 수 없는 일이라고 답했다. 파울은 철도가 자신의 운명을
체계적으로 묘사해주고 있다고 생각했는데, 나는 여기 이베
르동에서 그토록 오랜 세월을 그와 함께 보내면서도 그런 사
실은 전혀 모르고 있었어요. 철도에 광적으로 매달렸던 일을
딱 한번 아주 암시적으로 말했던 적이 있었지만, 그때도 아
주 먼 옛날 한때의 괴벽에 대한 이야기처럼 심드렁하게 말했
을 뿐이었거든요. 어릴 적, 여름휴가를 떠났을 때 린다우(독일
남단의 보덴 호수에 접해 있는 도시)에 들른 적이 있었는데, 호숫가
에 서서 기차가 육지에서 섬으로, 섬에서 육지로 달리는 모습
을 매일 쳐다보았다고 하더군요. 파란 하늘로 솟아오르는 하
얀 증기구름과, 열어놓은 창밖으로 손을 내밀어 흔들어대는

승객들, 그 아래 물에 비친 영상들 — 일정한 간격으로 반복되던 이런 광경들이 너무 매력적이어서 휴가 내내 점심식사 시간에 맞춰 숙소로 돌아간 적이 한번도 없었답니다. 그의 숙모님은 하릴없이 고개를 저었고, 삼촌은 파울이 언젠가 철도에서 끝을 볼 것이라고 말했다고 해요. 사소하게만 들렸던 그 휴가 이야기에 얼마나 큰 의미가 있었는지 지금은 알고 있지만, 그때는 전혀 눈치챌 수 없었지요. 하긴 그때도 이야기의 끝이 왠지 개운하지는 않았어요. 아마도 삼촌이 썼던 **철도에서 끝을 본다**는 표현이 그 지방에서 어떤 관용적인 의미로 쓰였는지 몰라서 그랬겠지만(원래 이 표현은 '철도에서 평생 직업을 찾다'라는 뜻이다), 어쨌든 불길한 신탁을 들은 것처럼 꺼림칙한 기분이 남았어요. 지금 기억하기로는 그때 정말로 죽음의 형상을 보았던 것 같아요. 하지만 내가 순간적인 오해로 인해 느꼈던 그 불안감은 아주 잠깐 지속되었을 뿐, 날아가는 새의 그림자처럼 이내 사라져버렸지요.

암브로스 아델바르트

내 밀밭은
눈물의 수확이었을 뿐

어머니의 외삼촌이었던 아델바르트 할아버지에 대해 내가 기억하는 것은 거의 없다. 그나마 확실하게 말할 수 있는 것은, 그를 본 것이 딱 한번뿐이었다는 사실이다. 1951년 여름의 일이었는데, 그때 미국에 살고 있던 친척들이 모두 우리가 사는 W시로 더러는 함께, 더러는 앞뒤로 와서 몇주 동안 함께 지냈다. 카지미르 외삼촌은 리나 외숙모와 플로시와 함께, 피니 이모는 테오 이모부와 쌍둥이 아이들과 함께, 그리고 미혼이던 테레스 이모는 혼자 왔다. 그들이 머무는 동안, 켐프텐(독일 남단 알고이 지방의 도시)과 레히브루크(켐프텐에서 동쪽으로 40킬로가량 떨어진 마을)에서 살던 리나 외숙모의 친정식구들과 테오 이모부의 친가 가족들이 우리의 초대를 받고 와서 며칠 동안 머물렀다. 잘 알려져 있다시피 이민자들은 타국에서도 주로 고향사람들과 어울린다. 거의 예순명 가까이 모였던 그 가족모임 때에 나는 아델바르트 할아버지를 처음이자 ─ 기억건대 ─ 마지막으로 보았던 것이다. 물론 그때 친척들은 술집 이층에 있던 우리집뿐만 아니라 근처의 여러 곳에도 숙소를 잡아야 했다. 그 바람에 동네 전체가 북적거릴 정도였으니 아델바르트 할아버지는 다른 친척들과 마찬가지로 전혀 내 눈에 띄지 않았다. 그런데 우리가 어느 일요일 오후에 한 식당에서 커피모임을 갖게 되었을 때, 여러 사람이 아델바르트 할아버지에게 이민 간 친척들 가운데 가장 연장자이자 그들의 선대로서 그 자리에 모인 일족에게 한마디하시라고 청했다. 그 순간 나는 그를 처음으로 눈여겨보게 되었다. 그는 일어서면서 숟가락으로 유리컵을 몇번 두드렸다. 할아버지는 별로 크지 않았지만, 아주 품위있는 모습이었다. 그런 모습을 뿌듯하게 바라보며 사람들은 자신들도 덩달아 가치있는 사람이 된 양 웅성거리며 흡족해하는 것 같았지만, 실은 할아버지와 비교되면서 다들 오히려 더 볼품없어 보였다. 자기만의 상상 속에 갇혀 있는 어른들은 그런 사실을 몰랐겠지만, 아직 일곱살이었던 내 눈을 속일 수는 없었다. 커피모임에서 할아버지가 무슨 말을 했는지는 이제 기억나지 않지만, 그가 글로 발표해도 좋을 만큼 멋진 문장들을 술술 읊었고, 나로서는 고작 어렴풋한 뜻만 짐작해볼 수 있을 뿐인 난해한 단어와 숙어 들을 사용했던 것은 기억에 남아 있다. 내게 이런 인상적인 기억을 남긴 아델바르트 할아버지는 다음날 우편자동차를 타고 임멘슈타트로 갔다가 거기서 다시 기차를 타고 스위스로 갔다. 그렇게 할아버지는 영원히 모습을 감추어버린 것이다. 오래지 않아 나는 그의 모습조차 기억힐 수 없게 되었다. 이년 후에 그는 죽음을 맞았지만, 나는 그 사실조차 몰랐으니 그가 어떻게 죽었는지는 더더욱 알 턱이 없었다. 그 소식이 전혀 내 귀에 들려오지 않았던 것은 아마도 바로 그 무렵 어느날 아침 테오 이모부가 신문을 읽다가 심장마비를 일으켜 죽었기 때문일 것이다. 그가 죽자 쌍둥이 아이들을 혼자 키우게 된 피니 이모는 지극히 어려운 처지가 되었으니, 그에 비하면 노년의 할아버지가 홀몸으로 죽은 것은 별로 이야깃거리가 되지 않았다. 게다가 아델바르트 할아버지와 가깝게 지냈기 때문에 그에 대해 가장 많은 이야기를 해줄 수 있는 피니 이모가, 당시 우리에게 보낸 편지에서도 썼듯이, 쌍둥이 아이들을 먹여살리느라 밤낮으로 일해야 했기 때문에 몇년 동안 여름휴가철이 되어도 미국에서 오지 못했다. 카지미르 외삼촌도 날이 갈수록 고향에 오는 일이 뜸해져서 그런대로 정기적으로 우리를 방문하는 사람은 테레스 이모뿐이었다. 테레스 이모는 홀몸이어서 다른 친척들보다 경제사정이 훨씬 나은 편이기도 했지만, 평생 동안 지독한 향수에 시달렸기 때문에 고향에 오는 일을 빼먹을 수 없었다. 고향에 도착하고 삼주가 되도록 그녀는 돌아온 것이 기뻐 눈물을 흘렸고, 떠날 날이 삼주 앞으로 다가오면 벌써 떠날 일이 슬퍼 눈물을 흘렸다. 그녀가 육주 이상 우리와 함께 머무를 때면 중간에 잠시 기분이 안정되는 기간이 있었는데, 그런 때면 이모는 주로 공예작업을 하면서 지냈다. 하지만 그보다 짧게 머물 때면 그녀가 오랜만에 다시 고향에 온 것이 기뻐서 우는지, 아니면 떠날 생각을 하고 벌써 슬퍼서 우는지 정말로 알 수 없을 때가 많았다. 이모가 마지막으로 우리를 방문했을 때는 참으로 힘들었다. 시도 때도 없이 눈물을 흘렸기 때문이었다. 아침에 커피를 마실 때나 저녁식사를 할 때, 들판에서 산책을 할 때, 이모가 세상에서 가장 사랑하던 홈멜 인형들(독일의 화가이자 도안가였던 홈멜 수녀의 도안에 따라 만들어진 도자기인형)을 사러 갔을 때, 십자낱말풀이를 할 때나 그냥 창밖을 내다볼 때, 이모는 줄곧 조용히 흐느꼈다. 우리가 이모를 다시 뮌헨으로 모시고 갔을 때도 그랬다. 켐프텐과 카우프보이렌 사이에서, 그리고 카우프보이렌과 부흐로에 사이에서 여명 속에 줄지어선 가로수들이 우리 뒤로 휙휙 물러나는 동안, 슈레크 택시회사의 운전사가 모는 신형 오펠 자동차의 뒷좌석에서 우리 아이들 사이에 끼어앉은 이모는 눈물을 펑펑 쏟아냈다. 나중에 이모가 모자상자 몇개를 들고 리엠 공항(1992년에 문을 닫은 뮌헨의 국제공항)의 활주로를 가로질러 은빛 비행기로 다가갈 때도, 전망대에 서 있던 나는 이모가 연방 흐느끼며 손수건으로 눈물을 닦는 것을 보았다. 한번 뒤돌아보지도 않은 채 이모는 비행기 계단을 올라가 컴컴한 문을 통해 비행기 안으로 사라져버렸다. 그것이 내가 본 이모의 마지막 모습이었다. 그뒤로도 한동안은 계속 매주 한통씩 이모의 편지가 도착했다. 이모는 항상 이렇게 편지를 시작했다. '고향의 사랑하는 이들에게. 다들 잘 지내고 있어요? 나도 잘 지내요.' 하지만 얼마 후, 거의 삼십년 동안 예외없이 노착하던 이모의 편지가 끊겼다. 어머니가 규칙적으로 내게 건네주시던 달러 지폐를 더이상 받을 수 없었으므로 나도 그 사실을 알게 되었다. 어머니는 사육제가 한창이던 때, 소식지에 부음을 실어야 했다. 사랑스러운 자매이자 처제, 이모였던 테레스가 뉴욕에서 짧은 기간 동안 중병을 앓다가 유명을 달리했다는 내용이었다. 그때도 사람들은 너무 일찍 죽은 테오 이모부에 대해서는 이야기를 나누었지만, 확실히 기억하건대 이모부와 비슷한 시기에 돌아가신 아델바르트 할아버지에 대해서는 아무도 언급하지 않았다.

내가 자라면서 언젠가는 미국으로 이민을 갈 것이라고 생각하게 된 것은 아마도 여름마다 우리를 방문했던 미국 친척들의 영향 때문이었을 것이다. 하지만 내가 미국을 꿈꾸었던 데에는 친척들 말고도 더 중요한 이유가 있었다. 나는 우리 고장에 주둔하고 있던 점령군의 색다른 일상생활을 매일 마주치며 자랐다. 사람들은 미군의 생활태도가 승전국의 태도로서는 도무지 적절하지 않다고 자기들끼리 속삭이는가 하면, 때로는 대놓고 말하기도 했다. 미군들은 몰수한 집들이 폐허가 되도록 방치했고, 자신들이 사는 집의 발코니에 꽃을 기르지도 않았으며, 창문에는 커튼 대신 방충망을 달았다. 여자들은 바지를 입고 돌아다니면서 립스틱 자국이 뚜렷하게 남은 담배꽁초를 아무 데나 버렸다. 남자들은 탁자에 다리를 올리기 일쑤였고, 아이들은 밤에 자전거를 정원에다 내팽개쳐두었다. 흑인을 어떻게 생각해야 할지는 어차피 아무도 몰랐다. 그런데 사람들의 불평 섞인 말들이 오히려 내가 아는 유일한 외국에 대한 동경심을 부추겼다. 지루한 수업시간이나 저녁때가 되면 나는 미국에서 보내게 될 나의 미래를 아주 다채롭고 자세하게 상상해보곤 했다. 그런 상상 속에서 미국인이 된 나는 때로는 말을 타고, 때로는 진갈색의 올즈모빌 (미국의 제너럴모터스사가 만든 자동차)을 타고 미국의 곳곳을 돌아다녔다. 나의 상상은 내가 열여섯, 열일곱이 되었을 때 정점에 달했다. 나는 헤밍웨이의 주인공들을 정신적으로나 육체적으로나 똑같이 흉내내려고 했다. 하지만 이 공상들은 여러가지 뻔한 이유로 인해 애당초 가망없는 짓이었다. 그뒤로 미국에 대한 나의 꿈은 서서히 흩어져 사라져갔고, 그 사라짐의 끝에서 일체의 미국적인 것에 대한 반감에 자리를 내주었다. 이 반미감정은 대학시절 내 안에 깊이 뿌리를 내렸고, 언젠가 내가 자발적으로 미국여행을 하게 되리라는 생각만큼 불합리한 것은 없어 보였다. 그런데 1981년 1월 2일, 나는 뉴어크 (미국 뉴저지주의 도시로 뉴욕에서 가까운 뉴어크 국제공항이 있다)로 날아갔다. 그 몇달 전에 어머니의 앨범 한권을 보게 되었는데, 바이마르공화국 시대에 이민을 떠난 친척들의 처음 보는 사진들이 가득 들어 있었다. 그 사진들이 계기가 되어 미국까지 날아가게 된 것이다. 사진들을 들여다보면 볼수록 사진 속 친척들이 미국에서 어떻게 살았는지 점점 궁금해졌던 것이다. 예컨대 다음 사진은 1939년 브롱크스에서 찍은 것이다. 맨 왼쪽에 리나 외숙모가 카지미르 외삼촌 곁에 있아 있다. 그리고 맨 오른쪽에 앉아 있는 사람이 테레스 이모다. 소파에 앉아

있는 다른 사람들은 안경을 쓴 어린아이를 빼고는 누군지 모르겠다. 그 어린아이가 플로시인데, 그녀는 나중에 애리조나주의 투손에서 비서가 되었고, 쉰살이 넘어서 벨리댄스를 배우기도 했다. 벽에 걸려 있는 유화는 우리 고향 W시의 풍경화다. 사람들에게 물어보니 이 그림은 언젠가 분실되었다고 했다. 나의 부모님이 작별선물로 준 이 그림을 마분지 롤에 넣어 뉴욕으로 가지고 갔던 카지미르 외삼촌도 그림이 어디로 사라졌는지 몰랐다.

　미국에 도착한 1월 2일, 뉴어크 공항에서 출발한 나는 뉴저지의 톨게이트를 지나 남쪽으로 접어들어 레이크허스트(뉴욕 아래쪽에 위치한 뉴저지주의 마을)로 향했다. 잔뜩 흐리고 우중충한 날이었다. 피니 이모와 카지미르 외삼촌은 1970년대 중반에 각각 마마로넥(뉴욕시 북쪽에 있는 타운)과 브롱크스의 집을 처분하고 레이크허스트로 가서 방갈로식 주택을 하나씩 샀다. 드넓은 딸기밭 한가운데 있는 이른바 **퇴직자 마을**에 입주했던 것이다. 공항을 빠져나오자마자 나는 한눈을 팔다가 하마터면 도로 밖으로 질주할 뻔했다. 도로 가에 쓰레기더미가 실로 산더미만 하게 쌓여 있었는데, 그 위로 낡은 점보비행기가 먼 선사시대의 괴물처럼 육중한 몸을 힘겹게 하늘로 들어올리고 있었다. 비행기 뒤로 검은 연기가 긴 띠를 만들어내고 있었고, 한순간 비행기가 날개를 퍼덕거리는 것처럼 보이기도 했다. 도로는 드넓은 평원으로 이어졌다. 가든스테이트 파크웨이 주변으로 보이는 것들이라고는 왜소한 나무들과 제멋대로 자라난 잡초, 아무도 살지 않는, 일부는 판자에 못을 박아 문을 폐쇄해놓기까지 한 횅뎅그렁한 나무집, 그리고 그 주변의 낡은 울타리와 오두막 들이 전부였다. 나중에 카지미르 외삼촌이 설명해준 바에 따르면, 전쟁 직후까지도 그 지역에서는 수백만마리의 닭이 사육되었고, 그 닭들이 낳은 수천만개의 달걀이 뉴욕의 시장으로 팔려나갔다고 한다. 하지만 새로운 사육법이 도입되자 더이상 수지가 맞지 않게 되어 소농들과 함께 닭도 모조리 사라지고 만 것이었다. 파크웨이에서 벗어나 이끼 낀 늪들 사이로 뻗은 널찍한 도로를 몇마일 달리다가 날이 어두워진 뒤에야 나는 씨더 글렌 웨스트에 도착했다. 이 주거지는 엄청나게 규모가 크고, 한집에 네 가구가 살도록 지어진 방갈로식 콘도미니엄들은 모두 구별하기 어려울 정도로 모양이 비슷했다. 게다가 모든 집 앞의 정원에 거의 똑같이 생긴 싼타할아버지들이 내부에 장치된 조명으로 빛을 발하고 있었다. 하지만 씨더 글렌 웨스트는 철저하게 기하학적으로 구획되어 있어서 피니 이모의 집을 찾기는 어렵지 않았다.

피니 이모는 나를 위해 슈바벤식 만두(치즈와 야채 등을 넣은 작고 납작한 만두로서, 주로 수프에 넣어 먹는다)를 요리해주었다. 이모는 놀러온 젊은 친척을 위해 요리를 내놓는 대부분의 나이든 여자들의 습성대로 식탁 앞에 앉아 연방 내게 더 먹으라고 권했지만, 이모 자신은 음식을 입에도 대지 않았다. 그 대신 이모는 지난날의 이야기를 해주었다. 몇주 전부터 심해진 신경통 때문에 한쪽 얼굴이 아파서 이모는 내게 이야기를 하면서도 내내 그쪽을 손으로 가리고 있었다. 통증 때문인지 옛날 생각 때문인지 눈물도 계속 흘러내려 이모는 가끔씩 눈물을 닦아야 했다. 테오 이모부의 느닷없는 죽음 이후로 여러해 동안 매일 열여섯시간 혹은 그보다 더 오래 일을 해야 했던 시절에 대해서도 이야기해주었고, 테레스 이모가 죽기 전 몇달 동안 뜨내기처럼 거리를 돌아다니거나 아무 데나 앉아 있기도 했다는 이야기도 들려주었다. 습진 때문에 밤낮으로 하얀 무명장갑을 끼고 다녀야 했던 테레스 언니는 여름 햇살 아래에 서 있으면 때때로 성녀처럼 보이기도 했어. 정말로 성녀였는지도 모르지. 어쨌든 언니가 평생 견뎌야 했던 일이 참 많았으니까 말이야. 어릴 때부터 그랬지. 우리 학교 교리문답 선생님도 언니가 울보로 태어났다고 했을 정도였으니까. 돌이켜보면 언니의 눈에서는 눈물이 마를 때가 없었구나. 젖은 손수건을 손에서 떼어놓은 적이 없었지. 너도 알겠지만, 테레스 이모는 벌어들인 돈도, 이모가 관리했던 백만장자 발러슈타인의 재산 중에서 자신에게 떨어진 것도 전부 다 사람들에게 선물로 주었어. 덕분에 언니는 말년을 가난하게 보내야 했지. 카지미르 오빠나 리나도 그런 줄 몰랐지만, 실제로 언니가 남긴 것은 백개가량 되는 훔멜 인형과 멋지기는 한 옷과

많은 인조보석 들이 전부였어. 그것들을 모조리 팔아서 장례식 비용을 치르고 나니 남는 게 없었지. 피니 이모는 자신의 앨범을 뒤적이면서 말을 이었다. 테레스 언니와 카지미르 오빠 그리고 나는 1920년대 말에 W시를 떠났어. 1927년 9월 6일에 나와 언니가 먼저 브레머하펜(북독일의 도시 브레멘 근처의 항구도시)에서 배를 탔지. 언니는 스물셋이었고 나는 스물하나였어. 우리 둘 다 끈 달린 작은 모자를 쓰고 있었던 기억이 나는구나. 요한 오빠는 1929년 여름에, 그러니까 검은 금요일(1929년 10월 25일. 이날 뉴욕의 주가가 폭락하여 세계공황이 시작된다) 몇주 전에 함부르크에서 배를 타고 뒤따라왔어. 교사였던 나나 재단사였던 테레스 언니가 그랬던 것처럼, 도제훈련을 마친 함석공이었던 요한 오빠도 고향에서 일자리를 구할 수 없었거든. 나는 한해 전에 베텐하우젠의 교사교육원을 졸업하고 1926년 가을부터는 무급 보조교사로 W시의 초등학교에서 일했지. 그 당시에 팔켄슈타인으로 소풍을 가서 찍은 사진이란다. 학생들은 이렇게 모두 뒤쪽 짐칸에 서 있었고, 나와 푹스루거 선생님은 차 주인이었던 아들러비르트 베네딕트 탄하이머와 함께 운전석 옆에 앉아 있었지. 푹스루거 선생님은 처음부터 나치에 동조했던 사람이야. 머리 위에 조그마한 십자가를 달고 맨 뒤에 서 있는 아이가 네 어머니 로자란다. 이 사진을 찍고 나서 몇달 후, 그러니까 내가 배를 타기 이틀 전에, 네 어머니를 데리고 클로스터발트로 가서 거기 기숙학교에 맡겼던 기억이 나는구나. 부모님과 함께 살던 집을 떠나

야 한데다 형제들마저 다 바다를 건너가버렸으니, 네 어머니
가 그때 얼마나 혹독한 무서움을 참고 지내야 했을지는 보지
않아도 알지. 크리스마스 전에 우리가 사는 뉴욕으로 편지
를 보낸 적이 있었는데, 밤에 침실에 누워 있으면 무척 외롭
다고 적었더구나. 나는 그래도 카지미르 오빠가 네 곁에 있지
않니 하고 위로하는 답장을 보냈지. 하지만 카지미르 오빠도
로자가 열다섯 되던 해에 미국으로 왔단다. 나쁜 일은 항상
그렇게 겹치는 법이지. 피니 이모는 생각에 잠겨 한동안 가만
히 있다가 다시 말을 이었디. 테레스 언니와 나는 뉴욕에 도
착한 뒤 비교적 금세 자리를 잡았어. 우리 어머니 동생인 아

델바르트 외삼촌이 금방 일자리를 구해주었거든. 외삼촌은 제1차세계대전 전에 벌써 미국으로 와서 최상류층 집안에서만 일했는데, 인맥이 많아 어렵지 않게 우리들의 일자리를 구해줄 수 있었던 거야. 나는 포트워싱턴에 사는 젤리히만 가족의 가정교사로 취직했고, 테레스 언니는 거의 동년배였던 발러슈타인 부인의 개인 고용인으로 일하게 되었어. 그 여자의 남편 발러슈타인은 원래 울름(독일 바덴 뷔르템베르크주의 도시) 근처에서 살다가 미국으로 왔는데, 다양한 양조기술을 개발해서 특허를 받는 바람에 순식간에 큰재산을 모았지. 그의 재산은 날로 불어나고 있었어.

너는 아마 아델바르트 할아버지를 기억하지 못할 거다. 피니 이모는 그때까지와는 전혀 다른, 훨씬 중요한 이야기를 시작하듯이 말했다. 우리 외삼촌은 남달리 기품있는 분이었어. 1886년 켐프텐 근처의 고프레히츠에서 팔남매의 막내로 태어났는데, 첫번째 사내아이였어. 세례명이 암브로스였던 아델바르트 외삼촌이 두살도 채 되기 전에 우리 외할머니가 돌아가셨는데, 아마도 기력이 모조리 빠져서 그랬을 거야. 그래서 장녀였던 크레첸츠 이모가 집안일을 꾸리고 어머니의 역할도 해야 했는데, 그때 이모 나이가 겨우 열일곱이었어. 술집을 하던 외할아버지는 그저 손님들과 함께 앉아 있을 줄만 알았지, 전혀 도움이 되지 않았다고 하더구나. 암브로스 외삼촌은 첸치(장녀 크레첸츠의 애칭) 가족의 다른 형제들과 마찬가지로 어릴 때부터 일을 해야 했어. 그러니까 다섯살 때 벌써 일을 하기 시작했는데, 매주 임멘슈타트에서 장이 서는 날이면 바로 위의 미니 누나와 함께 그 전날 캐어둔 살구버섯이나 월귤나무 열매를 들고 가서 팔아야 했지. 가을이 되어서도 아델바르트 외삼촌과 미니 이모는 때로 몇주일 동안 바구니를 들고 다니며 들장미 열매를 따서 모으고, 그것들을 집으로 가지고 와서 하나씩 자르고, 털이 많은 씨앗을 숟가락 끝으로 파낸 뒤, 빨간 열매껍질을 며칠 동안 빨래통에 담가 불린 뒤에 압착기로 누르는 일을 해야 했단다. 미니 이모가 그렇게 이야기하더구나. 암브로스 외삼촌이 자란 환경을 생각해보면 어린이로 살 수 있었던 때가 한번도 없었다고 해야 할 거야. 외삼촌은 열세살 때 벌써 집을 떠나 린다우로 갔어. 거기 있던 **바이에른** 식당에서 부엌 일꾼으로 일하면서 돈을 모아 벨슈란트(스위스의 프랑스어 사용 지역)로 가는 기차표를 샀다고 하더구나. 외삼촌은 가족이 운영하던 술집에서 여행 중이던 시계 제조업자를 만난 적이 있는데, 그가 벨슈란트의 아름다운 풍경을 열광적으로 찬양했다고 하더구나. 이상하게도 나는 암브로스 외삼촌이 린다우에서 증기선을 타고 달빛이 비추는 보덴 호수를 건너가는 모습을 내 눈으로 본 것만 같구나. 실제로는 있을 수도 없는 일인데 말이야. 확실한 것은, 당시 겨우 열네살이던 외삼촌이 그렇게 고향땅을 영영 떠난 뒤 며칠 만에 몽뜨뢰(스위스와 프랑스 국경의 레만 호수에 접해 있는 스위스 도시)의 에덴 그랜드 호텔에 수습시환으로 취직했다는 거야. 아마 외삼촌의 상냥하면서도 차분한 태도가 호텔 측 마음

에 들었겠지. 어쨌든 에덴 호텔이 외삼촌의 첫직장이었던 것
같아. 외삼촌이 남긴 그림엽서 앨범을 보면 오후의 햇살을 차
단하려고 내려놓은 차양막이 늘어서 있는, 세계적인 명성의
그 호텔 엽서가 맨 첫장에 붙어 있었거든. 피니 이모는 침실
서랍에서 앨범을 꺼내 내 앞에 펼쳐 보였다. 몽뜨뢰에서 수습

기간을 거치면서 외삼촌은 호텔생활의 온갖 비밀을 알게 되
었을 뿐만 아니라, 프랑스어도 완벽하게 배웠어. 아니, 스펀
지처럼 빨아들였다고 표현하는 편이 낫겠구나. 외삼촌은 단
한권의 교습서도 없이 외국어를 한두해 안에 아주 수월하게
익히는 능력을 갖고 있었어. 자신 안에 있는 사람을 약간 조

정하기만 하면 외국어를 쉽게 배울 수 있다고 외삼촌이 설명
해주더구나. 멋진 뉴욕식 영어 외에도 우아한 프랑스어를 구
사할 줄 알았고, 독일어도 고프레히츠에서는 결코 배울 수 없
는 아주 섬세한 표준독일어를 썼어. 게다가 일본어까지 전혀
서툴지 않게 할 줄 알았지. 언젠가 내가 외삼촌과 함께 싹스
상점에서 물건을 사고 있는데, 영어를 못하는 한 일본인이 곤
경에 빠져 있었어. 외삼촌은 그때 그 일본인의 말을 통역해주
어 그를 구해주더구나.

　스위스에서 수습 기간을 마치고 나서 암브로스 외삼촌은
최고의 추천서와 증서 들을 들고 런던으로 갔어. 1905년 가
을, 해변에 있는 싸보이 호텔에서 다시 사환으로 일하기 시
작했지. 런던 시절에 외삼촌은 상하이에서 온 여자와 은밀
한 관계를 맺었어. 하지만 내가 아는 건 그 여자가 광택가죽
으로 만든 장갑을 좋아했다는 게 전부야. 아델바르트 외삼촌
은 때때로 내게 그녀와의 일을 언급하기도 했지만, 그녀가 외
삼촌의 슬픈 인생의 출발점에 있었다는 정도 말고는 더 자세
히 말하지 않았어. 그녀와의 관계가 실제로 어땠는지 캐어보
려고 해도 외삼촌은 묵묵부답이었지. 엉뚱하게도 나는 그녀
를 생각하면 늘 마타 하리(1876~1917, 네덜란드 출신의 무용수로서
제1차세계대전 당시 독일과 프랑스의 스파이였다가 프랑스 당국에 체포되
어 처형당했다)가 떠오르더구나. 어쨌든 상하이에서 온 그 여자
는 아마 싸보이 호텔에도 자주 왔을 것이고, 그래서 당시 스
무살쯤 되었던 외삼촌은 업무상 그녀와 자주 만나게 되었겠

지. 그건 일본에서 온 사절단의 경우에도 마찬가지였어. 내 계산이 정확하다면 1907년에 외삼촌은 그 일본 사절단과 함께 배와 기차를 타고 코펜하겐과 리가, 쌍뜨뻬쩨르부르끄, 모스끄바를 지나 시베리아를 횡단하여 일본까지 갔어. 미혼이던 일본 참사관이 쿄오또오 근처에 멋진 수상주택을 가지고 있었는데, 그와 함께 거기서 살았다고 해. 암브로스 외삼촌은 시종이면서도 손님처럼 대접받았는데, 물 위에 떠 있는 그 텅 빈 집에서 거의 이년을 참사관과 함께 보냈어. 외삼촌은 그때

까지 경험한 세상의 다른 어떤 곳보다 그곳이 더 편안하다고 느꼈던 모양이더구나.

마마로넥에서 아델바르트 외삼촌과 이야기를 나누었던 어느날 오후, 문득 외삼촌은 내게 일본 시절에 대해 한참 동안 이야기해주었어. 하지만 자세한 내용은 이제 기억나지 않는구나. 종이로 만든 방의 벽들과 활쏘기에 대해 이야기했던 것 같고, 상록 월계수와 은매화, 야생 동백나무에 대해서도 말했던 것 같아. 열다섯명이 들어갈 수 있는 늙은 녹나무 이야기도 생각나고, 어떤 처형장 이야기와 두견새라고 불리는 일본 뻐꾹새의 울음소리를 외삼촌이 정말 멋지게 흉내냈던 것도 기억나는구나. 피니 이모의 눈은 벌써 반쯤 감겨 있었다.

다음 날 아침 커피를 마신 뒤 나는 카지미르 외삼촌 집으로 건너갔다. 10시 30쯤, 나는 외삼촌과 함께 부엌 식탁 앞에 앉아 있었다. 리나 외숙모는 벌써 요리를 시작하고 있었다. 외삼촌은 유리잔을 두개 꺼내 내가 들고 간 엔치안(용담 뿌리를 고아 만든 브랜디. 투명하고 흙맛이 난다)을 따랐다. 한참 말을 주고받은 끝에 나는 이야기의 주제를 이민으로 돌리는 데 성공했다. 외삼촌은 이렇게 말을 시작했다. 그때 우리는 독일에서 거의 일자리를 구할 수 없었지. 알텐슈타트에서 함석공 도제수업을 마친 뒤 내가 일자리를 가졌던 건 딱 한번뿐이었어. 1928년, 아욱스부르크의 유대인 회당에 새 동판지붕을 얹는 일이었지. 제1차세계대전 중에 유대인들은 전쟁을 놉기 위해 옛 동판지붕을 헌납했는데, 1928년이 되어서야 새로 지붕을

없을 비용을 마련할 수 있었던 거야. 카지미르 외삼촌은 사진
틀에 넣어 벽에 걸어놓은 우편엽서만 한 크기의 사진을 떼어
내 앞에 내밀었다. 여기 이게 나다. 네 쪽에서 볼 때 맨 오른
쪽에 있는 사람 말이다. 하지만 이 일이 끝난 뒤에는 몇주 동
안 일자리를 구하지 못했어. 내 동료 볼파르트 요제프는 회당
지붕에서 일할 때만 해도 자신감에 차 있었는데, 결국 절망에
빠져 목매달아 죽고 말았지. 피니는 새 삶터에서 열광적인 편
지들을 써서 보냈고, 그런 상황에서 내가 결국 누이들을 따라
미국으로 가기로 결정한 건 전혀 이상한 일이 아니야. 기차
로 독일땅을 달릴 때의 기억은 거의 없어. 다만 내가 그때까

지 알고이(보덴 호수 동쪽의 알프스 지방)와 레히펠트(아욱스부르크 남쪽의 평원)를 한번도 벗어난 적이 없었기 때문에 모든 게 낯설고 눈에 익지 않았던 것만 기억나는구나. 우리가 거쳐간 마을들, 거대한 기차역과 도시, 라인란트(라인강 중상류 주변 지역)와 북독일의 드넓은 평원 들이 다 그랬지. 하지만 브레머하펜에 있던 북독일 로이트 해운회사의 대합실은 아직 또렷하게 기억에 남아 있구나. 돈이 넉넉하지 않은 손님들은 거기서 배가 오기를 기다렸지. 이민자들이 온갖 다양한 모자들을 쓰고 있었던 것이 선명하게 떠오르는구나. 두건도 있었고, 납작한 모자도 있었고, 여름모자와 겨울모자, 스카프나 천으로 머리를 덮은 사람들도 있었지. 선박회사 직원들과 세관원들의 유니폼 모자도 여기저기 보였고, 중개인들의 해진 중산모자도 보였어. 벽에는 로이트 회사 소속의 원양정기선들을 그려놓은 커다란 유화들이 곳곳에 걸려 있었지. 증기선들은 모두 왼쪽에서 오른쪽으로 운항했는데, 파도가 이는 바다 위로 뱃머리가 엄청나게 높이 솟아 있었어. 그림 속의 그런 배들을 보면 온 세상을 앞으로 이끌고 가는, 멈출 수 없는 힘이 느껴지더구나. 우리가 마지막으로 통과해야 하는 문 위에는 로마식 숫자가 박혀 있는 원형시계가 걸려 있었고, 시계 위에는 세상은 나의 들판이라는 말이 장식체로 쓰여 있었어. 리나 외숙모는 삶은 감자를 압착기로 눌러 밀가루를 뿌려놓은 사각 도마 위에 쌓고 있었다. 카지미르 외삼촌은 엔치안을 한잔 너 따르고 나서 2월의 폭풍을 뚫고 나아가던 미국으로의 뱃길에 대해 이야기하기 시작했다. 깊은 심연으로부터 파도가 솟구쳐오르고, 다시 제자리로 되돌아가는 모습이 실로 위협적이더구나. 어릴 때도 나는 사람들이 얼어붙은 호수에서 컬링 경기를 하는 모습을 보다가 문득 발아래의 캄캄한 물속을 생각하면 공포에 휩싸였지. 그런데 이제 해가 뜨나 해가 지나 주위에는 검은 물밖에 없었고, 배는 줄곧 같은 자리를 맴돌기만 하는 것 같더구나. 함께 배를 탔던 사람들 대부분이 멀미를 했지. 멍한 눈길로 눈꺼풀이 반쯤 감긴 채 사람들은 기진맥진하여 선실 침대에 드러누워 있었어. 바닥에 쪼그리고 앉아 있는 사람들도 있었고, 몇시간 동안이나 벽에 기대서 있거나 몽유병자처럼 복도에서 서성이는 사람들도 봤어. 나도 여드레 동안 정말로 죽을 것처럼 괴로웠는데, 내로스해협(뉴욕항으로 접어드는 해협)을 지나 어퍼만으로 접어들 때에야 겨우 괜찮아지더구나. 나는 갑판의 벤치에 앉아 있었어. 배는 벌써 속도를 늦추고 있었지. 불어오는 미풍이 이마에 느껴졌고, 부두에 다가갈수록 아침 햇살을 머금은 안개 사이로 맨해튼이 차츰 위용을 드러내며 솟아오르더구나.

부두에서 나를 맞아준 누이동생들은 내게 별로 도움을 줄 수 없었어. 아델바르트 외삼촌도 일자리를 구해주지 못했지. 내가 정원사나 요리사 기술을 배운 적도 없고, 가내 고용인으로 일할 소질도 없었기 때문이었겠지. 도착한 다음 날, 나는 로어 이스트싸이드(뉴욕 동남부 지역)의 베이어드가에 셋방을 얻었어. 리사 리트워크라는 여자가 주인이었는데, 건물 뒤쪽의 창이 작은 방을 내주었지. 리트워크 부인은 일년 전에 남편과 사별했는데, 하루 종일 요리나 청소를 하느라 바빴어. 그런 일을 하지 않을 때는 종이꽃을 만들거나 밤새도록 바느질을 했지. 자기 아이들이나 다른 사람들의 옷을 만드느라 그랬는지, 아니면 공장에 납품하려고 그랬는지, 그건 모르겠다. 때때로 피아놀라(자동연주 피아노)로 아주 아름다운 노래들을 들려주기도 했는데, 어쩐지 내가 그전에 들어본 노래들 같더구나. 제1차세계대전 때까지 바워리가와 로어 이스트싸이드 전체는 새로 온 입국자들이 모여드는 집결지였어. 매년 수십만명의 유대인이 그곳에 새로이 도착하여 오륙층의 임대주택 건물에 있는 좁고 어두운 방으로 들어갔지. **특별휴게실**이라고 부르던 곳에만 창문이 두개 있었는데, 거리 쪽으로 난 창문들 바깥의 한쪽에는 비상계단이 설치되어 있었어. 가을이 되면 유대인들은 거기 층계참에 덩굴로 덮인 쉼터를 만들었지. 여름 몇주 동안 열기가 꼼짝도 하지 않은 채 거리를 뒤덮고 있을 때면 집 안이 너무 더워서 참을 수가 없었어. 그럴 때면 수백, 수천의 사람들이 창밖으로 빠져나와 높다란 층계참에서 잠을 잤어. 건물 옥상이나 심지어 보도에서 자는 사람들도 있었고, 들랜시 가나 수어드 공원의 울타리로 둘러싸인 작은 풀밭에서 자는 사람들도 있었지. 그럴 때면 로어 이스트싸이드 전체가 거대한 공동침실이 된 듯했어. 그래도 이민자들은 여전히 희망에 부풀어 있었지. 나도 2월 28일에 처음으로 일자리를 구하러 나섰는데, 전혀 주눅들지 않았어. 실제로 일주일도 안되어 나는 작업대 앞에 서게 되었지. 소다수와 탄산수를 생산하는 '제클러 & 마르가레텐' 공장이었는데, 브루클린 다리의 진입로에서 가까웠어. 거기서 나는 스테인리스로 여러 크기의 주전자와 그릇을 만들었어. 브르노(체코 제2의 도시) 출신의 유대인이던 노년의 세클러(마르가레텐은 누구의 이름인지 끝까지 알아낼 수 없었단다)는 우리가 제조한 것들 대부분을 무허가 증류주 주조소에 케이터링 장비로 팔아넘겼는데, 그 주조소가 무허가였으니 중요한 것은 물건 값이 아니라 사업 비밀을 잘 지켜주는 것이었지. 제클러는 무슨 이

106

유에선지 나를 아주 좋아하더구나. 이런 철제제품들을 비롯해 증류작업에 꼭 필요한 기구들을 만들어서 판매하는 일은 일종의 부업이라고 했어. 그가 알기로 이 부업은 소다수 및 셀처 탄산수 공장 창립 초창기부터 자연스럽게 생겨났는데, 그뒤로 그가 전혀 관여하지 않았는데도 자꾸 일이 커져 이제는 갑자기 없애버리기도 힘들게 되었다는 것이었지. 제클러는 일을 잘한다고 늘 나를 칭찬했지만, 임금은 주기 싫어했고 실제로 내가 받은 임금도 적었어. 그가 말하더구나. 그래도 자네는 내 곁에서 시작은 할 수 있는 것 아닌가,라고 말이야. 유월절(이집트로부터의 탈출을 기념하는 유대인들의 축제. 유대력 1월 14일이다) 몇주 전에 제클러가 나를 사무실로 부르더니 안락의자에 기대앉아 이렇게 묻더구나. 자네, 높은 데 올라가면 현기증이 나나? 그렇지 않으면 새 유대인 고등교육학교로 가봐. 자네 같은 함석공들을 구한다고 하더군. 그는 그 자리에서 내게 주소도 주었는데, 187번가 500번지 웨스트, 암스테르담가 사거리라고 되어 있었어. 다음 날 벌써 나는 탑의 꼭대기에 올라가 있었는데, 아욱스부르크의 유대인 회당 일을 할 때와 비슷하긴 했지만 높이는 훨씬 높았어. 거의 6미터 폭의 구리띠를 돔에 부착하는 일을 도왔는데, 그 학교는 기차역처럼 보이기도 하고 동방의 궁전처럼 보이기도 하더구나. 그 일을 한 후로 마천루 꼭대기에서 자주 일하게 되었지. 불황에도 불구하고 뉴욕에서는 1930년대 초까시 마천루가 계속 지어졌거든. 제너럴일렉트릭의 본사 건물 꼭대기에 있는 뾰족한 구리 지붕도 만들었고, 1929년과 1930년에는 크라이슬러 빌딩 꼭대기에서 강판 작업도 했어. 둥근 면과 비스듬한 경사 때문에 지독하게 힘든 작업이었지. 지상 200~300미터 높이에서 그렇게 왔다 갔다 하다보니 돈은 잘 벌었지만, 그렇게 번 돈은 다시 술술 빠져나가고 말더구나. 그러던 중에 쎈트럴파크에서 스케이트를 타다가 손목뼈가 부러져 서른네살이 될 때까지 실업자로 지내야 했지. 그뒤에 우리는 브롱크스로 이사를 갔고, 그걸로 공중작업은 영영 끝나고 말았단다.

점심식사 뒤에 카지미르 삼촌은 안절부절못하는 기색이더니 방을 왔다 갔다 하다가 이렇게 소리쳤다. 밖으로 나가야겠어(I have got to get out of the house)! 그러자 설거지를 하고 있던 리나 외숙모가 놀리듯 말했다. 드라이브하기엔 딱 좋은 날씨네요(What a day to go for a drive)! 밖은 밤이라고 해도 좋을 만큼 어두컴컴했고, 하늘이 땅에 닿을 듯이 내려와 있었다. 거리는 텅 비어 있었다. 반대편 차선에서 달리는 차들은 아주 드물었다. 카지미르 외삼촌이 차를 얼마나 느리게 모는지, 대서양까지 20마일이 채 못되는 거리를 내려가는 데 한시간이 걸렸다. 텅 빈 도로를 그렇게 느릿느릿 달리는 사람은 본 적이 없었다. 외삼촌은 핸들 앞에 비스듬히 앉아 왼손으로 차를 조종하면서 금주법 시대(1920~33년 미국 전역에 걸쳐 주류의 제조판매가 금지되었으나, 제대로 실행될 수 없었고 불법이 난무했다)의 황금기에 대해 이야기해주었다. 그러면서 가끔씩 앞을 살피며 우리가 길을 잘못 들지 않았는지 확인했다. 이딸리아

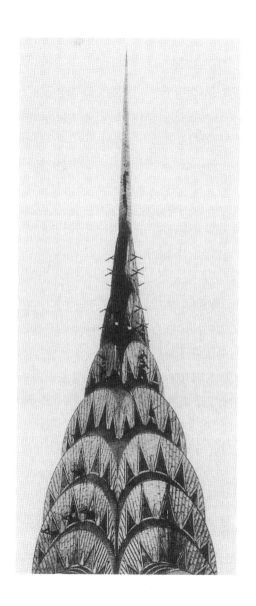

인들이 사업을 거의 독점했지. 그들은 가족을 위해 해변 전역에 거대한 여름별장을 지었고, 여자들에게는 빌라를 지어주었어. 교회를 짓고, 예배당 목사를 위한 작은 집을 짓기도 했어. 리어나도, 애틀랜틱하일랜즈, 리틀쎌버, 오션그로브, 넵튠씨티, 벨마, 레이크코모 등지에서 그런 건물들을 볼 수 있었지. 외삼촌은 속도를 더 늦추더니 운전석 창문을 내렸다. 이게 톰스강이다(This is Toms River). 그가 말했다. 겨울에는 사람이 오지 않는 곳이지(There's no one here in the winter). 항구에는 밧줄이나 쇠사슬이 덜렁거리는 범선들이 겁먹은 가축떼처럼 다닥다닥 붙어 있었다. 과자로 만든 집처럼 보이는 커피숍의 지붕 위에 갈매기 몇마리가 웅크리고 앉아 있었다. 바이라이트 가게와 팔러 피자, 햄버거 헤이븐은 문을 닫았고, 주택들도 폐쇄되어 셔터가 내려져 있었다. 바람이 모래를 몰고 와 도로와 보도에 뿌려대고 있었다. 모래언덕들이 도시를 정복하고 있어. 외삼촌이 말했다. 매년 여름마다 사람들이 오지 않는다면 몇년 안에 도시 전체가 모래에 파묻혀버릴 거야. 도로는 톰스강으로부터 바네갓만으로 뻗어 있었고, 다시 펠리컨섬을 지나 뉴저지 해안 앞에 있는 기다란 곳으로 이어졌다. 이 곳은 길이가 50마일이나 되었지만, 폭은 1마일이 넘는 곳이 없었다. 우리는 차를 세우고 매서운 북동풍을 등에 맞으며 모래사장을 따라 걸어갔다. 암브로스 아델바르트 외삼촌에 대해서는 내가 별로 아는 게 없구나. 카지미르 외삼촌이 말했다. 내가 뉴욕에 도착했을 때 외삼촌은 벌써 마흔이 넘은 나이였고, 미국생활 초창기에나, 그뒤에나 기껏해야 일년에 한두번 뵙는 게 고작이었으니까 말이다. 물론 그분의 전설적인 과거에 대한 이런저런 소문들이 떠돌아다녔지만, 내가 확실하게 아는 것은 암브로스 외삼촌이 쏠로몬 집안의 집사이자 관리인으로 일했다는 것뿐이야. 쏠로몬 집안은 롱아일랜드의 맨 끝에 있는 록포인트에 삼면이 바다로 둘러싸인 거대한 저택을 소유하고 있었고, 젤리히만, 뢥, 쿤, 슈파이어, 보름스 등의 가문들과 함께 뉴욕에서 가장 영향력있는 유대인 은행가 집안 중의 하나였지. 암브로스 외삼촌이 쏠로몬 집안의 집사가 되기 전에는 그보다 몇살 어렸던 쏠로몬의 아들의 시종이자 여행동반자로 일했어. 그 아들의 이름은 코즈모였는데, 워낙 사치가 심하고 탈선행위를 자주 하는 바람에 뉴욕의 상류사회에서는 이름깨나 날리고 있었지. 팜비치에 있는 더

브레이커스 호텔에 묵을 때에는 말을 타고 로비로 들어가 계단을 올라가려고 했다더구나. 하지만 나는 그저 소문으로만 들은 이야기야. 암브로스 외삼촌이 말년에 가장 가깝게 지냈던 사람은 피니였는데, 가끔 피니는 암브로스 외삼촌과 코즈모 사이의 관계가 비극적이었다고 하더라. 내가 아는 게 맞는다면, 실제로 코즈모는 1920년대 중반에 정신병에 걸려 파멸했어. 외삼촌에 대해서는 불쌍한 분이라는 생각밖에 들지 않아. 평생 한순간도 마음 편히 지낼 수 없었던 분이니까 말이야. 물론 누구나 금세 알 수 있었듯이 외삼촌은 저쪽 편에 속하는 분이었지. 그 사실을 무시하거나 미화하는 친척들도 있었고, 때로는 정말로 모르는 친척들도 있었지만 부정할 수 없는 사실이야. 외삼촌은 나이가 들수록 점점 더 속 빈 강정처럼 보였지. 쏠로몬 가족이 외삼촌에게 넘겨준 마마로넥의 집은 늘 아주 고상하게 꾸며져 있었는데, 내가 그 집에서 마지막으로 외삼촌을 뵈었을 때는 옷이 겨우 몸을 지탱해주고 있는 듯한 모습이더구나. 아까도 말했지만, 말년에는 피니가 외삼촌을 돌봐드렸다. 자세한 것은 피니한테 들을 수 있을 거야. 카지미르 외삼촌은 발걸음을 멈추고 바다를 바라보았다. 저것이 어둠의 경계야. 실제로 우리 뒤의 육지가 물속으로 가라앉아버린 듯했고, 남북으로 가늘고 길게 이어진 한줄의 모래띠만이 물의 황무지 위에 떠 있는 것처럼 보였다. 여기 자주 온단다(I often come out here). 외삼촌이 말했다. 여기 오면 내가 아주 멀리 떨어져 있다는 생각이 들거든. 어디로부터 떨어져 있는지는 모르겠지만 말이야(It makes me feel that I am a long way away, though I never quite know from where). 이렇게 말하고 외삼촌은 큰 바둑판무늬의 외투에서 사진기를 꺼내 이 사진을 찍어주었다. 내가 이 사진을 외삼촌의 금제 회중시

계와 함께 받은 것은 그로부터 이년 뒤였다. 아마도 그때서야 카메라필름을 다 쓰고 현상을 했던 모양이었다.

저녁때 내가 다시 피니 이모 댁에 들어섰을 때, 이모는 컴컴한 거실의 안락의자에 앉아 있었다. 가로등의 희미한 불빛이 이모의 얼굴에 드리워 있었다. 통증이 거의 가라앉았어. 이모가 말했다. 얼마나 천천히 가라앉는지 처음엔 내가 착각하는 줄 알았지. 그러다가 거의 통증을 느낄 수 없게 되니까, 이제는 조금이라도 몸을 움직이면 통증이 다시 시작될 것 같더구나. 그래서 그냥 가만히 앉아 있었어. 오후 내내 이러고 있었어. 중간중간 잠을 잤는지도 모르겠다. 줄곧 생각만 하고 있었던 것 같아. 이모는 작은 실내등을 켰지만, 눈은 뜨지 않

았다. 나는 부엌으로 가서 달걀 두개를 반숙해 유리잔에 담은 후 식빵 한쪽을 토스터로 굽고 페퍼민트차를 끓였다. 그것들을 이모에게 갖다드리면서 나는 다시 아델바르트 할아버지에 대한 이야기를 꺼냈다. 이모는 토스트를 계란 반숙에 적시면서 이야기를 시작했다. 암브로스 외삼촌은 미국으로 온 지 이년쯤 되었을 때 롱아일랜드의 쏠로몬 집안에서 일을 하기 시작했지. 일본 참사관과는 어떻게 끝났는지 모르겠구나. 어쨌든 외삼촌은 쏠로몬 집안에서 빠르게 진급했어. 쌔뮤얼 쏠로몬은 외삼촌이 모든 일을 조금의 실수도 없이 확실하게 처리하는 것을 보고 깊이 신뢰하게 되어 순식간에 그를 아들의 개인비서이자 보호자로 앉혔지. 쏠로몬도 아들이 지극히 위험한 상태에 있다는 걸 잘 알고 있었어. 코즈모 쏠로몬이 탈선행위를 자주 했던 것은 분명한 사실이야. 그는 재능이 뛰어난 사람이었는데, 전망이 밝던 엔지니어 공부를 중간에 그만두고 해컨색에 있던 낡은 공장으로 가서 직접 비행기를 만들기 시작했어. 그 시기에 그는 쌔러토가스프링스나 팜비치 같은 곳에도 자주 갔는데, 그건 그가 폴로 경기를 아주 잘했기 때문이기도 하지만, 브레이커스나 포인시아나, 아메리칸 아델피 같은 호화호텔에서 흥청망청 돈을 낭비할 수 있다는 게 더 중요한 이유였지. 아델바르트 외삼촌은 코즈모가 애당초 돈을 뿌릴 생각으로 그런 호텔로 갔다고 하더구나. 아들의 방탕하고 가망없는 생활을 걱정하던 아버지 쌔뮤얼은 아들이 끝도 없이 쓸 수 있던 돈줄을 끊어 그런 생활을 못하게 하려고

했어. 이 때문에 코즈모는 여름 몇달 동안 유럽의 카지노로 가서 마르지 않는 수입원을 찾아보겠다고 결심하게 되었지. 1911년 6월에 코즈모는 암브로스 외삼촌을 친구이자 안내인으로 동반하고 난생처음 유럽으로 갔어. 처음에는 제네바 호수 근처의 에비앙에서, 그다음에는 몬떼까를로의 슈미뜨 홀에서 상당한 돈을 땄지. 언젠가 아델바르트 외삼촌이 이야기해준 대로라면 코즈모는 룰렛을 할 때 매번 넋이 나간 듯한 멍한 상태에 빠지곤 했는데, 외삼촌은 그가 확률계산을 하느라고 그러는 줄 알았다더라. 그런데 코즈모가 외삼촌에게 말하기를, 실제로 일종의 정신적인 몰입상태에 빠져 있으면 한치 앞을 볼 수 없는 깊은 안갯속에서 아슬이슬한 칼니에 숫자가 언뜻 떠오른다고 하더란다. 그러면 조금도 망설이지 않

고, 말하자면 여전히 꿈꾸는 상태에서 한꺼번에 돈을 건다는 거였지. 코즈모 자신도 그렇게 정상적인 삶에서 벗어나는 것이 위험하다고 여겨 암브로스 외삼촌에게 마치 잠든 아이를 돌보듯이 자신을 감시해달라고 부탁했다더구나. 물론 거기서 정말로 무슨 일이 있었는지는 알 수 없지만, 어쨌든 두 사람이 에비앙과 몬떼까를로에서 돈을 엄청나게 땄다는 건 확실해. 코즈모가 그렇게 딴 돈으로 프랑스의 기업가 되치 드라 뫼르뜨에게서 비행기를 한대 샀다고 하니 말이야. 코즈모는 8월에 도빌(프랑스 북쪽의 유명한 해변 휴양지)에서 개최된 **쎈 하구**(河口) 비행기술 주간에 참가해서 그 비행기를 타고 다른 누구보다도 더 아슬아슬한 곡예를 했다더구나. 1912년과 1913년 여름에도 코즈모는 암브로스 외삼촌과 함께 도빌로 가서 그곳 상류사회 사람들의 상상력을 자극했다고 해. 룰렛에서 놀라울 정도로 행운을 차지했을 뿐만 아니라 폴로경기를 할 때도 곡예하듯 대담한 기량을 보였다더구나. 하지만 가장 눈에 띄었던 것은 코즈모가 차 모임이나 저녁만찬 같은 회합을 모두 거절하고, 오직 암브로스 외삼촌하고만 다니며 식사를 했다는 거였어. 그는 외삼촌을 언제나 동등한 친구처럼 대했지. 아델바르트 외삼촌의 앨범에는 코즈모가 찍힌 사진이 하나 있어. 끌레르퐁뗀의 경마장에서 아마도 자선 경기를 끝내고 귀부인에게서 우승상을 받는 장면인데, 내 기억이 맞는다면 그 부인은 피츠 제임스 백작부인이었을 거야. 내가 가지고 있는 사진 중에 코즈모 쏠로몬이 찍힌 사진은 그것 하나뿐이

야. 암브로스 외삼촌도 별로 사진을 남겨놓지 않았지. 코즈모
와 마찬가지로 외삼촌도 아주 세련된 사람이었지만 아마 사
진 찍는 건 아주 싫어했던 것 같아. 1913년 여름에는 도빌에
새 카지노가 개장했어. 처음 몇주 동안은 몰려든 사람들이 거
의 광적으로 노름에 매달려 룰렛 판이나 바카라 판뿐 아니
라 이른바 작은 판들도 온통 점령하는 바람에 빈자리를 찾을
수가 없었다더구나. 그런 히스테리가 수많은 사람들에게 번
진 데에는 마르테 하나우라는 여자 노름꾼의 공이 컸다고 해.
아델바르트 외삼촌이 그 여자를 악명 높은 해적이라고 불렀
던 것이 또렷하게 기억나는구나. 여러해 동안 카지노 경영진
에게는 눈엣가시 같은 존재였는데, 이번에는 거꾸로 경영진
의 위탁을 받아 노름꾼들을 꼬드긴 거야. 마르테 하나우의 은
밀한 작업 말고도 새 카지노의 과시적인 화려함이 선에 없던
광적인 분위기를 조장했지. 1913년 여름에 도빌 은행의 수입

이 순식간에 늘어난 것도 그런 분위기 때문이었다고 외삼촌이 말하더구나. 하지만 코즈모는 1913년 여름에 그곳 사회를 덮친 그런 난리법석에 휩쓸리지 않고 오히려 더 은둔하면서 늦은 저녁에만 카지노로 나가 특별구역에 있는 뀌베뜨 홀에서 노름을 했다고 해. 턱시도를 입은 사람들만 내실로 입장할 수 있었는데, 아델바르트 외삼촌은 그 안의 분위기가 항상 아주 진지했다고 하더구나. 사람들이 전재산과 가족의 재산, 토지, 평생 쌓아올린 것을 걸고 노름을 하다가 몇시간 만에 빈털터리가 되는 경우도 드물지 않았다고 하니 진지하지 않을 수 없었겠지. 코즈모는 시즌 초반에는 따기도 하고 잃기도 하다가 시즌이 끝날 때쯤은 그 자신도 예상하지 못했던 큰돈을 땄다고 해. 눈을 반쯤 감은 채 돈을 걸면 거는 대로 연거푸 돈을 땄고, 외삼촌이 꽁소메나 까페오레를 먹자면서 바로 데리고 갈 때만 잠시 쉬었다더구나. 코즈모가 이틀 밤을 연달아 은행의 돈을 몽땅 따버려 카지노에 파견근무를 나와 있던 은행원들이 새로 돈을 가져와야 할 정도였고, 사흘째 밤에는 한 게임에서 얼마나 돈을 많이 땄는지 외삼촌은 돈을 세고 정리해서 여행가방에 집어넣느라 새벽까지 잠도 못 잤다고 해. 그렇게 도빌에서 여름을 보낸 뒤 코즈모와 외삼촌은 빠리와 베네찌아와 콘스탄티노플을 거쳐 예루살렘으로 갔어. 아델바르트 외삼촌이 이 여행에 대해서는 한마디도 하지 않았기 때문에 어땠는지는 모르겠구나. 하지만 예루살렘에 있을 때 외삼촌이 아랍인 복장을 하고 찍은 사진이 하나 있어. 그리고 외삼촌이 그 시절에 썼던 일기 같은 것도 있는데, 글씨가 아주 작아. 오랫동안 그 일기를 잊고 살았는데, 얼마 전에 문득 생각이 나서 한번 해독해보려고 했었지. 하지만 내 눈이 워낙 나빠서 군데군데 몇단어를 알아보는 것 이상으로는 제대로 읽을 수가 없더구나. 언제 네가 한번 읽어보렴.

내가 씨더 글렌 웨스트에서 보낸 마지막날 밤에 피니 이모는 코즈모 쏠로몬이 어떻게 생을 마감했는지, 그리고 암브로스 아델바르트 할아버지의 말년은 어땠는지에 대해 이야기해주었다. 피니 이모는 이야기하는 중에 때때로 오랫동안 말을 중단한 채 가만히 있었는데, 그럴 때면 이모의 영혼이 아득히 먼 곳에 머물고 있는 것 같았다. 이모의 설명에 따르면 두 사람이 세계를 돌아다니다가 예루살렘에서 귀향했을 즈음에 유럽에서 전쟁이 일어났다. 그런데 전쟁이 점점 확산되고 파괴의 규모가 미국인들에게도 알려질수록 코즈모는 별로 변한 것도 없는 미국생활에 다시 적응하지 못했다. 이전의 친구들과도 소원해졌고, 뉴욕의 집은 방치해두었고, 롱아일랜드에서도 자기 방에서 나오지 않더니 결국은 여름별장으로 쓰던 정원 구석의 별채에 틀어박혔다. 이모가 쏠로몬 가족의 늙은 정원사에게 들은 바에 따르면, 그 시절에 코즈모는 낮에는 깊은 우울감에 빠져 지내다가 밤만 되면 난방도 되지 않는 별채에서 나지막한 신음 소리를 내며 왔다 갔다 했다. 때로는 미친 듯 흥분해서 전쟁과 관련된 듯한 단어들을 중얼거리기도 했다는데, 그럴 때면 손으로 연방 이마를 때렸다고 한다. 자신의 이해력이 부족한 데에 화를 내는 것 같기도 했고, 그 단어들을 모조리 외우려고 하는 것 같기도 했다. 가끔은 너무 흥분한 나머지 암브로스 할아버지를 못 알아볼 정도였다. 코즈모는 유럽에서 일어나고 있는 일들, 화재와 죽음과 들판에 뻗어 있는 시체 들이 햇살 아래에서 썩어가는 광경을

자기 머릿속에서 본다고 주장했다. 한번은 참호 바닥을 돌아
다니는 쥐를 잡는다면서 몽둥이를 들고 뛰어다니기까지 했
다고 한다. 전쟁이 끝나자 코즈모의 상태도 좀 나아졌다. 그
는 다시 비행기를 설계하기 시작하고, 메인(미국 동북부의 주)
의 해변에 고층건물을 세울 계획도 세우고, 첼로 연주도 다시
시작하고, 항해도와 지도를 살펴보면서 할아버지와 함께 여
러 여행계획도 상의했다. 그 여행계획 중 하나는 실현됐는데,
1923년 초여름에 두 사람은 헬리오폴리스(카이로 근처에 있는 이
집트 북부의 도시)에 갔던 것이다. 이 이집트 여행이 남긴 엽서
가 몇장 있는데, 알렉산드리아의 파라데이소스라는 까페의 엽
서와 라믈레(이스라엘 중부의 도시)의 싼 스떼파노 카지노의 엽
서, 헬리오폴리스의 카지노 엽서 같은 것들이다. 이모는 이렇

게 말했다. 그 이집트 여행은 아주 짧았던 것 같은데, 아델바르트 외삼촌이 내게 해준 이야기로 보건대 아마도 과거를 되찾아보려고 떠난 여행이었던 것 같아. 하지만 그런 시도는 모든 면에서 실패한 것 같더구나. 뉴욕으로 돌아온 뒤 코즈모는 다시 심각한 신경증을 앓기 시작했다고 한다. 당시 뉴욕에서 상영되던 독일영화(아래의 내용으로 보건대 독일 감독 프리츠 장의 무성영화 「마부제 박사, 도박꾼」을 말하는 것이 분명하다)가 신경증을 재발시켰던 모양이었다. 코즈모는 어떤 노름꾼을 주인공으로 내세운 그 영화를 미로라고 불렀다. 자신은 그 미로에 갇혀 있는데, 거울에 반사된 형상들 때문에 미쳐버릴 거라고 말했다고 한다. 특히 영화의 마지막 부분에 있던 한 에피소드가 그를 불안감으로 몰아넣었는데, 팔이 하나뿐인 흥행사이자 최면술사인 싼도르 벨트만이 관객을 일종의 집단적 환각상태에 빠뜨리는 장면이었다. 코즈모는 할아버지에게 그 장면을 몇번씩 반복해서 묘사하곤 했는데, 무대배경에 오아시스의 환영이 나타났고, 야자나무숲에서 대상(隊商)이 나와 무대 앞으로 오더니 거기서부터 다시 객석으로 내려왔다고 한다. 깜짝 놀란 관객들의 눈이 그들을 향해 쏠려 있는 가운데 대상의 행렬은 관객들 사이를 뚫고 지나가, 나타났을 때와 마찬가지로 유령처럼 다시 사라져버렸다는 것이다. 코즈모 자신도 그 대상과 함께 객석을 빠져나갔는데, 지금 자신이 어디 있는지 알 수 없어서 너무 괴롭다고 할아버지에게 거듭 말했다고 한다. 그리고 나서 얼마 후 코즈모가 실제로 자취를 감취버렸다. 사람들이 어디를 얼마나 오래 뒤졌는지는 모르겠지만, 어쨌든 결국 할아버지가 이삼일 후에 그 집의 맨 위층에서 코즈모를 발견했다. 오랫동안 잠가두었던 아이들 방 안에 있었던 것이다. 그는 작은 스툴 위에 앉아 두 팔을 축 늘어뜨린 채, 가끔씩 보스턴이나 핼리팩스(캐나다의 항구도시)로 가는 증기선들이 느릿느릿 지나가는 바다를 멍하니 바라보고 있었다고 한다. 왜 거기로 올라갔느냐는 할아버지의 물음에 코즈모는 형이 잘 지내는지 보려 했다고 대답했다. 하지만 할아버지의 말에 따르면 그에게 형은 없었다. 코즈모의 상태가 다소 호전되자 암브로스 할아버지는 기후를 바꿔보라는 의사의 권유에 따라 코즈모와 함께 캐나다 고산지대에 있는 밴프로 갔다. 두 사람은 유명한 밴프 스프링스 호텔에서 여름 내내 머물렀는데, 코즈모는 고분고분하지만 아무것에도 관

심이 없는 멍한 아이처럼 행동했다. 암브로스 할아버지는 그를 돌보느라 정신이 없었다. 10월 중순에 눈이 내리기 시작했는데, 코즈모는 창가에 서서 호텔 주변을 둘러싸고 있는 엄청나게 큰 전나무숲과 까마득한 높이에서 고르게 쏟아지는 눈송이들을 몇시간이고 쳐다보았다. 그는 손수건을 말아서 쥐고 있다가 절망감이 밀려올 때마다 그것을 깨물었다. 어느날, 바깥이 어두워지자 코즈모는 바닥에 앉아 무릎을 끌어당기고 두 손으로 얼굴을 덮었다. 암브로스 할아버지는 이런 상태로 코즈모를 집으로 데리고 갔고, 일주일 뒤에는 다시 뉴욕주 이서카의 사마리아 신경병 전문병원으로 옮겼다. 거기서 코즈모는 계속 말도 하지 않고 움직이지도 않는 상태로 그해가 저물기 전에 죽음을 맞이했다.

그런 일들이 있은 지 벌써 반세기가 지났구나. 피니 이모가 말했다. 그때 나는 베텐하우젠의 교사교육원에 다니던 중이었으니, 코즈모 쏠로몬은 말할 것도 없고 고프레히츠에서 이민을 떠난 외삼촌에 대해서도 전혀 몰랐어. 뉴욕에 도착한 뒤에도 오랫동안 외삼촌의 과거에 대해서는 아무것도 아는 게 없었지. 외삼촌과 자주 만났는데도 말이야. 코즈모가 죽은 뒤, 외삼촌은 록포인트의 저택에서 집사로 일하기 시작했어. 1930년에서 1950년 사이에 나는 혼자 혹은 테오와 함께 정기적으로 롱아일랜드로 갔어. 큰 파티가 있을 때 보조일꾼으로 일하러 갈 때도 있었고, 그냥 외삼촌을 뵈러 갈 때도 있었지. 당시에 외삼촌 밑에는 정원사나 운전사를 빼고도 십여명의 일꾼이 있었어. 외삼촌은 일에 치여 잠시도 쉴 틈이 없더구나. 돌이켜보면 외삼촌은 사생활이란 것이 전혀 없는 사람이었던 것 같아. 오로지 단정한 예절로만 유지되는 삶이었어. 셔츠만 걸치고 있는 모습은 상상도 할 수 없었지. 긴 양말을 신은 외삼촌의 발에서 반들반들하게 닦은 목이 긴 구두가 벗겨지는 것도 볼 수 없었어. 도대체 외삼촌이 언제 잠을 잤는지, 잠깐씩이라도 쉬었는지 짐작도 할 수 없었지. 당시에 외삼촌은 과거에 대해서는 아무것도 말하려고 하지 않았어. 오로지 쏠로몬 가족의 온갖 집안일이 매일, 매시간 차질없이 진행되고, 늙은 쏠로몬과 그의 두번째 부인의 관심과 습관이 서로 부딪치지 않도록 조정하는 데에만 정신을 쏟았지. 피니 이모의 설명에 따르면 할아버지의 일이 훨씬 더 어려워진 것은 1935년쯤부터였다. 어느날 갑자기 쏠로몬이 이제부터는 저녁만찬을 비롯한 일체의 회합에 참석하지 않겠다고 선언했기 때문이었다. 바깥세상과의 관계를 완전히 끊고 난초를 재배하는 일에만 몰두하겠다는 것이었다. 하지만 그보다 거의 스무살이나 어렸던 두번째 부인은 뉴욕 너머로도 이름을 떨치던 화려한 주말파티를 계속 열었고, 그래서 금요일 오후만 되면 사람들이 여전히 쏠로몬의 집으로 몰려들었다. 아델바르트 할아버지는 거의 온실에서 나오지 않는 늙은 쏠로몬을 돌보면서, 다른 한편으로는 두번째 부인이 심심찮게 드러내던 몰취미한 발상들로 인해 생길 수 있는 문제들을 미리 예방하느라 진땀을 빼야 했다. 할아버지 자신은 인정하려고 하지 않았지만, 이런 이중고 때문에 그의 기력은 차츰 고갈되어 갔을 것이다. 특히 전쟁 때가 고생스러웠는데, 아무리 은둔생활을 하던 쏠로몬이라도 간간이 전쟁 소식을 듣게 되면 끔찍한 기분에 빠져들 수밖에 없었기 때문이다. 그는 난방이 과해 푹푹 찌는 온실 안에서도 줄곧 스코틀랜드식 이불을 덮고 지냈고, 남미의 기근식물들 사이에 앉아서 최소한 해야 할 말도 거의 하지 않았다. 반면에 그의 부인 마고는 여전히 파티를 열어댔다. 1947년에 쏠로몬이 휠체어에 앉은 채로 결국 숨을 거두었는데, 십년 동안 남편을 거들떠보지도 않던 마고는 남편이 죽자 갑자기 방 바깥으로 나오려고도 하지 않았다. 하인들은 거의 다 해고되었고, 아델바르트 할아버지는 이제 사람 그림자도 찾아보기 힘든 텅 빈 집을 관리하는 일에 몰두해야 했다. 가구들은 대부분 흰 천으로 덮어두었다. 피니 이모는 계속 말을 이어갔다. 그때부터 외삼촌은 내게 자신의 지난날에 대한 이런저런 이야기를 해주기 시작했어. 외삼촌은 바닥을 알 수 없는 깊은 심연에서 길어올린 회상들을 아주 느릿느릿 이야기했는데, 지극히 사소한 것들까지도 놀랍도록 정확하게 기억하고 있더구나. 외삼촌의 이야기를 들으면서 나는 외삼촌이 수많은 일을 아주 정확하게 기억하기는 하지만, 그런 기억들을 자기 자신과 연결시켜주는 추억은 거의 갖고 있지 못하다는 것을 점점 확실히 알게 되었어. 그래서 과거에 대해 이야기하는 것이 외삼촌에게는 고통이기도 했고, 자신을 해방하려는 시도이기도 했지. 말하자면 구원이자 가차

126

없는 자기파괴이기도 했던 거야. 이렇게 말하고 나서 피니 이모는 탁자에 놓여 있던 앨범을 집어들었다. 방금 내뱉은 자기파괴라는 말이 너무 적나라하다고 생각하여 나의 주의를 다른 데로 돌리고 싶어서 그러는 것 같았다. 이모는 앨범을 펼쳐 내게 건네주면서 말했다. 여기 이게 아델바르트 외삼촌의 그 당시 모습이야. 왼쪽에는 나와 테오가 앉아 있고, 외삼촌 오른쪽에 있는 사람은 발비나 이모란다. 그때 처음으로 우리

를 방문하러 미국에 오셨지. 1950년 5월이구나. 이 사진을 찍은 지 몇달 후에 마고 쏠로몬이 빈혈을 앓다가 죽었어. 록포인트는 공동상속인들의 손에 떨어졌고, 그 집 안의 모든 가구와 기구도 며칠에 걸쳐 진행된 경매를 통해 팔려나갔어. 이렇게 쏠로몬의 집이 해체되는 데 충격을 받은 외삼촌은 그 몇 주 뒤에 마마로넥의 집으로 이사했어. 쏠로몬이 살아 있을 때 외삼촌의 이름으로 명의 이전을 해준 집이었지. 다음에 그 집의 거실 사진이 있어. 여기 사진에서 보이듯이 외삼촌의 집은 구석구석까지 꼼꼼히 정돈되어 있었지. 외삼촌은 마치 언제든 손님을 맞을 것처럼 집 안을 정리했어. 하지만 손님이라곤

없었지. 올 사람이 어디 있었겠니. 외톨이가 된 외삼촌에게 말벗이라도 되어주려고 나는 일주일에 적어도 두번씩은 마마로넥으로 갔어. 거기 가면 대개 나는 푸른색 안락의자에 앉아 있었고, 외삼촌은 마치 이런저런 서류 작업을 하려는 듯한 모습으로 책상 앞에 비스듬히 앉아 있었지. 거기에 앉아 외삼촌은 신기한 이야기들을 해주곤 했는데, 대부분은 벌써 오래전에 잊어버렸다. 일본에서 목격했다는 처형장면처럼 외삼촌이 이야기해주는 것들은 때로 너무나 비현실적이어서 나는 외삼촌이 혹시 꼬르사꼬프증후군(만성 알코올중독으로 인한 건망증후군)을 앓고 있는 것이 아닌지 의심하기도 했어. 너도 아는지 모르겠다만, 그 병에 걸린 사람은 상실된 기억을 자기가 만들어낸 환상으로 보충한다고 해. 어쨌든 외삼촌이 그렇게 지난날에 대한 이야기를 할수록 점점 더 상태가 악화되었지. 1952년 크리스마스 직후에는 심한 우울증에 빠졌어. 계속 이야기하고 싶은 마음이 굴뚝같은데도 한문장도, 한마디도, 단 한음절도 목구멍에서 끄집어낼 수 없게 되어버렸어. 몸을 약간 비스듬히 옆쪽으로 돌리고, 한손은 책상 위에 놓고, 다른 손은 다리 위에 얹어놓은 채 멍하니 바닥만 내려다보았지. 나는 테오와 쌍둥이 아이들을 비롯해서 이런저런 가족 이야기를 하거나 하얀 타이어를 장착한 신형 올즈모빌에 대해서도 이야기했지만, 외삼촌이 내 말을 듣기나 하는지 알 수 없었어. 같이 정원으로 나가자고 권해보기노 했지만, 외삼촌은 묵묵부답이었고, 의사에게 가자는 제안도 거절했어. 어느

날 마마로넥에 가보니 외삼촌이 안 계시더구나. 외삼촌은 현관 옷장의 거울에 명함을 한장 끼워놓고 갔는데, 내게 전하는 말이 적혀 있었어. 지금까지 그 명함을 간직하고 있지. 이서

카로 간다. 잘 있어라 ── 암브로스(Have gone to Ithaca. Yours ever ──Ambrose). 이게 거기 적힌 말이었어. 이서카가 무엇을 의미하는지 내가 알아내기까지는 시간이 좀 걸렸어. 물론 그 뒤로도 나는 사정이 허락하는 대로 자주 이서카로 갔어. 이서카는 정말 멋진 곳에 있더구나. 사방이 숲과 계곡으로 둘러싸여 있고, 그 사이로 물줄기가 호수를 향해 흘러내리지. 판슈토크 교수라는 사람이 이끌던 이타카 병원은 공원처럼 꾸며져 있었어. 너무도 화창하던 늦여름의 어느날, 외삼촌과 함께 창가에 서 있던 기억이 어제 일처럼 또렷하게 기억나는구나. 창밖에서 바람이 살랑살랑 불어오고 있었어. 나는 묵묵히 서 있는 나무들 사이로 보이는, 알트아흐모스(보덴 호수 근처에 있는 알고이 지방의 마을)를 연상시키는 들판을 바라보고 있었는데 한 중년남자가 보이더구나. 그 사람은 긴 막대기 끝에 하얀

망을 달아놓은 채를 들고 이따금씩 기묘하게 풀쩍 뛰어댔어. 외삼촌은 앞쪽만 응시하고 있었지만, 내가 그 남자를 신기하게 바라보는 것을 알아채고는 이렇게 말하더구나. 나비 잡는 사람이야. 이쪽에 자주 오지(It's the butterfly man, you know. He comes round here quite often). 외삼촌의 말투에서 유쾌한 기분이 느껴져서 판슈토크 교수의 충격요법을 받고 외삼촌의 상태가 호전된 것 같기도 하다 싶었어. 하지만 가을로 접어들면서 외삼촌의 몸과 마음이 이미 손쓸 수 없이 손상되었다는 게 점점 분명해졌지. 외삼촌은 날이 갈수록 야위어갔고, 그전에는 그토록 단정하던 손도 떨리기 시작했어. 얼굴도 점점 비뚤어졌고, 왼쪽 눈이 불안하게 흔들리기도 했지. 외삼촌을 마지막으로 방문한 것은 11월이었어. 내가 집으로 돌아가려고 할 때, 외삼촌이 나를 건물 앞까지 배웅해주겠다고 고집하시더구나. 방을 나서기 전에 외삼촌이 검은 벨벳 깃이 달린 헐렁한 외투를 입느라 얼마나 고생했는지 몰라. 홈부르크 모자(펠트로 만든 중절모자)도 썼지. 진입로에 그렇게 무거운 오버코트를 입고 허약하고 불안하게 서 있던 모습이 지금도 생생하게 기억나는구나(I still see him standing there in the driveway, in that heavy overcoat looking very frail and unsteady).

씨더 글렌 웨스트를 떠나던 날 아침, 날씨가 몹시 추웠고 하늘은 잔뜩 흐려 있었다. 방갈로 앞 보도에 서 있는 피니 이보의 모습은 그 전날 이모 자신이 내게 그려주었던 아델바르트 할아버지의 모습과 똑같았다. 너무 무거워 보이는 검은 겨울외투를 입고 나를 향해 손짓하다가 이모는 손수건을 꺼내 들었다. 차의 백미러를 통해 보이는 이모의 모습이 하얀 배기 가스 속에서 점점 작아지고 있었다. 지금 생각하니 그때 이후 로 누군가가 나와 이별하면서 손수건을 꺼내들었던 일은 한 번도 없었다. 그뒤 며칠 동안 뉴욕에 머무르면서 나는 눈물 마를 날이 없던 테레스 이모의 삶과, 아욱스부르크의 유대인 회당 지붕에서 일하는 카지미르 외삼촌의 모습을 기록하기 시작했다. 하지만 가장 나의 관심을 끌었던 사람은 암브로스 아델바르트 할아버지였다. 할아버지가 생을 마감한 병원으 로 직접 가보아야 하는 것이 아닌가 하는 생각도 들었다. 예 순일곱의 나이였던 할아버지가 자신의 뜻에 따라 들어가 결 국 죽음을 맞은 그 병원 말이다. 물론 당시로서는 곧장 그 병 원에 갈 생각까지는 없었다. 런던행 비행기표를 썩히고 싶지 도 않았고, 더 자세하게 알아보는 일이 썩 내키지도 않았다. 결국 1984년 초여름이 되어서야 나는 이서카에 가보기로 했 다. 지독하게 알아보기 어려운 필체로 적어놓은 아델바르트 할아버지의 1913년 여행일기를 겨우 해독하고 나자, 이서카 로 가는 일을 더 미루어서는 안될 것 같았다. 나는 다시 비행 기를 타고 뉴욕으로 갔고, 도착하자마자 자동차를 빌려 17번 고속도로를 타고 북서쪽으로 차를 몰았다. 도로 주변으로는 크고 작은 고장들이 눈에 들어왔는데, 이름이 귀에 익은 고장 들도 있었지만 실은 어디 박혀 있는지도 몰랐던 곳들이었다. 먼로, 몬티셀로, 미들타운, 우츠버러, 워와싱, 콜체스터, 캐도시아, 디포짓, 델하이, 네버싱크, 니니베 등의 이름을 스쳐지나면서 나는 내가 자동차와 함께 원격조종을 받으며 거대한 장난감공원을 누비고 있는 듯한 느낌을 받았다. 눈에 보이지 않는 어떤 거인족의 아이가 이미 오래전에 사라져버린 다른 세계의 폐허에서 마을 이름들을 골라 거기에 갖다 붙여놓은 것 같았다. 널찍한 도로에서 차는 마치 자동장치를 단 것처럼 일정하게 달렸다. 차들의 속도가 거의 똑같았기 때문에 다른 차를 추월하는 일도 드물었는데, 그래도 추월하는 경우에는 시간이 얼마나 오래 걸리는지, 나란히 달리는 두대의 차에 탄 사람들이 서로 제법 면식을 쌓을 정도였다. 나 역시 삼십분가량 어떤 흑인 가족의 차와 나란히 달리게 되었는데, 내게 온갖 신호와 웃음을 보내는 그 가족의 모습을 보면서 마치 내가 그 집 식구들의 좋은 친구라도 된 듯했다. 헐리빌로 빠져나가는 출구에서 그 차가 커다란 포물선을 그리며 내게서 멀어져갈 때, 아이들은 뒤쪽 차창 바깥으로 고개를 내밀고 어릿광대 같은 표정을 지어 나를 웃겼다. 결국 그들이 보이지 않게 되자 나는 한동안 버림받은 사람처럼 몹시 허전한 기분에서 벗어나지 못했다. 게다가 주변의 풍경도 갈수록 썰렁해졌다. 도로는 거대한 고원을 가로지르고 있었는데, 오른쪽으로 늘어선 언덕들과 작고 둥근 산들이 완만한 상승곡선을 그리며 북쪽 지평선 근처에 있는 중간 규모의 산맥으로 이어져 있있다. 삼년 전 미국에서 보냈던 겨울날들이 장백하고 우중충했던 반면, 이제는 다채로운 초록색의 섬들로 조합된 지구의 표면이 너무나 화사했다. 서서히 산으로 이어지는 오르막 길 가에 있는 들판은 오랫동안 농사를 짓지 않은 듯했고, 군데군데 떡갈나무와 검은 보리수나무 들이 작은 숲을 이루고 있었다. 곧게 뻗은 가문비나무들을 지나치자 곧바로 들쑥날쑥 모여 있는 자작나무와 미루나무 들이 나타났다. 몇달 전에 움을 틔운 나뭇잎들이 바람결에 팔랑거렸다. 멀리 뒤쪽에서 배경을 이루고 있는 고산지대는 산등성이를 뒤덮은 전나무들로 인해 좀 어두워 보였지만, 석양을 받은 낙엽송은 연초록빛을 발산하고 있었다. 인적이 거의 없는 고지대를 바라보고 있자니, 어릴 적 수도원학교를 다닐 때 세계지도 위로 몸을 수그리고 미국의 여러 주들을 돌아다니는 상상을 하면서 아릿한 동경을 느꼈던 기억이 났다. 당시에 나는 미국의 주 이름들을 알파벳 순서에 따라 모두 외울 수 있을 정도로 미국에 몰입했었다. 영원히 끝나지 않을 것처럼 지루하던 지리 시간, 대낮인데도 창밖이 새벽처럼 침침하던 그때, 나는 지금 내가 달리고 있는 이 지방뿐만 아니라 북쪽의 고지대에 있는 애디론댁 산맥까지 샅샅이 훑어보았다. 이 지방의 풍경이 고향과 아주 흡사하다고 카지미르 외삼촌이 내게 말한 적이 있었기 때문이었다. 돋보기를 들고 점점 좁아지는 허드슨강의 수원(水源)을 찾다가 수많은 산의 정상과 호수로 빽빽이 차 있는 지도의 한구석에서 길을 잃었던 기억이 또렷하다. 쌔배티스, 게이브리얼스, 호크아이, 앰버 레이크, 레이크 릴라, 레이크 티어인더클라우즈와 같은 지명들은 내 머릿속에 영원

히 각인되어 있다. 오위고 근처에서 고속도로를 빠져나와야
했는데, 나는 거기서 잠시 쉬기로 하고 9시쯤까지 휴게소에
앉아 있었다. 때때로 종이에 뭔가 끼적거리기도 했지만, 대부
분의 시간을 커다란 창문 옆에 앉아 멍하니 밖을 내다보면서
보냈다. 차들은 끊임없이 달리고 있었고, 해가 진 뒤에도 서
쪽 하늘은 오렌지색, 플라밍고색, 황금색 등으로 울긋불긋했
다. 마침내 내가 이서카에 도착했을 때는 이미 밤늦은 시각이
었다. 나는 길을 찾느라 거의 삼십분가량 도시와 근교 마을
을 돌아다니다가 어느 골목길에서 작은 호텔을 발견했다. 호
텔은 아무도 들어서지 않은 빛의 제국(르네 마그리트의 그림 제목)
처럼 은은한 조명을 받으며 어두운 정원 뒤에 서 있었다. 보
도를 벗어나 돌계단이 몇개 있는 구부러진 길을 걸어가면 현
관이 나타났고, 그 앞에는 하얗게 꽃을 피운 딸기나무가 드넓
게 가지를 펼치고 있었다(가로등 불빛 아래에서 딸기나무는
마치 눈꽃이 핀 것처럼 보였다). 이미 깊은 잠에 빠져 있던 건
물 안에서 늙은 직원이 빠져나오기까지는 한참이 걸렸다. 그
는 허리가 몹시 휘어 있어서 앞으로 깊이 수그린 자세로 걸
었는데, 그런 자세로는 바로 앞에 있는 사람의 다리나 기껏해
야 아랫배 정도까지밖에 볼 수 없을 것 같았다. 로비를 가로
질러오기 전에 그가 유리로 반쯤 덮인 문밖에서 기다리는 손
님을 아래에서 위로 순식간에, 그러나 꿰뚫듯이 훑어본 것은
아마도 이런 징애 때문이었을 것이다. 그는 아무 말도 하지
않은 채 멋진 마호가니 계단으로 나를 이끌었다. 계단을 걸어

서 올라간다기보다는 발이 붕 뜬 채 미끄러져 올라가는 듯한 기분이었다. 그는 내게 맨 위층에 있는 널찍한 뒤쪽 방을 내주었다. 가방을 내려놓고 높다란 창문을 열어 바깥을 내다보니, 어둠속에 우뚝 솟아 흔들리는 사이프러스의 그림자가 눈에 들어왔다. 짙은 나무 향기가 방 안으로 스며들었고, 쏴쏴 하는 소리도 들려왔다. 처음에 나는 사이프러스가 바람에 흔들리는 소리인 줄 알았는데, 알고 보니 가까운 곳에서 쏟아져 내리는 이서카 폭포 소리였다. 내 방 창문에서 직접 폭포를 볼 수는 없었다. 도시에 도착하기 전까지 나는 이서카 폭포에 대해 들어본 적이 없었을 뿐만 아니라, 빙하기가 끝난 이래 케이유거 호수 주변의 깊게 팬 계곡과 골짜기로 끝없이 쏟아져내리는 폭포들이 모두 백개도 넘는다는 사실 또한 알지 못했다. 오랜 여행에 지친 나는 침대에 눕자마자 즉시 깊은 잠에 빠졌다. 폭포에서 솟아나오는 물의 분말들이 캄캄한 방에 드리워진 하얀 커튼처럼 살랑거리며 나의 잠 속으로 스며들었다. 다음 날 아침, 나는 사마리아 병원의 전화번호와 피니 이모가 언급한 판슈토크 교수의 전화번호를 알아내기 위해 전화번호부를 뒤져보았지만 허사였다. 한 신경정신병원에도 문의해보았지만 모른다는 대답뿐이었고, 창백한 푸른색으로 머리를 곱슬곱슬하게 파마한 호텔 프런트의 여자는 **사설 정신요양소**(private mental home)라는 나의 표현이 끔찍하다는 듯 고개를 젓기만 했다. 시내에서 정보를 구해볼 요량으로 호텔을 나서 정원을 지나갈 때, 전날 만났던 늙은 직원이

긴 빗자루를 손에 들고 걸어올라오고 있었다. 그는 아주 집중해서 내 질문을 듣더니 아무 말도 하지 않은 채 빗자루에 기대서서 거의 일분 동안 생각에 잠겨 있었다. 판슈토크, 하고 그는 마치 청각장애인에게 말하듯이 크게 소리쳤다. 판슈토크는 1950년대에 죽었습니다. 내 기억으로는 급사했지요. 짓눌린 가슴에서 컬컬하게 새어나오는 짤막한 말투로 그는 판슈토크 교수에게는 에이브럼스키 박사라는 후계자가 있기는 했는데, 이 사람도 1960년대 말부터는 더이상 환자를 받지 않고 있다고 말했다. 그는 몸을 돌려 가려다가 갑자기 발길을 멈추며 말했다. 그 낡은 건물에서 에이브럼스키가 혼자 무엇을 하며 지내는지는 아무도 모릅니다. 호텔문 앞에서 그는 마지막으로 이렇게 외쳤다. 양봉가가 되었다는 소문이 있어요 (I have heard it say he's become a beekeeper).

그날 오후, 나는 늙은 직원이 알려준 정보 덕택에 어렵지 않게 요양소를 찾을 수 있었다. 긴 진입로를 지나가니 족히 40헥타르는 될 것 같은 드넓은 공원이 나왔고, 그 뒤로 목재로만 지어진 빌라가 보였다. 천장이 있는 베란다와 발코니가 특징적인 그 건물은 러시아의 별장처럼 보이기도 했고, 오스트리아의 공작이나 영주 들이 사냥행사에 초대한 고위 귀족들이나 대기업가들에게 숙소로 제공하려고 19세기 말 슈타이어마르크나 티롤 지방의 소유지 곳곳에 지은 거대한 소나무 산장과 비슷해 보이기도 했다. 대개 그런 산장 안에는 트로피들이 가득했다. 빌라 건물이 곧 붕괴될 것처럼 낡은데다,

창문에 반사되는 햇살이 기이하게 번득이고 있어서 나는 선
뜻 가까이 다가갈 생각을 하지 못했다. 그래서 일단 공원을
둘러보기로 했다. 레바논삼나무, 측백나무, 은가문비나무, 낙
엽송, 아롤라소나무와 몬터레이소나무, 가지가 가는 사이프
러스 등 온갖 종류의 침엽수들이 한껏 자라 있었다. 몇몇 삼
나무와 낙엽송은 높이가 거의 40미터에 육박했고, 헴록전나
무 한그루는 거의 50미터쯤 되어 보였다. 나무들 사이로 작은
풀밭이 있었는데, 파란 히아신스, 하얀 황새냉이, 노란 눈개
승마 등이 옹기종기 자라고 있었다. 다른 곳에는 여러 종류의
양치류도 있었고, 바닥을 덮은 나뭇잎들 사이로 새로 자라나
잎을 활짝 펼친 채 햇빛을 받고 있는 일본단풍나무들도 보였
다. 거의 한시간 동안 그렇게 숲속 정원을 돌아다니다가, 나
는 양봉장 앞에서 새 벌집을 만들고 있는 에이브럼스키 박사
를 발견했다. 예순쯤 되어 보이는 땅딸막한 체구의 에이브럼
스키 박사는 해진 바지와 여기저기 수선한 가운을 입고 있었
다. 가운의 오른쪽 주머니에서는 옛날 사람들이 먼지떨이로
사용했던 거위깃털이 삐죽 나와 있었다. 에이브럼스키 박사
에게서 맨 먼저 눈에 띄는 것은 극도로 흥분한 사람처럼 잔
뜩 치솟아 있는, 촘촘하고 새빨간 머리카락이었다. 이 머리카
락을 보니 어릴 적 내가 처음으로 받은 교리문답집에서 보았
던, 성령강림절 사도의 머리 주변에 뻗어 있던 불꽃들이 생
각났다. 박사는 내가 갑자기 나타난 것에 별로 놀라는 기색
도 없이 내게 고리 세공 의자를 내밀어주더니, 다시 양봉 작

업을 계속하면서 내가 하는 말을 들었다. 이윽고 내가 말을 끝내자, 그는 도구들을 옆으로 치우고 나서 이야기를 시작했다. 코즈모 쏠로몬은 직접 보지 못했지만, 당신의 할아버지는 압니다. 1949년, 그러니까 내가 서른한살 때 수련의로 판슈토크 교수와 함께 일하기 시작했으니까요. 아델바르트 씨의 경우를 지금도 또렷하게 기억하고 있는 것은, 내 생각이 완전히 바뀌기 시작하던 즈음에 그를 알게 되었기 때문이지요. 그렇게 생각을 고쳐먹은 덕택에 나는 판슈토크 교수가 죽고 난 뒤 몇십년 동안 정신과의사 활동을 차츰 줄여나가다가 결국 완전히 중단하게 되었습니다. 이렇게 바깥 생활을 시작한 것이 1969년 5월의 일이니, 얼마 전에 퇴직 십오주년을 맞았지요. 날씨에 따라 보트 창고나 양봉장에서 지내면서 이른바 현실세계의 일은 잊고 삽니다. 물론 보기에 따라서는 내가 영락없는 미친 사람이겠지만, 당신도 아시다시피 이런 문제는 보는 관점에 따라 달라지지요. 사마리아 병원이 텅 비어 있는 것은 보셨을 겁니다. 내가 삶에서 벗어나기 위해서는 그 병원을 포기해야만 했습니다. 이 호화로운 나무궁전 안에서 얼마나 많은 고통과 불행이 쌓여갔는지 아마 아무도 제대로 모를 겁니다. 이제 병원 건물도 분해되어가는 중이니, 이와 함께 그 고통과 불행도 스러지기를 빌 뿐입니다. 에이브럼스키 박사는 한동안 아무 말도 하지 않은 채 먼 곳만 쳐다보더니 이윽고 다시 입을 열었다. 암브로스 이델비르트 씨가 친척들의 뜻에 따라 입원한 것이 아니라 자발적으로 정신병원의 관리를 받겠다고 나섰던 것은 사실입니다. 아델바르트 씨가 자신에 대한 이야기를 전혀 하지 않았기 때문에, 나로서도 그가 왜 그렇게 했는지 오랫동안 알지 못했지요. 판슈토크 교수는 그가 노년의 중증우울증이 무감각한 긴장병과 결합한 경우라고 진단했지만, 보통 이런 상태에 수반되는 육체적인 퇴락 현상이 그에게서는 전혀 나타나지 않았기 때문에 어딘가 모순이 있었습니다. 오히려 그는 자신의 외양에 지극히 공을 들였지요. 언제나 완벽하게 정장을 차려입고 나비넥타이를 깔끔하게 맨 모습이었어요. 그런데도 그가 그냥 창가에 서서 창밖을 바라보는 모습만 보아도 어떤 극심한 불치의 고통에 시달리고 있는 것 같았지요. 당신의 할아버지만큼 심한 우울증에 걸린 사람을 본 적이 없습니다. 그의 사소한 말들, 몸짓들, 죽는 날까지 그대로 유지하던 습관들, 이 모든 것이 실은 세상에 거듭 작별인사를 하는 것이었다고 생각합니다. 최악의 상황에서도 예절에 어긋나는 행동은 절대 하지 않으려던 분이어서 식사 때만 되면 어김없이 식당에 나타나 음식을 받기는 했지만, 그분이 실제로 먹는 양은 옛날 사람들이 사자(死者)의 시신과 함께 무덤에 묻었던 상징적인 식량만큼이나 적었지요. 당시 아델바르트 씨가 얼마나 기꺼이 충격요법을 받아들이는지, 그런 모습이 내 눈에도 띄었어요. 그때는 몰랐지만, 돌이켜보면 1950년대 초반에 시행되었던 충격요법은 실로 고문이나 학대에 가까웠습니다. 다른 환자들의 경우에는 대개 완력을 써서 강제로 기구실로 끌고 가야 했는데(에이브럼스키 박사가 썼던 표현은 **결박한 채**[frogmarched]였다), 아델바르트 씨는 예정된 시각만 되면 정확하게 나타나 기구실 문 앞에 앉아서 머리를 벽에 기대고 눈을 감은 채 자신에게 닥칠 일을 기다리고 있었어요.

내가 부탁하자 에이브럼스키 박사는 충격요법에 대해 좀 더 자세하게 설명해주었다. 처음 정신과의사로 일하기 시작했을 때 나는 충격요법이 인간적이고 효과적인 방법이라고 생각했지요. 판슈토크 교수가 내게 '실제 경험들'을 여러 번 생생하게 설명해주기도 했고, 대학에서 공부할 때도 인슐린 투여를 통해 간질병과 유사한 발작을 일으키는 방법을 쓰면 환자들이 퍼렇게 변한 일그러진 얼굴로 몇분 동안 웅크린 채, 이를테면 생사를 건 싸움을 벌인다는 보고도 들었으니까요. 이런 방법과 비교하자면 전기치료의 도입은 그 자체로서 이미 상당한 진보였다고 할 수 있었지요. 충격의 양을 정확하게 조절하고, 심한 반응이 나타나면 치료를 즉각 중단할 수도 있었으니까요. 게다가 1950년대 초에는 환자들을 마취하고 근육이완제를 투여하여 어깨나 턱의 탈골, 치아 손상, 여타의 골절 등 심각한 부작용을 방지할 수도 있게 되었습니다. 충격요법의 시행과정이 이 정도까지 개선되자 독일의 정신과의사 브라운뮐이 권장하던 이른바 집중적 방법이라는 것도 도입되었지요. 아델바르트 씨가 우리 병원으로 오기 육개월 전쯤의 일이었습니다. 나는 반대하긴 했지만, 후회스럽게도 적극적으로 나서지는 못했지요. 판슈토크 교수가 여느 때처럼 나의 의견을 무시한 채 과감하게 도입한 그 방법은 한 환자에게 며칠 간격으로 총 백번이 넘게 실시되는 경우가 많았어요. 치료가 그렇게 잦다보니 치료과정을 제대로 기록하고 평가할 수가 없었고, 이는 아델바르트 씨의 경우도 마찬가지였지요. 게다가 당시의 기록들, 예컨대 병력이나 의무기록, 판슈토크 교수가 설렁설렁 취급하던 일일보고서 따위가 이제는 전부 쥐들의 배 속에서 소화되고 말았을 겁니다. 우리가 일하던 바보들의 성을 제멋대로 탈취한 쥐들이 이제 엄청나게 많아졌어요. 바람이 없는 밤이면 저 바싹 마른 건물에서 쥐들이 내달리는 소리나 달그락거리는 소리가 쉴 새 없이 들려옵니다. 때로 보름달이 나무들 위로 솟아오르면, 수천개의 가느다란 목구멍을 비집고 나오는 격정적인 노래가 울려퍼지는 듯하지요. 나는 쥐들에게 희망을 걸고 있어요. 나무좀벌레나 빗살수염벌레, 살짝수염벌레 들도 나의 희망입니다. 곳곳에서 벌써 이음매가 헐거워지기 시작한 병원 건물을 조만간 그놈들이 붕괴시킬 겁니다. 건물이 무너지는 꿈을 자주 꿉니다. 에이브럼스키 박사는 이렇게 말하면서 자신의 왼손바닥을 보았다. 높이 솟은 땅에 서 있는 병원 건물이 나타나고, 건물 전체의 모습뿐만 아니라 아주 세세한 부분들까지 보이기 시작하지요. 바깥에서는 보이지 않는 목골 골조, 지붕 들보, 문틀, 패널, 마루, 복도, 계단, 난간, 열주 난간, 테두리와 돌림띠, 이런 것들이 이미 모조리 심각하게 패 있어, 언젠가 벌레들의 군대에서 선발된 놈들이 마지막 일격을 가하면 더

이상 물질적이라고 할 수도 없는 마지막 저항이 무너지고, 건물 전체가 붕괴되고 마는 겁니다. 내 꿈에서는 그런 일이 아주 천천히 벌어집니다. 거대한 노란색 구름이 피어올라 흩어지고, 병원 건물이 서 있던 곳에는 꽃가루처럼 미세한 분말이 되어버린 톱밥들만 쌓여 있지요. 에이브럼스키 박사는 목소리가 점점 작아지더니 잠시 이야기를 중단했다. 아마도 상상 속에서 건물이 붕괴되는 장관을 다시 한번 떠올려보는 모양이다. 이윽고 그는 현실로 돌아와 이야기를 다시 시작했다. 판슈토크 교수는 제1차세계대전 직전에 렘베르크(독일 슈바벤 지방의 산)의 병원에서 신경정신과 교육을 받았습니다. 그러니까 정신의학이 주로 입원환자들을 안전하게 관리하고 억제하는 데에 집중하던 시기였지요. 그 때문에 그는 이를테면 태생적으로 어떤 특정한 사고의 경향을 갖고 있었습니다. 그래서 지속적으로 충격요법을 받은 환자들이 대부분 정신이 황폐해지고, 기능저하를 보이고, 의기소침한 태도가 현저해지고, 사고능력이 저하되고, 근육의 긴장도 떨어지고, 심지어 전혀 말을 하지 않게 되어도 그런 것을 치료의 성과로 간주했습니다. 그래서 우리 병원의 첫 환자 중 한 사람이었던 아델바르트 씨가 여러달에 걸쳐 진행된 일련의 충격요법을 받으면서 다른 환자에게서는 볼 수 없었던 지극히 순종적인 태도를 보였던 것을 새로운 요법의 성과로 치부했던 것이지요. 하지만 당시에 이미 나는 아델바르트 씨의 그런 태도가 실은 자신의 사고능력과 기억능력을 가능한 한 근본적이고 철저하게 말살하고자 하는 마음에서 비롯된 것임을 감지하고 있었습니다.

에이브럼스키 박사는 다시 한번 오랫동안 말을 멈추고 이따금씩 자기 왼손의 손금을 들여다보기도 했다. 그는 고개를 들어 나를 보면서 다시 말을 이었다. 내가 당초에 판슈토크 교수를 믿게 된 것은 아마도 그의 오스트리아 억양 때문이었을 겁니다. 그의 억양을 들으니 꼴로미야(우끄라이나의 도시) 출신으로서 합스부르크 제국이 몰락한 후에 판슈토크 교수와 마찬가지로 갈리시아 지방(유럽의 중동부 지방)에서 서유럽으로 이민 온 나의 아버지 생각이 났던 것이지요. 판슈토크 교수는 고향 린츠(오스트리아 북부의 도시)에서 자리잡아보려고 했고, 내 아버지는 빈의 레오폴트슈타트(빈의 구 가운데 하나)에서 술장사를 하며 살아보려고 했었는데, 두 사람 모두 당시의 열악한 상황 때문에 실패하고 말았습니다. 결국 아버지는 1921년 초에 미국을 향해 떠났고, 판슈토크 교수도 그해 여름에 뉴욕으로 갔지요. 판슈토크 교수는 곧 의사로 일하게 되었습니다. 이년 동안 올버니 국립병원에서 일한 후, 1925년에 당시 새로 설립된 사마리아 사립 신경요양소에 취직했지요. 같은 시기에 내 아버지는 로어 이스트싸이드의 소다수 공장에서 일어난 보일러 폭발사건으로 인해 목숨을 잃었습니다. 사고 뒤, 군데군데 몸이 탄 아버지의 시체가 발견되었지요. 브루클린에서 자라면서 나는 아버지를 많이 그리워했습니다. 아무리 나쁜 상황이 닥쳐도 언제나 자신감을 잃지 않던 분이었지요. 하지만 어머니는 아버지가 돌아가시자 산송장이 되다시피 했습니다. 지금 돌이켜보면 내가 사마리아 병원의 수련의로 일하기 시작했을 때, 판슈토크 교수가 내 아버지와 여러모로 비슷했기 때문에 일체의 비판적인 태도를 버리고 무조건 그를 따르게 된 것이 아닌가 합니다. 그런데 평소에는 학문적인 욕심이 전혀 없던 판슈토크 교수가 신경정신과의사로서 경력이 끝나갈 무렵에 집중적 방법 혹은 소멸 방법이 마치 정신치료의 기적적인 기술이라도 되는 것처럼 열광하더군요. 그가 날이 갈수록 학문적 광기 같은 것을 드러내자 비로소 내 눈이 뜨였습니다. 판슈토크 교수는 아델바르트 씨에 대한 논문을 쓰려고도 했지요. 하지만 나는 아델바르트 씨의 사례와 나 자신의 꺼림칙한 기분을 곰곰이 되새겨보다가 결국 우리들이 얼마나 오만하고 부도덕하게 행동해왔는지를 깨닫게 되었지요.

벌써 저녁이 다가오고 있었다. 에이브럼스키 박사는 나를 데리고 수목원을 거쳐 진입로 쪽으로 갔다. 그는 하얀 거위 깃털을 꺼내 때때로 그것으로 길을 가리켰다. 그렇게 걸어가는 중에 그가 말했다. 당신의 할아버지는 운명하시기 전에 관절과 사지가 점점 마비되는 증세를 보였는데, 아마도 충격요법 때문이었을 겁니다. 얼마 지나지 않아 아델바르트 씨는 자기 몸을 추스르는 것조차 아주 힘들어했지요. 옷을 입는 데에만 거의 하루가 걸렸습니다. 소매 단추를 채우고 나비넥타이를 매는 데에만 몇시간이 걸렸어요. 그렇게 겨우 옷을 입자

마자 다시 옷을 벗을 생각을 해야 하는 지경이었지요. 게다가
지속적인 시력장애와 심한 두통에 시달리기도 했는데, 그 때
문에 도박장에서 일하는 사람처럼 녹색 셀로판으로 눈을 가
리고 다닐 때가 많았습니다. 그가 운명하던 날, 처음으로 치
료 시간에 그가 나타나지 않아서 나는 그의 방으로 가보았지
요. 아델바르트 씨는 셀로판으로 눈을 가린 채 창가에 서서
공원 너머의 습지를 바라보고 있더군요. 기이하게도 그는 공
단으로 만든 것처럼 보이는 토시를 양팔에 끼고 있었어요. 과
거에 은그릇을 닦을 때 사용했던 토시 같았습니다. 왜 평소처
럼 약속한 시간에 오지 않았느냐고 묻자, 그는 이렇게 대답하
더군요. 나비 잡는 사람을 기다리다가 무심결에 잊어버린 모
양입니다(It must have slipped my mind whilst I was waiting for
the butterfly man). 이 대답은 지금도 생생하게 기억하고 있어
요. 아델바르트 씨는 이렇게 수수께끼 같은 말을 한 뒤에 즉
시 나와 함께 치료실의 판슈토크 교수에게로 가서 여느 때처
럼 모든 조치를 고분고분하게 받아들였습니다. 그가 누워 있
던 모습이 떠오르는군요. 이마에는 전극들을 달고, 이로 고무
쐐기를 물고, 치료용 침대에 박음질해놓은 범포로 꽁꽁 묶여
바다 한가운데 곧 수장될 사람처럼 누워 있었지요. 충격요법
은 문제없이 진행되었습니다. 판슈토크 교수는 아주 낙관적
인 소견을 작성했지요. 하지만 나는 아델바르트 씨의 얼굴을
보고 그에게는 아주 미약한 힘만 남아 있을 뿐, 이미 완전히
파괴된 상태라는 것을 알 수 있었습니다. 마취에서 깨어났을

때, 그의 눈은 기묘하게 초점을 잃은 상태였고, 그의 가슴에서 한숨이 새어나왔습니다. 그 한숨 소리가 지금까지도 귀에 생생하군요. 간호사가 그를 방으로 데리고 갔지요. 다음 날 새벽, 양심의 가책 때문에 괴로워서 잠을 이루지 못하던 나는 그의 방으로 올라가보았습니다. 그는 에나멜가죽으로 만든 구두를 신고 정장을 말끔하게 입은 채 침대에 누워 죽어 있더군요. 여기까지 말한 후 에이브럼스키 박사는 입을 다물고 길이 끝나는 곳까지 나를 바래다주었다. 작별할 때도 그는 입을 열지 않았다. 어스름이 내려앉는 허공 속으로 내가 갈 방향을 거위깃털로 가리킬 뿐이었다.

가뭄이 극심하던 1991년 9월 중순, 나는 영국에서 출발하여 도빌로 갔다. 시즌은 벌써 끝난 지 오래였고, 수입이 좋은 여름 시즌을 조금 더 연장해볼 심산으로 그곳 사람들이 개최하는 미국영화 페스티벌도 이미 끝나 있었다. 내가 상식적인 추측을 완전히 벗어나서 도빌에는 여전히 어떤 특별한 것이 남아 있으리라고 기대했는지는 기억나지 않는다. 과거의 흔적, 푸른 가로수들이 늘어선 대로, 해변의 산책로, 상류사회나 화류계 인사로 가득한 관객 같은 것들 말이다. 내가 무엇을 기대했건, 나는 그곳에 도착하자마자 한때는 전설적이었던 해수욕장이 이제 가망없이 몰락했다는 사실을 알게 되었다. 오늘날에는 어느 나라에 가든, 지구상의 어디를 가든 나를 바가 없다. 자동차와 부띠끄 상업, 그리고 온갖 방식으로 점점 더 확산되어가는 파괴중독증으로 인해 살아남은 곳이 없다. 19세기 후반에 지붕 테라스와 작은 탑을 갖춘 신고딕 양식의 성으로 지어지거나 스위스 산장 양식, 심지어 동방의 건축물들을 본떠서 만든 수많은 빌라들이 하나같이 황량하게 방치된 채 삭아가고 있었다. 내가 도빌에서 맞은 첫날 아침에 거리를 산책하면서 그랬던 것처럼, 아무도 살지 않는 듯한 이러한 빌라들 앞에 한동안 가만히 서 있으면 신기하게도 거의 예외없이 일층이나 이층 혹은 그 위에서 닫혀 있던 창문의 덧문 하나가 살짝 열리고 손 하나가 밖으로 나와 천천히 걸레를 털어댄다. 그런 광경들을 보고 있자면 도빌의 모든 건물 내부는 컴컴하고, 그 안에는 영원히 바깥으로 나오지 못하고 영원히 먼지만 떨어야 하는 저주받은 여자들이 소리도 없이 움직이고 있으며, 우연히 그들의 감옥 앞에 서서 물끄러미 건물을 쳐다보는 낯선 행인들이 나타나기만 기다리고 있다는 느낌을 받게 된다. 그런 행인이 나타나면 그들은 걸레를 흔들면서 신호를 보내는 것이다. 도빌에서뿐만 아니라 강 건너 트루빌에서도 거의 모든 건물이 닫혀 있었다. 몽뜨벨로 미술관, 시청의 문서보관소, 한번 들어가서 둘러보고 싶던 도서관, 심지어 예수의 아이들이라는 이름의 탁아소까지 닫혀 있었다. 탁아소 정면에는 도빌의 시민들이 감사의 뜻으로 기념판을 달아놓았는데, 오래전에 사망한 데를랑제 남작부인이 창설한 재단에서 운영하는 탁아소라고 명기되어 있었다. 19세기에서 20세기로 넘어오던 시절에 미국의 부호와 영국의

상류귀족, 프랑스의 주식왕, 독일의 대기업주 들이 서로 인사를 주고받았던 **로슈 누아르 호텔**에도 들어갈 수 없었다. 내가 입수한 정보에 따르면 로슈 누아르는 1950년대 혹은 1960년대에 문을 닫았고, 그뒤 아파트로 분할되어 매각되었는데, 그나마 바다 쪽을 향한 방들만 일부 팔렸을 뿐이었다. 한때 노르망디 해안의 자랑이었던 그 호화 호텔은 이제 반쯤 모래에 파묻혀버린 기대한 괴물에 지나지 않았다. 내부분의 아파트들은 오랫동안 비어 있었고, 그 소유주들도 사망한 지 오

래였다. 몇몇 고집스러운 부인들만이 매년 여름 거기로 들어가 거대한 건물 안에서 유령처럼 돌아다녔다. 그들은 가구들을 덮고 있던 하얀 천을 걷어내고 몇주 동안 머물렀으며, 밤이 되면 텅 빈 건물 안의 어느 곳에선가 시체처럼 꼼짝하지 않은 채 드러누워 있었다. 또 널찍한 복도를 왔다 갔다 하거나 거대한 홀을 지나가기도 했고, 조심스럽게 한발 한발 옮기면서 메아리가 울려퍼지는 계단실을 오르락내리락하기도 했으며, 이른 아침에는 온몸에 궤양이 생긴 푸들이나 발바리를 데리고 해변의 산책로를 거닐었다. 이렇게 서서히 무너져내리는 **로슈 누아르**와는 달리 1912년에 트루빌—도빌의 반대편에 완공된 노르망디 호텔은 여전히 고급호텔의 면모를 유지하고 있었다. 하지만 몇개의 뜰로 구획된, 거대하면서도 왠

지 축소모형처럼 보이기도 하는 목재골조의 건물에 묵는 사람들은 거의 일본인 손님들뿐이었다. 호텔직원들은 겉으로는 아주 깍듯해 보였지만 실은 냉정하면서도 때로는 거의 모욕에 가까운 예절로 그들을 대하면서 정확하게 짜인 일과에 따라 그들을 조종했다. 실제로 **노르망디** 호텔은 유명한 국제 호텔이라기보다는 세계박람회를 맞아 오오사까 근처에 따로 지어놓은 프랑스 숙박업 전시관처럼 보였다. 나로서는 **노르망디** 호텔에서 나오자마자 발리섬이나 알프스 지방을 선전하는 환상적인 호텔을 만난다고 해도 전혀 놀라지 않았을 것이다. 노르망디 호텔의 일본인들은 사흘에 한번씩 다음 순번의 고향사람들로 교체되었다. 손님 중 한 사람이 내게 전해준 바

에 따르면 세계행복여행에 참가하는 일본인들은 샤를 드골 공항에 내리자마자 에어컨이 달린 버스에 실려 도빌로 수송되는데, 도빌은 라스베이거스와 애틀랜틱시티 다음의 세번째 체류지이며, 도빌을 떠난 일본인들은 빈과 부다페스트, 마카오를 거쳐 다시 토오꾜오로 돌아갔다. 도빌에 머무르는 일본인들은 매일 아침 10시면 **노르망디** 호텔과 같은 시기에 지어진 새 카지노로 가서 점심식사 시간이 될 때까지 울긋불긋하게 번쩍거리고 삑삑대는 음향으로 가득한 슬롯머신 홀에서 노름을 했다. 그들은 오후와 저녁에도 기계 앞을 떠나지 않고 표정없는 얼굴로 한움큼의 동전을 기계에 바치다가, 마침내 동전들이 쨍그랑거리며 기계에서 빠져나오면 명절을 맞은 아이들처럼 기뻐했다. 룰렛 판에서는 단 한명의 일본인도 찾아볼 수 없었다. 자정 즈음에 거기 앉아 있는 사람들은 대개 주변에서 온, 어딘가 미심쩍은 소수의 사람들뿐이었다. 수상한 일을 하는 변호사, 토지중개인, 대형 자동차정비공장 주인 등이 애인들을 끼고 와서 행운을 시험하고 이겨보려고 했다. 행운은 서커스 청소부 같은 어색한 제복을 입은 땅딸막한 크루피어(룰렛 게임의 딜러)의 모습으로 그들 앞에 서 있었다. 룰렛 판은 최근에 새로 수리한 것이 분명해 보이는, 비취색 유리벽으로 차단된 내실에 설치되어 있었는데, 그 자리는 옛날에는 도박장이 아니었다. 내가 알기로 당시의 게임 홀은 훨씬 더 컸다. 룰렛 판과 바까라 판이 두 줄로 늘어서 있었고, 연방 원형궤도를 달리는 작은 말들에 돈을 걸 수 있는 공간도 있었다. 장식벽돌로 치장한 천장에서는 베네찌아산 유리를 통과한 은은한 빛이 흘러나왔고, 8미터 높이의 반원형 창문이 십여개 늘어서 있었으며, 창밖의 테라스에서는 이국적인 사람들이 무리를 짓거나 쌍쌍이 서 있었다. 테라스의 난간 너머로는 반사되는 빛속에서 하얀 해변이 떠올랐고, 그 뒤 멀리서는 닻을 내리고 장식조명으로 치장한 외양(外洋) 요트와 증기범선 들이 밤하늘을 향해 신호탄을 쏘아댔으며, 배들과 해변 사이의 중간지대에서는 작은 보트들이 느릿느릿 반딧불이들처럼 오갔다. 내가 처음으로 도빌의 카지노에 들어섰을 때, 오래된 게임 홀은 화려한 저녁의 마지막 여운을 음미하며 가라앉고 있었다. 결혼식 피로연이나 무슨 기념행사라도 있는지, 거의 백명의 손님을 위한 식탁이 마련되어 있었다. 저물어가는 햇빛이 술잔에 부딪혀 반사되었고, 무대에 설치된 은색 타악기들도 번쩍거렸다. 밴드는 곧 시작될 공연을 위한 리허설을 막 시작한 모양이었다. 젊은이 행색을 한 늙수그레한 연주자들은 모두 네명이었고, 하나같이 머리가 곱슬곱슬했다. 그들은 내가 맨체스터의 유니언 바에서 수도 없이 되풀이하여 들었던 1960년대의 노래들을 연주하고 있었다. 잇 이즈 디 이브닝 오브 더 데이. 보컬을 맡은 금발의 소녀는 아직 앳된 목소리로 이런 구절을 정성스럽게 마이크 속에 불어넣고 있었다. 마이크를 양손으로 꼭 붙잡고 입술에 닿을 만큼 바짝 딩겨 들고 있는 소녀는 영어로 노래하고 있었시만, 프랑스 억양이 심했다. 잇 이즈 디 이브닝 오브 더 데이, 아이싯 앤드 워치 더 칠드런 플레이. 그녀는 군데군데 가사가 기억나지 않으면 멋진 허밍으로 처리했다. 나는 니스칠을 해놓은 하얀 1인용 의자에 앉았다. 음악이 공간 전체를 가득 채우고 있었다. 분홍빛 구름이 금색 띠가 둘러진 장식천장까지 솟아올랐다. 프로콜 하룸의 「어 화이터 셰이드 오브 페일」. 감상적인 것, 그 자체였다.

한밤중에 호텔방에 누워 있자니 파도 소리가 들려왔다. 나는 갑판 위의 구조물이 노르망디 호텔과 똑같이 생긴 **호화여객선**을 타고 대서양을 건너가는 꿈을 꾸었다. 그 꿈속의 아침, 르아브르 항구로 진입할 때 나는 갑판 위에서 난간을 붙잡고 서 있었다. 농무경적이 세번 울렸고, 발아래의 거대한 선체가 부르르 떨었다. 르아브르에서 도빌까지는 기차를 타고 갔다. 내가 앉아 있는 객실에서는 갖가지 모자상자들을 들고 온 여자가 고급 옷을 입고 내 앞에 앉아 있었다. 그녀는 거대한 브라질 씨가를 피우면서 때때로 푸르스름한 연기 사이로 나에게 도발적인 눈빛을 던졌다. 하지만 그녀에게 어떻게 말을 걸어야 할지 몰라 난감해진 나는 그녀 옆에 놓여 있는, 수많은 작은 단추가 달린 하얀 에나멜 구두만 내려다볼 뿐이었다. 도빌에 도착한 후 나는 단두마차를 타고 로슈 누아르 호텔로 갔다. 거리는 아주 혼잡했다. 갖가지 종류의 마차와 자동차, 손수레, 자전거, 심부름꾼, 배달꾼, 산책하는 사람 들이 어지럽게 뒤섞여 움직였다. 마치 악령들의 잔치가 벌어진 것 같았다. 호텔은 손님들로 미어터질 지경이었다. 손님들이 무리를 지어 프런트로 몰려들었다. 경마 시즌이 코앞으로 다가온 시점이어서 사람들은 어떻게든 최상의 숙소를 차지하려고 난리였다. **로슈 누아르**의 손님들은 도서실의 소파와 안락의자를 빌리거나 살롱의 한구석을 세내어 숙소로 삼았다. 호텔직원들은 꼭대기 층에 있는 숙소에서 밀려나 지하실에서 기거해야 했다. 여자들에게 방을 양보한 남자들은 아무 데서나 쉬어보려고 했다. 로비와 복도, 창문턱, 계단실, 당구대 등, 그들은 어디든 가리지 않고 닥치는 대로 자리를 잡았다. 나는 엄청난 액수의 뇌물을 바치고서야 물품창고에 있는 간이침대를 획득하는 데 성공했다. 그 침대는 짐 넣는 망처럼 벽에 높이 달려 있었다. 나는 너무 피곤해서 도저히 움직일 수 없을 때에만 그 위로 올라가 두어시간 잠을 잤다. 그런 때를 제외하고는 줄곧 코즈모와 아델바르트 할아버지를 찾아다녔다. 때때로 그들이 어떤 건물의 입구나 엘리베이터 안으로 사라지거나 길모퉁이를 돌아가는 것을 본 듯하기도 했다. 그러다가 마침내 그들을 만나게 되었다. 그들은 정원에서 차를 마시면서 앉아 있거나 홀 안에서 신문을 읽고 있었다. 운전사 가브리엘이 매일 새벽에 곡예운전을 하며 빠리에서 도빌로 가지고 온 신문이었다. 죽은 사람들이 우리의 꿈에 나타날 때 대개 그러하듯이, 코즈모와 아델바르트 할아버지도 말이 없었고, 약간 우울해 보였으며, 힘이 빠진 듯한 모습이었다. 그들은 자신들의 좀 이상한 모습이 무조건 숨겨야 하는 끔찍하고 비밀스러운 집안일이라도 되는 듯 행동했다. 내가 다가서면 눈앞에서 순식간에 사라져버렸고, 그들이 앉아 있던 자리만 휑하니 남아 있었다. 그래서 나는 그들의 모습이 눈에 띄면 멀리서 바라보는 것에 만족하기로 했다. 나는 그들이 앉아 있는 자리가 주위의 온갖 야단법석과는 무관하게 항상 고요해 보인다는 것을 곧 알아차리게 되었다. 1913년 여름, 도빌은 실로 온 세계가 집결해 있는 것처럼 북적댔다. 몽고메리 백작부인, 피츠 제임스 백작부인, 데를랑제 남작부인, 마사 후작부인도 보였고, 로트실트, 되치 드 라 뫼르뜨, 쾨흘린, 뷔르겔, 쀠조, 보름스, 헤네시, 이즈볼스끼, 오를로프 등 여러 집안의 사람들도 보였다. 예술가들도 드물지 않았고, 레잔과 라이헨베르크와 같은 미심쩍은 가문의 사람들도 있었다. 그리스의 선박업자, 멕시코의 석유부호, 루이지애나에서 온 목화부자 들도 빠지지 않았다. 트루빌 지방신문에는 올해 외국손님들이 해일처럼 도빌을 덮쳤다는 기사가 났다. 이슬람신도들인 몰도발라키아(루마니아 지역에 있던 몰다비아와 발라키아) 사람들, 브라만교를 믿는 힌두 사람들, 카프라리아(오늘날 남아프리카의 한 지역)인과 파푸아뉴기니인, 니암니암(아프리카 중부의 아잔데족) 등 온갖 지방에서 온 사람들, 바시부주끄(옛 터키의 비정규병) 출신의 무역업자들, 원숭이 춤과 원시악기로 공연하는 사람들까지 도빌로 몰려들었다는 것이었다. 이십사시간 쉴 틈이 없었다. 라뚜끄의 경마장에서 개최된 시즌 첫 경주를 보다가 나는 가십기사를 쓰는 어떤 영국 기자가 이렇게 말하는 것을 들었다. 사람들이 아무 데서나 픽 쓰러져 자는 법을 배운 것 같네요.

모두들 생기가 없어요. 손끝을 대기만 해도 쓰러져버릴 것 같군요(It actually seems as though people have learnt to sleep on the hoof. It's their glazed look that gives them away. Touch them, and they keel over). 나 역시 극히 피곤한 몸으로 경마장 관객석에 서 있었다. 폴로 경기장을 에워싼, 잔디가 깔린 경주트랙은 비슷한 높이로 자라난 포플러들로 둘러싸여 있었다. 나는 망원경으로 포플러 잎사귀들이 바람을 맞아 은빛으로 팔랑거리는 것을 보았다. 관객들은 갈수록 많아졌다. 잠시 뒤에 내 아래쪽에는 모자들이 출렁거리는 물결을 이루었으며, 그 위로 하얀 왜가리깃털들(모자를 장식하는 데 주로 쓰이는 깃털)이 어두운 빛깔로 흘러가는 물결 위의 포말들처럼 떠 있었다. 맨 마지막으로 젊은 여자들 가운데 가장 아름다운 아가씨들이 시즌의 한살배기 말들처럼 최고급 옷들을 뽐내며 나타났다. 겉옷 사이로 담녹색, 새우색, 청록색 등의 비단옷들이 비쳤다. 순식간에 검은 옷을 입은 남자들이 그녀들을 둘러쌌고, 그들 가운데 특히 대담한 치들은 중산모를 지팡이에 걸어 높이 치켜들기도 했다. 경주가 이미 시작되었을 때, 카슈미르(인도 북부의 주)의 대왕이 내부에 금칠을 한 롤스로이스를 타고 도착했고, 그 차를 뒤따라온 리무진에서는 상상을 초월하는 뚱뚱한 여자가 나왔다. 두명의 연로한 하인이 그녀를 자리로 안내했다. 나는 그 순간 그녀가 앉은 자리의 바로 위에 코즈모 쏠로몬과 아델바르트 할아버지가 앉아 있는 것을 발견했다. 할아버지는 노란 아마포 정장을 입고, 머리에는 검게 광택을 낸 스페인식 밀짚모자를 쓰고 있었다. 코즈모는 햇볕이 따가운 한여름 날씨에도 불구하고 플러시 천으로 만든 두꺼운 외투를 입고 머리에는 조종사 모자를 쓰고 있었는데, 모자 아래로 금발의 머리카락이 삐져나와 있었다. 그는 오른팔을 할아버지의 의자 팔걸이에 가만히 걸쳐놓고 있었다. 두 사람은 먼 곳을 바라보며 꼼짝도 하지 않았다. 지금 다시 생각나는데, 그날 내가 꾸었던 도빌에 대한 꿈은 끊일 줄 모르는 숙덕거림으로 가득했다. 그 숙덕거림은 코즈모와 할아버지에 대한 소문으로 인한 것이었다. 한번은 밤늦은 시간에 그 두 젊은이가 **노르망디** 호텔의 식당에 앉아 있는 것을 보았는데, 그들은 식당 한가운데에 오로지 자신들만을 위해 배치된 식탁 앞에 앉아 있었다. 그래서 그런지 그들은 다른 손님들과는 완전히 격리되어 있는 것 같았다. 은은한 조명 아래에서 멋진 분홍빛 바닷가재가 그들 사이의 은접시 위에 놓여 있었다. 이따금 바닷가재의 다리가 하나씩 꿈틀거렸다. 아델바르트 할아버지는 노련한 솜씨로 가재를 천천히 분해하여 먹기 좋은 크기로 잘라 코즈모 앞에 놓아주었고, 코즈모는 예의 바른 아이처럼 그것을 먹었다. 잔잔한 바다 물결 위에 떠 있는 듯한 다른 손님들의 모습에서 알아볼 수 있는 것이라곤 여자들의 번쩍거리는 귀걸이와 목걸이, 그리고 남자들의 새하얀 셔츠 깃뿐이었다. 하지만 나는 세상의 모든 눈이 바닷가재를 먹고 있는 두 남자를 주시하고 있다는 것을 느낄 수 있었다. 사람들은 저마다 이들이 주인과 하인이다, 친구 사이다, 친척이다,라고 하는가 하면, 심지어 형제지간이라고 주장하는 사람들도 있었다. 그들은 이런 주장들에 대한 찬반의 논거들을 끝없이 주고받았고, 홀 전체가 이런 대화로 나지막이 웅성거렸다. 그사이에 코즈모와 할아버지의 작은 식탁이 깨끗이 치워졌고, 창문을 통해 새벽의 여명이 흘러들어오기 시작했다. 도빌에 머무르던 여름 손님들의 호기심을 자극한 것은 무엇보다도 코즈모의 눈에 띄는 행동과 할아버지의 지극히 모범적이고 단정한 태도였다. 두 사람이 줄곧 다른 사람들과의 접촉을 피하는데다 매일 도착하는 초대장들에도 전혀 응대하지 않았기 때문에 사람들의 호기심은 당연히 더 커졌고, 날이 갈수록 더 대담한 추측이 무성하게 생겨나게 되었다. 아델바르트 할아버지가 놀랍도록 말솜씨가 좋았던 데 반해 코즈모는 거의 한마디도 입 밖에 내지 않는 데 대해서도 온갖 추측이 난무했다. 게다가 코즈모가 묘기 비행이나 폴로 경기를 하면서 별스러운 행동들을 거듭하자, 이에 대해서도 말이 끊이지 않았다. 설상가상으로 코즈모가 카지노의 별실에서 엄청난 행운의 끈을 붙잡기 시작하자, 이 기이한 미국인들에 대한 관심은 극에 달했다. 코즈모의 행운에 대한 소문은 들불처럼 도빌 전역으로 번져갔다. 지금까지의 풍문에다 사기행각이나 범죄행위에 대한 풍문까지 더해졌으며, 한번도 룰렛 판에 직접 앉지 않고 항상 코즈모의 바로 뒤에 서 있기만 하는 아델바르트 할아버지가 사기술(磁氣術)의 비밀스러운 힘을 행사한다는 소문까지 번졌다. 내 꿈속에 나타난 식당 안의 손님들도 그런 이야기를 주고받고 있었다. 실제로 할아버지만큼 이나 미스터리에 휩싸여 있는 사람은 오스트리아에서 온 어떤 백작부인밖에 없는 것 같았다. 도빌에서의 내 꿈속에서는 약간 주변적인 인물이었던 그 부인의 과거는 어둠속에 묻혀 있었다. 지극히 날씬하고 거의 투명해 보이기까지 하는 그녀는 회색과 갈색이 섞인 물결무늬 비단옷을 입고 있었고, 밤낮없이 남녀 숭배자들을 몰고 다녔다. 누구도 그녀의 본명을 알지 못했고(빈에는 뎀보프스키 백작부인이라는 사람이 없었다), 그녀의 나이를 아는 사람도, 그녀가 처녀인지 유부녀인지 과부인지 아는 사람도 없었다. 뎀보프스키 백작부인이 처음으로 내 눈에 띄었던 것은, 그녀가 카지노 앞의 테라스에서 흰색 여름모자를 벗어 난간 위에 놓았을 때였다. 그녀 말고는 어떤 여자도 그런 행동을 하지 못했다. 내가 그녀를 마지막으로 본 것은 꿈에서 깨어난 뒤 내 호텔방 창문으로 다가갔을 때였다. 막 새벽이 밝아오고 있었다. 여전히 어슴푸레한 바깥에서는 모래사장이 바다로, 바다가 하늘로 경계선 없이 이어지고 있었다. 차츰 창백하게 번져오는 여명 속에서 그녀가 나타났다. 그녀는 해변의 황량한 산책로를 걷고 있었다. 지극히 촌스러운 복장에다 흉측하게 화장한 그녀는 팔짝팔짝 뛰어오르는, 줄로 묶어놓은 하얀 앙고라토끼를 끌며 걸어오고 있었다. 번들거리는 녹색 제복을 입은, 클럽 회원처럼 보이는 한 남자가 그녀와 함께 걷고 있었는데, 그는 토끼가 앞으로 나아가려고 하지 않을 때마다 몸을 수그리고, 왼쪽 팔꿈치에 끼고 있던 커다란 꽃양배추잎을 뜯어 토끼에게 조금씩 먹여주었다.

내 앞에는 아델바르트 할아버지의 비망록이 놓여 있다. 내가 겨울에 씨더 글렌 웨스트를 방문했을 때 피니 이모가 준 것이다. 비망록의 표지는 붉은 와인색의 부드러운 가죽으로 되어 있으며, 대략 가로 8센티미터, 세로 12센티미터의 크기다. 1913년용으로 제작된 이 비망록은 8월 20일에 밀라노에서 시작되고 있으므로, 아델바르트 할아버지가 이 비망록을 산 곳도 아마 밀라노였을 것이다. 첫 페이지는 이렇게 시작된다. Palace H. 3 p.m. Signora M. Abends Teatro S. Martino, Corso V. Em. *I tre Emisferi.* 여기서도 볼 수 있듯이 할아버지의 메모들은 여러 언어들을 번갈아 사용하고 있는데다 글씨가 아주 작아서 해독하기가 쉽지 않았다. 거의 팔십년 전 기록의 뜻이 서서히 저절로 밝혀지지 않았더라면 나는 끝내 해독하지 못했을 것이다. 뒤로 갈수록 기록이 상세해졌는데, 아델바르트 할아버지와 코즈모가 8월 말에 베네찌아를 떠나 범선을 타고 그리스와 콘스탄티노플을 향해 갔다는 것을 알 수 있었다. 비망록을 한번 들추어보자. 이른 아침. 갑판 위로 올라가 뒤쪽을 바라본다. 비의 장막 뒤로 멀어져가는 도시의 불빛들. 그림자처럼 보이는 석호섬들. 향수. 항해자는 멀어져가는 땅을 보며 일기를 쓴다(Mal du pays. Le navigateur écrit son journal à la vue de la terre qui s'éloigne). 다음 날의 기록은 이러하다. 크

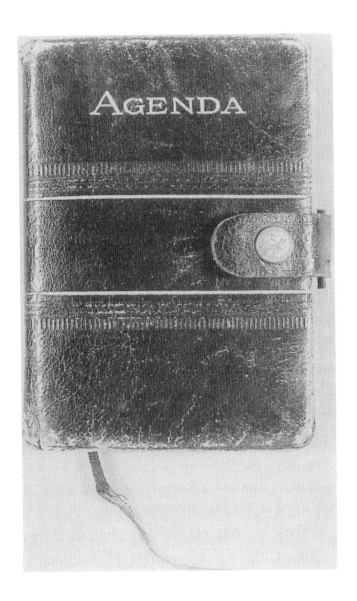

로아티아 해변 앞. 코즈모는 매우 불안정함. 멋진 하늘. 민둥산들. 치솟아오르는 구름들. 오후 3시, 사방이 컴컴해짐. 악천후. 돛이 내려짐. 저녁 7시, 강한 폭풍. 파도가 갑판 위까지 몰아침. 오스트리아인 선장은 자신의 선실 안에 걸린 성모마리아 그림 앞에 등불을 켬. 바닥에 꿇어앉은 그는 기이하게도 이딸리아어로 기도함. 이 신성한 바다에 묻힌(sepolti in questo sacro mare) 불쌍한 실종 선원들을 위한 기도. 폭풍의 밤 뒤에 무풍의 낮. 전속력으로 남쪽을 향해 등속 항해. 뒤섞인 물건들을 정리함. 어둑해질 때 우리 앞 수평선에 진줏빛 회색 섬이 떠오름. 코즈모는 뱃머리에 도선사처럼 서 있음. 한 선원이 **파노**(이딸리아 북동부의 항구도시)라고 외침. 그는 맞습니다(Sísiorsí),라고 소리치고는 다시 앞을 가리키며 파노! 파노!라고 연거푸 외침. 얼마 후, 이미 어둠속에 잠긴 섬의 끝에서 불꽃을 봄. 해변의 어부들. 그들 중 한명이 불타는 나뭇조각을 좌우로 흔듦. 섬을 지난 지 몇시간 후 케르키라(그리스 북서부 코르푸섬의 도시)의 북쪽 해변에 있는 카시오피 항구로 진입. 아침에 갑판에서 끙음. 기계고장을 해결. 코즈모와 함께 상륙. 낡은 방벽을 올라감. 방벽 한가운데에 털가시나무 한그루. 그 아래 나뭇잎으로 덮인 곳에 누워보니 정자 속에 있는 듯함. 아래쪽에서 망치로 보일러를 때려대는 소리. 하루 종일 시간을 잊고 지냄. 밤에는 갑판에서 잠. 귀뚜라미 울음소리. 바람이 이마를 스쳐 잠에서 깸. 수로의 뒤편, 알바니아의 산들 뒤에서 아침이 다가옴. 아직 캄캄한 세상 위로 햇살이 번짐. 동시에 두 척의 하얀 외양 요트가 하얀 연기구름을 뿌리며 풍경을 가로지름. 속도가 매우 느려서 마치 무대 위에서 긴 끈에 묶여 조금씩 당겨지는 것처럼 보임. 배는 거의 움직이지도 않는 것처럼 보였지만, 그래도 결국 무대 가에 진녹색 숲으로 덮여 있는 바르바라곶 뒤로 사라짐. 그 위로 가느다란 눈썹 모양의 초승달이 떠 있음──9월 6일. 케르키라에서 이타카와 파트라스를 거쳐 코린트만으로 접어들었다. 이타카에서 배를 먼저 보내고 우리는 육로를 통해 아테네로 가기로 결정함. 지금, 델피의 산들 위는 아주 서늘하다. 두 시간 전에 외투로 몸을 감싸고 누움. 안장을 베개로 사용함. 월계수나무 아래에서 말들이 고개를 숙이고 잠들어 있다. 나뭇잎들이 함석판처럼 바스락거린다. 우리 위로 은하수가(코즈모는 신들이 오가는 길이라고 한다) 참으로 밝아, 그 빛만으로도 이렇게 글을 쓸 수가 있다. 수직으로 올려다보면 백조자리와 카시오페이아자리가 있다. 어릴 적 알프스에서, 나중에 일본의 수상 주택에서, 고요한 바다에서, 그리고 롱아일랜드 싸운드에서 보았던 바로 그 별들이다. 내가 예나 지금이나 똑같은 사람이고, 지금은 그리스에 있다는 사실이 거의 믿기지 않는다. 하지만 간간이 노간주나무 향내가 코끝을 스치는 것을 보면, 여기는 그리스가 맞다.

이 밤의 기록들 다음으로는 콘스탄티노플에 도착한 날에 대한 기록이 나오는데, 처음으로 내용이 상세하다. 할아버지는 9월 15일이라고 적고 나서 이렇게 쓰고 있다. 어제 오전 피레우스(아테네의 외항)에서 출발. 육로로 힘들게 이동하는 동안 좀 초췌해진 듯. 고요한 항해. 갑판의 차양 아래에서 휴식함. 그보다 더 푸른 바다는 본 적이 없다. 말 그대로 군청색. 오늘 아침 다르다넬스해협을 통과함. 가마우지들이 엄청난 무리를 지어 날아다님. 이른 오후, 앞쪽 멀리서 동방의 수도가 나타남. 처음에는 신기루처럼 보이다가 차츰 푸르른 나무와 울긋불긋한 건물 들이 또렷해짐. 그 앞 그리고 그 사이에 촘촘히 몰려 있는 배들의 닻이 미풍에 가볍게 흔들리고 있었다. 미나레트(이슬람 사원의 첨탑)들도 조금씩 흔들거리는 것처럼 보였다. 뜨리에스떼(이딸리아의 항구도시) 출신의 선장에게 보수를 지불한 뒤, 우선 **페라 팔라스** 호텔에서 내림. 오후의 차 마시는 시간에 로비로 들어섬. 코즈모는 숙박계에 이렇게 적었다. 프레르 쏠로몬, 뉴욕, 중국으로 가는 중(Frères Solomon, New York, en route pour la Chine). 프런트 책임자는 내 질문에 이렇게 대답했다. **페라**는 **저편**이라는 뜻입니다. 이스탄불의 저편이라는 이야기다. 로비에는 오케스트라의 은은한 연주가 흐름. 얇은 레이스 커튼으로 가려진 무도회 홀에서는 춤추는 남녀의 그림자가 비침. 한 여자가 유령처럼 이상한 목소리로, 깡 라무르 뫼르(사랑이 식을 때면),라고 노래하고 있었다. 계단과 방은 모두 아주 화려함. 높은 장식천장 아래 풍경이 그려진 카펫이 걸려 있음. 욕실들의 욕조도 거대함. 발코니에서는 골든 혼(이스탄불의 내항)의 전경을 볼 수 있음. 저녁이 다가오고, 우리는 어스름이 도시 주변의 언덕으로부터 몰려와

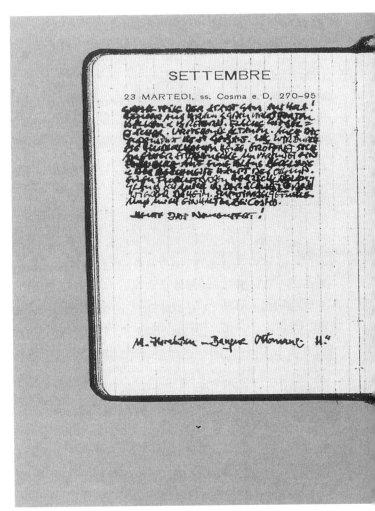

SETTEMBRE

23 MARTEDI, ss. Cosma e D, 270-95

나지막한 지붕들 위로 내려앉는 것을 봄. 도시의 바닥에 도착
한 어스름은 이슬람 사원들의 납빛 돔 위로 솟아오름. 어둠속

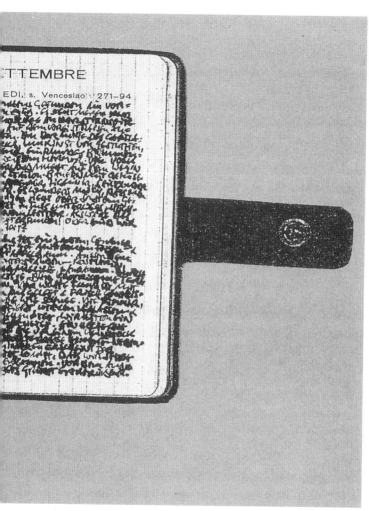

에 파묻히기 직전, 미나레트늘의 쏙대기가 다시 한번 선명하
게 반짝임 — 아델바르트 할아버지의 기록은 날짜를 거쳐가

며 계속되었다. 누구도 이런 도시를 상상할 수 없을 것이다. 건물도 참으로 많고, 식물들도 다채롭기 그지없다. 하늘 높이 솟아 있는 소나무 우듬지들. 아카시아, 코르크나무, 무화과나무, 유칼리나무, 노간주나무, 월계수, 실로 나무들의 천국이다. 그늘진 비탈들, 졸졸 흐르는 개울과 우물이 있는 작은 숲들. 산책할 때마다 나를 놀라게 하는, 아니 경악하게 하는 것들이 나타난다. 매번 새로운 장관이 연출된다. 궁전 같은 건물들이 늘어선 거리가 갑자기 협곡에서 끝난다. 극장에 갔다가 대기실의 문을 열고 나오면 뜻밖에도 작은 숲으로 들어서게 된다. 갈수록 좁아지는 어두운 골목을 따라가다가 막다른 골목을 만난 줄 알고 낭패감에 휩싸여, 마지막 희망을 걸고 모서리를 돌아서면 돌연 연단처럼 생긴 곳이 나타나 광활한 파노라마를 조망하게 된다. 벌거벗은 언덕을 끝없이 올라가다보면 문득 그늘진 계곡에 들어서 있음을 깨닫게 되고, 어떤 집의 문을 열고 들어갔는데 길거리가 나오는가 하면, 시장을 돌아다니던 중 갑자기 묘비들이 나를 둘러싸고 있음을 알게 되기도 한다. 콘스탄티노플에서는 죽음 자체와 마찬가지로 묘지 또한 삶의 한가운데에 자리잡고 있다. 사람이 죽으면 사이프러스 나무를 한그루씩 심는다고 한다. 그 촘촘한 가지들 사이에 터키의 비둘기들이 집을 짓는다. 밤이 되면 비둘기들은 구구거리기를 멈추고 죽은 자들의 침묵에 동참한다. 고요함의 시작과 더불어 박쥐들이 은둔처에서 빠져나와 하늘길을 재빨리 날아간다. 코즈모는 박쥐들이 외치는 소리를 하나하나 구별할 수 있다고 주장한다. 도시의 대부분이 나무로 만들어져 있다. 세월이 흐르면서 갈색 혹은 회색으로 변한 들보와 판자 들로 이루어진 집들. 납작한 박공지붕과 돌출된 발코니 들. 유대인 지역도 다르지 않다. 오늘 그곳을 지나갈 때, 길모퉁이에서 돌연 시야가 탁 트이더니 산의 푸른 능선과 눈덮인 올림포스산의 정상이 보였다. 나는 한순간 내가 스위스나 고향에 와 있는 줄 알고 가슴이 메었다…… 에윕 지구의 입구에서 어떤 집을 보았다. 오래된 마을 사원 옆, 세 도로가 만나는 광장의 앞쪽에 서 있었다. 가지가 잘 정리된…… 플라타너스들로 둘러싸인, 포석이 깔려 있는 광장 한가운데 하얀 대리석으로 만든 둥근 분수가 있었다. 외곽에서 시내로 들어가는 수많은 사람들이 여기서 쉬어 간다. 야채광주리를 든 농부, 숯장수, 집시, 외줄 타는 사람, 곰 조련사. 신기하게도 자동차나 다른 탈것들이 한대도 보이지 않았다. 누구나 걸어다니고, 기껏해야 짐 나르는 짐승 정도만 보일 뿐이었다. 아직 바퀴가 발명되지 않은 시대에 와 있는 것 같았다. 어쩌면 우리는 시간을 벗어나 있는 것이 아닐까? 9월 24일이라는 날짜가 도대체 무엇을 의미하는가? 집 뒤에는 정원이 있다. 정확히 말하자면 무화과나무와 석류나무가 있는 일종의 안뜰이다. 그밖에도 로즈메리, 샐비어, 은매화, 멜리사, 양귀비 등의 다년초들이 자라고 있다. 뒤쪽에 있는 파란 칠을 한 문이 집의 입구다. 널찍한 복도에는 석판이 깔려 있고, 벽은 눈처럼 흰색으로 말끔하게 회칠되어 있다. 가구가 거의 없는 방들은

텅 비어 썰렁하다. 코즈모는 우리가 유령의 집을 세내었다고
말한다. 나무계단을 올라가면 포도덩굴로 뒤덮인 옥상 테라
스가 나온다. 바로 옆에 솟아 있는 미나레트의 회랑에서 난
쟁이처럼 작은 사람이 나타난다. 기도 시간을 알리는 사람이
다. 그와의 거리가 너무 가까워, 그의 표정을 세세하게 읽을
수 있을 정도다. 기도 시간을 알리기 전에 그는 먼저 우리에
게 인사를 한다. 옥상의 포도덩굴 아래에서 새집에서의 첫 저
녁식사를 한다. 아래쪽 골든 혼에서는 수천척의 배가 오가고,
그 오른쪽으로는 이스탄불이 지평선까지 펼쳐져 있다. 저물
어가는 햇빛에 비친 구름무리들이 불빛과 구릿빛, 자줏빛으
로 도시 위에 떠 있다. 아침 무렵, 우리는 한번도 들어보지 못
했던 엄청난 소음을 듣는다. 멀리 언덕 위나 산 위에 모인 사
람들이 한꺼번에 웅얼거리는 듯한 소리다. 옥상에 올라가보
니 우리 머리 위로 흑백 무늬의 움직이는 닫집이 사위를 덮
고 있다. 남쪽으로 날아가는 무수한 황새의 무리다. 오전에
찾아간 골든 혼 해변의 커피하우스에서도 황새에 대한 이야
기가 이어졌다. 우리는 지붕 없는 발코니의 바닥이 약간 높은
곳에 두명의 성자처럼 앉아 있다. 거대한 범선들이 아주 가까
이서 우리를 지나친다. 범선을 에워싼 공기의 흐름이 생생하
게 느껴진다. 커피하우스 주인은 폭풍우가 몰아치는 날이면
배들의 서까래가 창문을 부수거나 처마 밑 화분들을 깨뜨리
기도 한다고 말한다. 10월 17일. 그간 제때 기록을 하지 않았
다. 바빠서가 아니라 게을러서다. 어제는 터키식 보트를 타고

골든 혼을 내려가 오른쪽으로 펼쳐진 보스포루스해협의 연안을 따라갔다. 근교의 마을들이 뒤로 물러나고, 온통 숲으로 덮인 절벽과 상록수 덤불로 덮인 둑이 나타남. 그 사이로 띄엄띄엄 빌라들과 하얀 여름별장들. 코즈모는 노련한 해병의 솜씨를 보임. 한번은 무수한 돌고래에 둘러싸이기도 함. 수백 마리, 어쩌면 수천마리였을 수도 있음. 돌고래들은 거대한 돼지떼처럼 주둥이로 물에 이랑을 만들었고, 연방 우리 주위를 돌더니 마침내 물구나무를 서서 물속으로 뛰어들어 사라져버렸다. 만의 안쪽으로 깊숙이 들어가니 나뭇가지들이 소용돌이치는 물결에 닿을 듯 늘어져 있었다. 그 나뭇가지들 아래로 미끄러지듯 나아가 노를 몇번 저으니 고요한 건물들로 둘러싸인 항구가 나왔다. 해변 길가에서 두 사람이 웅크리고 앉아 주사위놀이를 하고 있을 뿐, 사람 그림자는 하나도 보이지 않았다. 우리는 자그마한 사원의 문으로 갔다. 그늘진 안쪽 구석에서 한 청년이 코란을 읽고 있었다. 눈꺼풀을 내리깔고 입으로 무언가 중얼거리고 있는 청년의 상체가 고즈넉하게 앞뒤로 흔들렸다. 홀 한가운데에서는 한 농부가 오후기도를 하는 중이었다. 때때로 그의 이마가 바닥에 닿았다. 그러다가 몸을 수그린 채로 꼼짝도 하지 않았는데, 그렇게 가만히 있는 시간이 내게는 영겁처럼 길게 느껴졌다. 그의 발바닥이 문을 통해 스며든 한줄기 햇살을 받아 반짝거렸다. 이윽고 그는 몸을 일으켰는데, 그전에 어깨 왼쪽과 오른쪽으로 고분고분한 눈길을 한번씩 보냈다. 그의 뒤에 서 있던 코즈모가 말했다. 수호천사들에게 인사하는 거야. 우리는 어슴푸레한 사원을 빠져나와 하얀 모래로 덮인, 빛으로 충만한 항구의 광장으로 걸어갔다. 사막의 여행자들처럼 손차양을 만들어 햇빛을 가리면서 광장을 가로질러가고 있을 때, 다 자란 수탉만한 크기의 회색 비둘기가 뒤뚱거리며 우리 앞에 나타나더니 어떤 골목으로 걸어갔다. 비둘기를 뒤따라간 우리는 골목에서 열두살쯤 되어 보이는 이슬람교 수도승을 만났다. 그 소년은 아주 폭이 넓고 바닥까지 닿는 긴 옷을 입고 있었고, 그 위에는 몸에 끼도록 재단된 재킷을 걸치고 있었다. 긴 옷과 재킷 모두 극히 섬세한 아마포로 만들어져 있었다. 눈에 띄게 아름다운 그 소년이 쓰고 있는 테 없는 모자는 낙타털로 만든 것이었다. 내가 터키어로 말을 붙여보았지만, 소년은 아무 말도 하지 않은 채 물끄러미 우리를 쳐다보기만 했다. 집으로 돌아오는 길에 우리의 보트는 진초록색으로 덮인 절벽을 따라 마치 저절로 미끄러지듯 나아갔다. 해는 저물었고, 어둑해진 수면은 잔잔했다. 높은 곳에는 아직 여기저기 묘한 빛들이 떠 있었다. 노를 젓고 있던 코즈모는 조만간 사진사를 데리고 다시 와서 그 소년 수도승의 기념사진을 찍어놓겠다고 했다……

10월 26일, 아델바르트 할아버지는 이렇게 쓰고 있다. 하얀 옷을 입은 소년의 사진이 현상되었다고 하기에 사진관에 가서 가지고 왔다. 그뒤 세계여행과 관련하여 **오리엔트 철도국**과 **터키 은행**에 문의함. 코즈모와 내가 입을 터키 전통복장도 구

입. 저녁에는 여행계획을 세우고, 지도를 보고, 카를 베데커 출판사의 여행안내서를 읽음.

할아버지의 비망록에 적힌 이 시기의 기록들은 단편적이고 때로 중단되기도 하지만, 그래도 이 기록들을 통해 두 사람이 콘스탄티노플에서 출발하여 거쳐간 여행경로를 어느정도 정확하게 추정할 수 있다. 그들은 기차를 타고 터키 구간 전체를 거쳐 아다나(터키 중남부의 도시)에 도착한 뒤, 다시 거기서 알레포(시리아 서북부의 도시)를 지나 베이루트(레바논의 수도)까지 나아간 것으로 보인다. 그리고 이주일가량 레바논에 머물렀던 것 같다. 할아버지가 11월 21일에야 야파(이스라엘 서부의 항구) 도항이라고 적어놓았으니 말이다. 그들은 야파에 도착한 날 즉시 임마누엘 벤징어 박사라는 중개인의 도움으로 프랭크스 호텔에서 15프랑을 주고 말 두필을 빌려 해변에서 예루살렘까지 열두시간을 달렸다. 짐은 미리 기차로 보내놓았다. 25일, 이른 아침부터 오렌지나무숲을 지나 남동쪽을 향해 달린 그들은 샤론 평원을 지나 유대아(고대 유다왕국이 있던 지금의 팔레스타인 남부 지역)를 향해 나아갔다. 할아버지는 이렇게 적고 있다. 자주 길을 멀리 벗어나기도 하면서 성지를 가

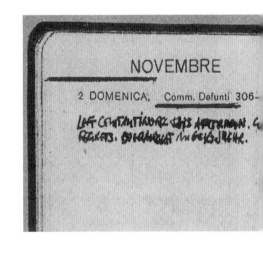

로지름. 주위의 절벽들이 햇빛을 받아 하얗게 빛남. 오랫동안 한그루의 나무도, 작은 덤불도, 허접스러운 잡풀 무리조차도 보이지 않음. 코즈모는 거의 말을 하지 않음. 하늘이 어두워짐. 거대한 먼지구름들이 허공을 떠다님. 끔찍한 적막과 공허. 오후 늦게 다시 출발. 계곡 위로 분홍빛의 대기가 떠 있고, 산악지대 사이로 열린 틈을 통해 멀리 성도 예루살렘이 보임. 부서지고 폐허가 된 바위들의 군집, 황야의 여왕…… 밤이 시작된 지 한시간쯤 지난 후, 우리는 야파 로드에 있는 카미니츠 호텔의 마당으로 들어선다. 호텔 주인은 머리에 포마드를 바른 작은 프랑스인인데, 온통 먼지를 뒤집어쓴 우리가 나타나자 깜짝 놀란 나머지 **충격을 받은** 듯하다. 그는 고개를 절레절레 흔들면서 우리가 적은 숙박계를 살펴보았다. 내가 그에게 우리 말들을 잘 돌봐달라고 부탁하자 그는 비로소 자신의

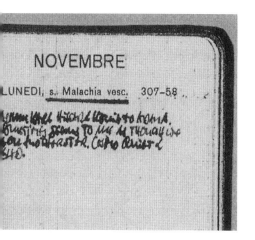

임무를 떠올리고 최대한 신속하게 일을 처리한다. 방의 가구들은 참으로 괴상하다. 어느 시대, 어느 나라에 와 있는지 알수가 없다. 한쪽의 전망은 둥근 돌 지붕들 위로 틔어 있다. 하얀 달빛 아래의 풍경은 얼어붙은 바다처럼 보인다. 심한 피로감. 아침 늦게까지 잠. 꿈속에서 수많은 낯선 목소리와 외침을 들음. 정오. 죽음처럼 고요하다. 이따금씩 수탉들의 귀에 익은 울음소리가 들려올 뿐. 이틀 후, 할아버지는 이렇게 쓰고 있다. 오늘 처음으로 시가지를 둘러보고 근교까지 가봄. 전체적으로 끔찍한 인상을 받음. 거의 모든 집이 기념품과 기도용품을 팔고 있음. 사람들은 어둑한 가게 안, 올리브나무로 만든 수백가지의 조각품과 진주조개로 장식된 잡다한 물건 사이에 앉아 있다. 월말이 되면 전세계로부터 신자들이 떼를 지어 몰려들 것이다. 기독교 순례자들이 만명에서 만오천명에 이를 것이다. 새로 지은 건물들은 이루 말할 수 없이 흉측하다. 거리에는 쓰레기들이 즐비하다. 우리는 똥을 밟으며걸어간다!!!(On marche sur des merdes!!!) 석회먼지가 쌓인 분말들이 발목 높이까지 쌓여 있는 데도 있다. 5월 이래 계속되는 가뭄 때문에 석회가루를 고스란히 덮어쓰고 있는 몇 안되는 식물들은 몹쓸 병에 걸린 것처럼 보인다. 온 도시가 저주로 뒤덮인 듯하다. 몰락, 오로지 몰락뿐이다. 쇠퇴와 공허. 어디에서도 일을 하거나 공장이 돌아가는 흔적을 찾아볼 수 없다. 수지공장과 비누공장, 뼈와 가죽을 저장해놓은 창고가 전부다. 창고 옆의 널찍한 사각형 터가 가죽공장의 박피장이다. 한가운데에 거대한 웅덩이. 응고된 피, 내장 무더기, 햇살을 받아 마르고 타서 거무스름한 갈색으로 변한 창자들……그밖에 여기저기 갖가지 종파에 속하는 교회, 수도원, 종교시설과 자선시설 들. 북쪽으로는 러시아 대성당들, 러시아의 남자 순례자와 여자 순례자를 위한 숙박소, 프랑스의 쌩 루이 병원, 유대인 시각장애자 수용시설, 성 아우구스티누스 교회와 숙박소, 독일 학교, 독일 고아원, 독일 청각장애자 보호원, 런던 유대인 선교학교, 아비시니아 교회, 영국국교회의 교회와 대학과 주교관, 도미니끄 수도원, 성 스테파노 교회, 로트실트 여학교, 알리앙스 이스라엘리뜨 직업학교, 노트르담 드 프랑스 교회, 베데스다 못 근처의 성 안나 수녀원. 올리브산 위에는 러시아 탑, 성모승천 예배당, 프랑스의 주기도문 교회, 카르멜회 수도원, 아우구스타 빅토리아 황후 재단, 성 마리아 막달레나 정교 교회, 두려움의 바실리카가 있다. 남쪽과 서쪽으로는 아르메니아의 시온산 수도원, 청교도학교, 성 빈첸시오 수녀회 지부, 성 요한 병원, 성 끌라라 수녀원, 몬테피오레 병원, 모라비아교회의 한센병환자요양소. 시의 중심부에는 라틴 총대주교 교회와 관사, 바위 돔, 기독교 교의 형제학교, 프란체스꼬 형제회의 학교와 인쇄소, 콥트교회 수도원, 독일인 순례자 숙박소, 독일 개신교 구원자교회, 세칭 아르메니아 경련 통합교회, 시온 수녀회 수녀원, 오스트리아 병원, 알제리 선교형제회의 수도원과 언구소, 성 안나 교회, 유대인 숙박소, 아슈케나지 유대인 회당과 쎄파르디 유대인 회당, 묘지 교회. 묘지 교회의 입구 아래에 서 있던, 코가 엄청나게 큰 기형의 남자가 우리를 안내해주겠다고 나섬. 그를 따라 서로 뒤얽힌 수랑들과 측랑, 예배당, 사당과 제단을 구경함. 그 남자는 지난 세기하고도 상당히 이른 시기에 만들어진 번쩍거리는 노란 프록코트를 입고 있었고, 옛날 기병들이 입고 다니

던, 하늘색 줄이 그어진 바지가 그의 구부러진 다리를 감싸고 있었다. 그는 우리 쪽으로 몸을 숙인 채 잔걸음으로 춤을 추듯 앞서 걸어가면서, 그가 독일어 혹은 영어라고 생각하는 언어로 쉬지 않고 말했다. 하지만 그 언어는 그가 멋대로 발명한 것이었고, 어쨌든 나로서는 한마디도 이해할 수 없었다.

그의 시선이 나와 마주칠 때마다 나는 주인 없는 개처럼 냉랭하게 경멸당하고 있다는 느낌을 받았다. 나중에 묘지 교회를 벗어났을 때도 우울하고 비참한 기분이 계속되었다. 어느 쪽으로 가든 길은 도시 전체에 퍼져 있는, 가파르게 계곡으로 떨어지는 협곡으로 우리를 이끌었다. 오늘날 협곡들은 대부

분 천년의 역사가 남겨놓은 폐기물들로 가득하다. 어디서나 오물들이 흘러든다. 그래서 수많은 우물의 물은 이제 마실 수 없게 되어버렸다. 한때 실로암의 못으로 불렸던 샘물은 이제 썩은 웅덩이나 오물구덩이에 지나지 않으며, 그 수렁에서 녹기가 뿜어져나온다. 매년 여름 도시를 덮치는 전염병의 원인

이 바로 이 독기일 것이다. 코즈모는 이 도시가 너무 역겹다고 거듭 말한다.

　아델바르트 할아버지의 기록에 따르면 그는 11월 27일, 야파 로드에 있는 라드 사진관으로 가서 코즈모가 바라는 대로 줄무늬가 있는, 새로 구입한 아라비아 복장을 입고 사진을 찍었다. 그의 기록은 이렇게 이어진다. 오후에 도시를 벗어나 올리브산으로 올라감. 바싹 마른 포도밭을 지나갔다. 검은 막대기들 아래의 땅은 녹슨 듯 붉고, 메말라 황폐하다. 야생 올리브나무나 가시나무덤불, 약간의 히솝들이 드문드문 보일 뿐이다. 위쪽, 올리브산의 등성이를 따라 승마길이 나 있다. 종말이 오면 온 인류가 몰려들게 될 것이라는 요사파트 계곡 저편에 고요한 도시가 솟아 있다. 돔과 지붕 테라스, 하얀 석회암의 폐허 들이 보인다. 지붕들 위는 적막하다. 연기 한줄기 솟아오르지 않는다. 아무리 사방으로 눈을 돌려봐도 살아 있는 것이 눈에 들어오지 않는다. 달려가는 동물도, 날아가는 작은 새도 없다. 사람들은 저주받은 땅이라고 한다(On dirait que c'est la terre maudite)…… 반대편, 1000미터도 넘을 듯한 아래쪽에는 요르단강과 사해의 일부가 보인다. 대기가 너무나 환하고 희박하고 투명하여 강변의 위성류들을 붙잡으려고 무심코 손을 내밀 정도다. 그런 빛의 향연은 본 적이 없다! 조금 아래로 내려가니 산속의 분지에 마련된 휴게실이 나타난다. 분지에는 구불구불한 너도밤나무 한그루와 다년초 쑥들이 있다. 우리는 오랫동안 거기 암벽에 몸을 기대고 앉아 사위가 차츰 어두워지는 것을 바라본다…… 저녁에는 빠리에서 구입한 여행안내책자를 펼쳐본다. 과거에는 예루살렘의 모습이 달랐다고 한다. 세상에 있는 호화로운 것들의 90퍼센트가 이 화려한 수도에 집결되어 있었다고 한다. 사막을 가로지르는 대상들이 향신료와 보석, 비단과 금을 실어왔다. 야파와 아스칼론의 항구로부터 상품들이 넘쳐나도록 흘러들었다. 예술과 공업이 만개했다. 방벽 앞에는 세심하게 가꾸어진 풀밭들이 펼쳐져 있었고, 요사파트 계곡은 백양목으로 뒤덮여 있었다. 개울과 우물, 물고기들이 헤엄치는 연못, 깊은 수로 들이 도처에 널려 있었고, 어디에서나 시원한 그늘을 찾을 수 있었다. 그러나 파괴의 시대가 닥쳤다. 네시간 안에 닿을 수 있는 모든 마을이 초토화되었고, 관개시설들도 파괴되었으며, 나무와 숲 들이 베어지고 태워져 마지막 뿌리까지 말살되었다. 로마 황제들은 여러해에 걸쳐 예루살렘의 생명을 말살하는 사업을 계획적으로 밀어붙였고, 그뒤로도 이 도시는 여러번 공격을 받았다. 해방과 화평과 파괴가 그렇게 반복되면서 마침내 도시는 완전히 황폐해져버렸고, 찬양받던 땅의 막대한 부는 사라지고 부석거리는 돌만 남았다. 이제 도시는 지구 전역으로 흩어져간 예루살렘 시민들의 머릿속에서만 아득한 기억으로 남게 되었다.

　12월 4일. 오늘밤, 꿈속에서 나는 코즈모와 함께 요르단 지구의 번득이는 공허 속으로 들어갔다. 눈먼 안내자가 우리 앞에서 걸어간다. 그는 지팡이를 들어 지평선의 검은 점을 가리키며 되풀이하여 소리친다. 에르-리하, 에르-리하(요르단강 하류 지역). 가까이 가보니 에르-리하는 모래와 먼지로 뒤덮인 더러운 마을이다. 모든 주민이 마을 어귀에 있는 낡은 설탕 방앗간 앞 그늘에 모여 있다. 주민들 모두 거지나 노상강도처럼 보인다. 놀라울 만큼 많은 사람이 통풍을 앓고 있거나 허리가 휘었으며, 몸이 성하지 않다. 한센병 환자도 있고 거대한 종양이 생긴 사람들도 있다. 지금 보니 그들은 모두 고프레히츠의 주민들이다. 우리를 안내하는 아랍인들이 장총을 들어 허공을 향해 몇발 쏜다. 적개심에 불타는 시선들을 뒤로하고 우리는 마을을 지나간다. 평평한 언덕 아래에 검은 텐트가 세워진다. 아랍인들은 모닥불을 지피고 당아욱과 박하잎으로 만든 걸쭉한 녹색 수프를 끓인다. 그리고 수프를 양철그릇에 담아 우리에게 가져다주면서 레몬과 빻은 곡물도 함께 건네준다. 순식간에 밤이 세상을 덮는다. 코즈모는 등불을 켜고 지도를 꺼내 현란한 색의 카펫 위에 펼친다. 그가 말한다. 이제 예리코에 도착했군. 오아시스는 도보로 가로 한시간, 세로 네시간이 걸릴 만큼 크고, 다마스쿠스의 천국 같은 과수나무숲 말고는 비교할 것이 없을 만큼 지극히 아름답다. 여기 사는 사람들에게는 부족한 것이 없다. 부드럽고 풍요로운 땅에는 아무 씨나 뿌려도 쑥쑥 자라난다. 정원은 언제나 화려하게 생장하는 식물들로 가득하다. 볕이 잘 드는 종려나무숲 속에서는 곡식들이 파랗게 익어가고 있다. 수많은 개울과 초원, 나무 우듬지와 포도덩굴이 여름의 열기를 식혀준다. 겨우내 날씨가 온화하여, 이 축복받은 땅의 주민들은 유대아의 가까운 산들이 온통 눈으로 덮여 있는 계절에도 아마포로 만든 셔츠만 걸치고 돌아다닌다. 에르−리하의 꿈에 대한 묘사가 끝난 뒤에는 비망록이 몇쪽 비어 있다. 아델바르트 할아버지는 이 시기에 일단의 아랍인들을 고용하고, 사해를 탐험하는 데 필요한 장비와 식량을 마련하느라 바빴던 것으로 보인다. 12월 16일, 그는 이렇게 쓰고 있다. 사흘 전, 우리는 순례자들로 북적대는 예루살렘을 떠나 케드론 계곡을 거쳐 세상에서 가장 낮은 지대로 이동했다. 여시몬 산맥 아래에서는 해변을 따라 아인 지디(이스라엘 남부 사막지대 네게브에 있는 오아시스)까지 나아갔다. 사람들은 이 해변지역이 용암과 유황으로 오염되어 수천년 동안 소금과 재로 뒤덮여 있는 것이라고 생각한다. 제네바 호수와 크기가 비슷한 이곳의 호수가 녹아내린 납처럼 굳어 있다고 하는 말도 들었고, 때로는 야광으로 빛나는 거품들이 끓는다는 소문도 있었다. 호수 위를 날아가는 새들은 모조리 허공에서 질식하거나, 달 밝은 밤이면 무덤에서나 볼 수 있는 압생뜨 색의 빛이 심연에서 발산된다는 말도 있었다. 하지만 나는 그 어느 것도 확인할 수 없었다. 호수의 수면은 멋지고 투명했으며, 물결은 웅성거리며 기슭에서 부서지고 있었다. 오른쪽의 고지에서는 푸른 계곡들 아래의 개울로부터 물이 흘러들었다. 이른 아침에는 신비로운 하얀 띠가 호수를 가로지르며 나타났다가 몇시간 후면 다시 사라졌다. 우리를 안내한 아랍인 이브라힘 히시메의 말에 따르면, 그 띠가 나타나는 이유를 아는 사람은 없었다. 아인 지디는 맑은 샘물과 풍요로운 식물들로 축복받은 땅이었다. 우리는 기슭의 덤불 가까운 곳에 야영장을 마련했다. 도요새들이 여기저기서 날아올랐고, 갈색빛이 도는 푸른 깃털과 빨간 부리를 가진 나이팅게일들이 노래했다. 어제는 짙은 빛깔의 커다란 토끼를 본 듯하다. 금가루가 흩뿌려진 날개를 파닥거리며 날아가는 나비도 보았다. 저녁 무렵, 우리가 아래쪽 기슭에 앉아 있을 때 코즈모가 말했다. 옛날에는 남쪽 기슭에 있는 소알 지방 전체가 이곳과 다르지 않았다고. 지금은 벌받은 다섯 도시 고모라, 루마, 소돔, 세아데, 세보아의 희미한 흔적만 남아 있지만, 거기서도 한때는 마르지 않는 강가에 6미터에 달하는 서양협죽도와 아카시아숲, 플로리다에서 자라는 것과 비슷한 물푸레나무 들이 울창하게 자라났다고 한다. 관개시설이 잘 갖추어진 과일과 멜론 밭들이 광활하게 펼쳐져 있었고, 와디 케레크의 협곡에서 쏟아지는 강물의 굉음이 나이아가라폭포처럼 천지를 울렸다고 한다. 코즈모는 탐험가 린치의 책에서 이런 것들을 읽었다고 했다. 아인 지디에 머무른 지 사흘째 되던 날 밤, 저 멀리 호수에서 바람이 들끓어 육중한 물을 휘저었다. 육지는 그런대로 조용했다. 아랍인들은 말 옆에서 잠든 지 오래였다. 아직 깨어 있던 나는 노천야영장의 흔들리는 등불 아래에 앉아 있었다. 코즈모는 몸을 약간 웅크린 채 내 옆에서 잠들어 있었다. 그때, 호수에서 일어난 바람에 놀란 듯한 메추라기 한마리가 코즈모의 품으로 들어가더니, 마치 자기 집이라도 되는 양 편안한 모습으로 앉아 있었다. 날이 밝을 무렵, 코즈모가 몸을 움직이자 메추라기는 재빨리 평지를 달려 도망가더니 공중으로 떠올랐다. 잠깐 동안 엄청난 속도로 날개를 흔들어대다가 날개를 활짝 펼친 뒤 그대로 날아가더니 작은 수풀 옆에서 멋진 곡선을 그리고는 사라져버렸다. 해가 뜨기 직전이었다. 호수 저편, 약 12마일 떨어진 곳에서 모아브산맥의 검푸른 능선이 지평선을 따라 이어져 있었다. 군데군데 조금씩 완만하게 오르내리는 능선의 윤곽은 가벼운 수전증을 앓고 있는 화가가 그려놓은 수채화처럼 보였다.

　비망록에 적힌 할아버지의 마지막 기록은 성 스테파노의 날(12월 26일)에 쓴 것이다. 예루살렘으로 돌아온 뒤 코즈모는 심한 열병을 앓았지만 차츰 회복되는 중이라고 기록되어 있다. 할아버지는 그 전날 오후 늦게 눈이 내리기 시작했으며, 호텔 창가에 서서 찬찬히 내려앉는 어스름 속에 하얗게 떠 있는 도시를 보자니 옛날 생각이 많이 난다고도 적어놓았다. 그는 나중에 이런 글귀를 추가했다. 기억이란 때로 일종의 어리석음처럼 느껴진다. 기억은 머리를 무겁고 어지럽게 한다. 시간의 고랑을 따라가며 과거를 뒤돌아보는 것이 아니라, 끝간 데 없이 하늘로 치솟은 탑 위에서 까마득한 아래쪽을 내려다보는 것 같은 기분이 들기 때문이다.

막스 페르버

날이 어둑해지면
그들이 와서 삶을 찾는다

나는 스물두살 때까지 고향에서 기차로 대여섯시간 걸리는 곳 너머까지 가본 적이 없다. 그래서 1966년 가을, 여러모로 궁리한 끝에 영국으로 이민 가기로 결심했을 때, 거기가 어떤 곳인지, 혼자 낯선 곳에 가서 잘 적응할 수 있을지 전혀 제대로 예측할 수 없었다. 그런데도 밤 비행기를 타고 클로텐에서 맨체스터까지 두시간가량 날아가는 동안 별걱정이 없었던 것은 아마도 내가 세상물정에 어두웠기 때문이었을 것이다. 비행기에는 승객이 별로 없었다. 침침하고 아주 추웠던 것으로 기억하는 객실 안에서 그들은 외투로 몸을 감싼 채 서로 멀찍이 떨어져 앉아 있었다. 끔찍할 정도로 승객들이 북적대고 승무원들이 시종 느릿느릿 일하는 바람에 도무지 화를 내지 않을 수 없는 요즘에는 비행기를 타기 전에 비행공포증에 빠져 진정하지 못하는 일이 잦지만, 그날밤 하늘을 가르며 고르게 날아가는 영국행 비행기 안에서 나는 마음을 푹 놓고 있었다. 물론 지금은 나도 비행기를 타는 것이 결코 안심할 수 없는 일이라는 사실을 잘 알고 있다. 내가 탄 비행기가 프랑스와 영불해협을 지나 영국땅으로 들어섰을 때, 런던의 남쪽 지방에서 영국 중부 내륙에 이르는 거대한 불빛의 망이 눈앞에 펼쳐졌다. 그 오렌지색의 나트륨 불빛들을 경이감에 휩싸인 눈으로 바라보면서, 나는 이제부터 내가 새로운 세계에서 살게 될 것이라는 사실을 처음으로 실감할 수 있었다. 비행기가 맨체스터 동쪽의 산지에 접근할 때쯤에야 가로등의 띠가 차츰 암흑 속으로 사라졌다. 그와 동시에 동쪽 지평선을 온통 뒤덮은 거대한 구름벽 위로 창백한 달이 떠올랐고, 달빛 아래로 조금 전까지는 보이지 않던 언덕과 산꼭대기와 능선 들이 광활한 회백색의 바다 물결처럼 나타났다. 비행기는 그르렁거리고 양 날개를 흔들어대며 고도를 낮추었고, 길게 펼쳐진 민둥산들의 갈비뼈처럼 뻗은 등성이를 스치듯 지나쳤다. 민둥산은 드러누운 거대한 생물의 몸처럼 가슴을 조금씩 들썩이며 숨을 쉬는 것 같았다. 비행기는 마지막으로 한번 더 선회하더니 점점 더 요란해지는 엔진 굉음과 함께 드넓은 평지 위로 나아갔다. 지금쯤은 맨체스터가 시야에 들어와야 했다. 하지만 눈에 보이는 것이라고는 재로 덮여 거의 사그라진 불꽃처럼 희미한 빛들뿐이었다. 아일랜드해까지 죽 뻗어 있는 랭커셔주의 늪지대로부터 솟아오른 안개무리가 1000제곱킬로미터의 도시, 무수한 벽돌로 지어진, 이미 죽었거나 아직 살아 있는 수백만의 영혼이 거주하는 도시 위로 빈져있다.

취리히발 비행기에서 내린 승객은 십여명에 지나지 않았

지만, 링웨이 공항에서 짐을 찾기까지는 한시간이나 걸렸고, 세관을 빠져나오는 데 또 한시간이 걸렸다. 으레 그렇듯 한밤중에 무료하기 이를 데 없는 시간을 보내던 세관원들이 내가 나타나자 믿기 어려운 인내심과 꼼꼼함을 발휘하며 내 짐을 철저하게 조사했던 것이다. 온갖 증명서와 편지와 신분증을 지참하고 나타나 맨체스터에 살면서 연구를 하겠다고 말하는 외국학생은 당시로서는 아주 보기 드문 경우였다. 내가 택시를 잡아타고 시내로 이동하기 시작했을 때는 벌써 5시가 되어 있었다. 지금은 맨체스터도 유럽 대륙의 광적인 돈벌이 열풍에 심각하게 물들어 있지만, 당시만 해도 아침의 영국 도시들은 텅 비어 있었다. 우리는 때때로 신호등 앞에 멈추긴 했지만, 다소간 규모를 갖춘 근교도시 개틀리, 노슨든, 디즈버리 등을 빠르게 지나쳐 맨체스터로 접어들었다. 날이 막 밝아오고 있었다. 나는 거리마다 비슷비슷한 모양으로 늘어서 있는 건물들을 신기하게 바라보았다. 시내로 접어들수록 거리는 더 황량한 인상을 주었다. 모스 싸이드와 흄(맨체스터 남부의 행정구들)에는 문과 창문을 판자로 막고 못을 박아 차단해놓은 집들이 연이어 늘어서 있었고, 건물이 다 철거되어 텅 빈 구역들도 있었다. 그런 공터 너머로 거의 1마일이나 떨어져 있는 도시의 반대편이 보였다. 19세기에 사무실 건물과 창고 들 위주로 형성된 그 구역은 여전히 거대한 위용을 자랑하고 있었지만 실상은 내가 얼마 지나지 않아 알게 된 것처럼, 거의 텅 비어 있었다. 우리는 대개 육층에서 팔층에 이르는 벽돌 건물들이 늘어서 있는 어두운 골목들을 지나갔다. 투명하게 옻칠하여 윤을 낸 자기타일로 외벽을 정교하게 장식해놓은 건물들도 있었다. 하지만 그런 건물에서도 사람은 보이지 않았다. 시내 한복판이었고, 벌써 5시 45분 가까이 되었는데도 말이다. 주민들이 완전히 소개되어 이제 도시가 거대한 영안실이나 묘지로 변했다고 생각할 정도였다. 내가 너무 비싸지 않은 호텔로 데려가달라고 부탁하자, 택시기사는 시내에서 그런 호텔을 찾기는 어렵다면서 한동안 차를 이리저리 몰더니 그레이트브리지워터 거리와 연결되어 있는 골목으로 들어가 한 건물 앞에 차를 세웠다. 겨우 창문 두개의 폭으로 좁게 솟은 그 건물의 전면은 그을음에 덮여 까맸고, 필기체로 아로사라고 적어놓은 형광간판이 달려 있었다.

초인종을 계속 눌러봐요(Just keep ringing). 택시운전사는 이렇게 말하고 떠났다. 건물 안에서 사람의 그림자가 나타나기까지 나는 운전사의 말대로 연거푸 길게 초인종을 눌러야 했다. 느릿느릿 모습을 드러낸 그림자는 덜거덕 소리를 내며 빗장을 밀어 문을 열었다. 마흔쯤 되어 보이는 여자였다. 금발의 곱슬머리를 늘어뜨리고 있었는데, 머리가 길어 마치 로렐라이(뱃사람들을 홀린다는 전설 속 물의 요정)처럼 보였다. 우리는 잠시 할 말을 잊은 채, 믿을 수 없다는 눈초리로 서로의 얼굴을 쳐다보기만 했다. 나는 짐을 옆에 내려놓고 서 있었고, 그녀는 분홍빛 가운을 입고 서 있었다. 테리 직물로 싼 듯한 그녀의 가운은 영국 하층민들이 침실에서 입는 것이었는데, 영국인들은 기이하게도 그 직물을 캔들윅(원래 초의 심지를 뜻함)이라고 불렀다. 그녀의 이름은 얼럼이었다. 그뒤로 나는 그녀가 전화를 받으면서 얼럼입니다, 네, 맨체스터의 얼럼(거리 이름)처럼요,라고 말하는 것을 자주 듣게 되었다. 우리 사이의 침묵을 깬 것은 그녀였다. 그녀는 나의 모습을 보고 자신이 느낀 경악감과 흥미를 한마디로 요약하는 질문을 던졌다. 어느 나라에서 왔어요(And where have you sprung from)? 질문을 해놓고 보니 설명이 필요하다고 생각했는지, 그녀는 성 금요일 아침에 느닷없이 이런 트렁크를 들고 나타나는 사람은 외국인(그녀는 에일리언이라는 표현을 썼다)일 수밖에 없다고 말했다. 이렇게 말하고 그녀는 내게 묘한 미소를 지어 보였는데, 이 미소를 나는 그녀의 뒤를 따라와도 좋다는 신호로 받아들였다. 그녀는 몸을 돌려 집 안으로 걸어가더니 자그마한 사무실 옆에 있는 창문 없는 광으로 들어갔다. 광 안을 들여다보니 편지와 문서로 뒤덮인, 롤 셔터가 달린 책상 하나와 온갖 침대보들과 캔들윅 이불들로 가득한 마호가니 궤짝, 지독히 오래된 벽걸이 전화, 열쇠가 주렁주렁 달린 막대기, 그리고 커다란 사진이 들어 있는 검은 사진틀이 있었다. 사진 속에는 예쁜 구세군 소녀가 있었다. 이 모든 물건이 광 안에서 저마다 독립적인 삶을 영위하고 있는 듯 보였다. 사진 속의 소녀는 담쟁이덩굴이 무성한 벽 앞에 제복을 입고 서 있었는데, 옆구리에는 번쩍거리는 호른을 끼고 있었다. 흰 곰팡이가 약간 낀 사진틀의 아래쪽에는 아주 기울어진 필기체로 그레이시 얼럼, 맨체스터 근교 엄스턴, 1944년 5월 17일이라고 적혀 있었다. 그레이시 얼럼은 내게 열쇠 하나를 건네주었다. 그녀는 서드 플로어,라고 말하면서 눈썹을 추켜세워 좁은 현관홀의 건너편을 가리켰다. 엘리베이터는 저기 있어요(The lift's over there). 엘리베이터는 폭이 너무 좁아 여행가방을 들고 들어가기가 쉽지 않았다. 게다가 바닥이 어찌나 얇은지 나 혼자 탔는데도 확연히 푹 꺼지는 것이 느껴졌다. 그뒤로 나는 엘리베이터를 거의 이용하지 않았다. 방문, 화장실문, 방화문과 컴컴한 복도, 비상출구, 계단, 계단실 등으로 얽힌 미로를 뚫고 지나가면서 익숙하게 길을 찾을 수 있게 되기까지는 상당한 시간이 걸렸지만 말이다. 그날 아침부터 다음해 초까지 줄곧 머물렀던 그 방의 바닥에는 커다란 꽃들이 새겨진 카펫이 깔려 있었고, 벽은 제비꽃 무늬의 벽지로 덮여 있었으며, 옷장과 세면대, 철제침대가 있었다. 이불 역시 캔들윅 직물로 만든 것이었다. 창밖으로는 석판 지붕으로 덮인 낡은 부속건물들이 여러채 내려다보였고, 뒤뜰에서는 가을 내내 쥐들이 멋대로 돌아다녔다. 크리스마스가 되기 몇주 전, 키가 작은 쥐잡이꾼 렌필드가 쥐약을 가득 담은 양동이를 들고 여러번 찾아왔다. 그는 짤막한 막대기에 묶은 숟가락으로 쥐약을 퍼서 뒤뜰 구석과 하수구와 관 곳곳에 뿌렸다. 덕택에 몇달 동안은 쥐가 거의 눈에 띄지 않았다. 뒤뜰 너머로 눈길을 돌리면 검은 운하 건너편에 수백개의 창문이 달린 그레이트 노던 철도회사의 폐쇄된 창고가 보였다. 밤이 되면 이따금씩 창고에서 작은 불빛들이 어지러이 돌아다니기도 했다.

아로사에 도착한 첫날, 주변은 이상하리만치 고요하고 적막했다. 그 고요와 적막은 그뒤 여러날 동안, 아니 여러달 동안 이어졌다. 도착한 날 오전 내내 나는 짐을 풀고, 옷들을 옷장 속에 넣고, 필기도구를 비롯한 여러 물건을 정리하느라 바빴다. 밤새 잠을 자지 못해 몹시 피로했던 나는 결국 철제침대에 몸을 던지고 제비꽃향 비누냄새가 솔솔 풍기는 캔들윅 이불 속에 얼굴을 파묻었다. 그렇게 잠들었다가 깨어보니 오후 3시 30분쯤이었다. 얼럼 부인이 문을 두드리고 있었다. 그녀는 은접시에 낯선 전기제품을 얹어서 가지고 왔는데, 나를 환영한다는 뜻인 것 같았다. 그녀의 설명에 따르면 그것은 티스메이드(teas-maid)라고 부르는 차 만드는 기계였는데, 알람

시계도 달려 있었다. 상앗빛 양철받침 위에 번쩍거리는 스테인리스 몸체가 얹혀 있는 기계는 차를 끓일 때 수증기를 내뿜는 모습이 마치 발전소 모형처럼 보였다. 알람시계에 박힌 야광 숫자들은 새벽의 여명이 흘러드는 무렵이면 은은한 연두색 빛을 발산했다. 어릴 때부터 익숙하던 그 빛은 밤마다 내게 설명하기 힘든 안도감을 안겨주었다. 그래서 나는 맨체스터에서의 초창기를 떠올리면 얼럼 부인, 아니 그레이시(그녀는 내게 그레이시라고 불러달라[You must call me Gracie]고 했다)가 내 방에 넣어주었던 차 만드는 기계가 내 생명을 지켜주었다는 생각이 든다. 당시 나는 세상에서 버려진 듯한 이상한 감정에 휩싸여 삶에 작별을 고하고 싶은 기분에 빠질 때가 잦았다. 그 괴상하면서도 쓸모있는 기계가 밤이면 은은한 빛으로, 아침이면 나지막하게 물 끓는 소리로, 한낮에는 그냥 가만히 제자리를 지키는 것으로 내 삶을 지탱해주었던 것 같다. 그 11월의 오후, 그레이시는 내게 차 만드는 기계의 간편한 조작방식을 가르쳐주면서, 아주 쓸 만해요(Very useful, these are)라고 말했다. 그녀 말대로 그 기계는 내 삶을 지탱해줄 만큼 쓸 만했다. 그녀가 **기적적인 가전제품**(an electric miracle)이라고 칭찬한 그 기계의 비밀을 내게 전수해준 뒤에 우리는 좀더 친밀한 기분으로 대화하게 되었다. 그녀는 자기네 호텔이 무척 조용한 숙소라고 거듭 강조하면서, 저녁에 더 사람들이 오가는 소리가 들리는 것은 어쩔 수 없는 일이라고 했다. 가끔씩 약간 소란스러울 때가 있기는 해도, 신경

쓸 필요는 없어요. 뜨내기 여행객들일 뿐이니까요(There's a certain commotion. But that need not concern you. It's travelling gentlemen that come and go). 실제로 아로사 호텔에서는 퇴근 시간 후에야 문을 여닫는 소리나 계단을 오르내리는 소리가 났고, 그럴 때는 더러 그레이시가 말한 여행객들과 부딪치는 일들도 있었다. 분주한 모습의 남자들은 거의 예외없이 허름한 개버딘(면사 등을 이용하여 능직으로 짠 옷감) 외투나 매킨토시 방수외투를 걸치고 있었다. 11시쯤에야 인기척이 잦아들었고, 눈에 띄는 요란한 옷을 입은 여자들도 사라졌다. 그레이시는 이 여자들을 **신사들의 여행 동반자**들이라고 불렀는데, 이 집합명사에는 조롱하고자 하는 뜻은 전혀 담겨 있지 않았다.

아로사 호텔은 월요일에서 금요일까지 매일 저녁 북적대다가 토요일 저녁만 되면 온 시가지가 그렇듯 정적에 휩싸였다. **비정규 손님**이라고 불리던, 무리에서 벗어난 손님들이 아주 드물게 찾아드는 것이 전부였다. 한적한 주말 저녁이면 그레이시는 작은 사무실 책상에 앉아 돈 계산을 했다. 잿빛 섞인 녹색의 파운드 지폐들과 빨간 벽돌색 실링 지폐들을 최대한 반듯하게 펴서 조심스럽게 쌓은 다음, 주문을 외듯 나지막이 중얼거리면서 적어도 두번은 같은 결과가 나올 때까지 거듭 세었다. 매주 상당히 많이 쌓이던 동전들도 마찬가지로 꼼꼼하게 세었다. 그녀는 동전을 세기 전에 구리와 황동과 은으로 만든 동전들을 같은 높이로 쌓아 작은 기둥들을 만들었고, 그렇게 갯수를 센 후에는 우선 십이진법에 따라 1페니와 3펜스, 6펜스 동전들을 실링으로 환산한 후, 다시 1실링, 2실링, 0.5크라운 동전들을 이십진법에 따라 파운드로 환산했다. 그리고 이렇게 계산된 파운드의 합계를 다시 21실링 단위로 나눗셈을 하여 당시까지만 해도 여전히 업계에서 통용되던 기니로 환산하는 일이 회계작업의 가장 복잡한 단계였지만, 이 작업이야말로 단연코 전체 계산과정의 꽃이라 할 만했다. 날짜와 서명과 함께 기니 총액을 장부에 적고 나서 피클리 & 패트리크로프트 회사가 제작한 소형금고에 돈을 챙겨넣는 것으로 그녀의 일이 끝났다. 금고는 사무실 책상 옆의 벽 속에 붙박여 있었다. 일요일이면 그레이시는 어김없이 래커칠을 한 작은 손가방을 들고 아침 일찍 호텔을 떠났고, 월요일 아침에는 다시 어김없이 돌아왔다.

나로 말하자면, 일요일에 호텔이 완벽한 적막에 잠길 때마다 모든 목적과 목표를 상실한 듯한 공허감에 휩싸이곤 했다. 그래서 나는 적어도 어딘가를 향하고 있다는 느낌이나마 얻고자 시내로 걸어가서, 19세기에 지어진 이래 오랜 세월을 거치며 새까맣게 변한 거대한 건물들 사이를 정처없이 돌아다녔다. 텅 빈 거리와 광장에 겨울 햇살이 쏟아지는 날은 지극히 드물었는데, 그렇게 화창한 날이면 한때는 전세계로 확산된 산업화의 발상지였지만 어느덧 무연탄색으로 시커멓게 덮여버린 도시가 그 만성적인 가난과 몰락을 너무나 노골적으로 드리내는 바람에 깜짝삼싹 놀라곤 했다. 왕립 면직물거래소, 레퓨지 어슈어런스 보험사, 그로브너 픽처 팰리스 극장

등 오래된 초대형 건물들뿐만 아니라 몇년 전에야 완공된 피커딜리쇼핑센터조차도 황량하고 썰렁했다. 사위의 모든 것이 어떤 알 수 없는 이유 때문에 세워진 파사드나 연극무대들처럼 보였다. 잔뜩 찌푸린 12월에는 오후 3시만 되면 벌써 어스름이 내려앉기 시작했는데, 그런 저녁이면 내가 명금이나 철새로 착각했던 찌르레기들이 밤을 보내려고 수십만마리씩 구름떼처럼 시내로 몰려왔다. 새들이 천지를 울음소리로 가득 채우면서 백화점이나 창고 건물의 처마와 벽의 돌출부에 빽빽이 내려앉을 때면, 내가 보고 있는 광경이 현실이라고 믿기 어려웠다.

시간이 흐르면서 나의 일요산책은 시내를 벗어나서 근처의 다른 구역들로 반경을 확장해갔다. 예컨대 나는 빅토리아역 바로 뒤, 별 모양의 스트레인지웨이스 교도소 주변에 있는 옛 유대인 구역을 둘러보기도 했다. 두번의 세계대전 사이의 시기까지만 해도 그곳은 맨체스터의 수많은 유대인이 몰려 살던 지역이었지만, 그뒤로 유대인들은 그곳을 포기하고 도시 근교의 다른 지역으로 이주해갔다. 시 당국은 그 지역 전체를 철거하여 거대한 평지로 만들어버렸다. 마지막으로 한줄의 건물들만 남아 있었는데, 유리창과 문 들이 모두 부숴지고 파괴되어 바람이 거침없이 드나들고 있었다. 그곳에서 나는 변호사 사무실의 간판을 발견했다. 왠지 아주 유명한 변호사들이었을 것 같은 글리크만, 그룬발트, 고트게트로이 등의 이름이 희미하게 남아 있는 그 간판이 한때 그 지역에서도 사람이 살았다는 것을 입증해주는 유일한 증거였다. 당국은 시내의 남쪽과 연결된 아드윅, 브런즈윅, 올쎄인츠, 흄 등지에 있던 옛 노동자 주택들도 철거했다. 폐기물들이 치워진 뒤, 한때 거기서도 수천명의 사람이 거주했다는 사실을 추측할 수 있게 해주는 흔적이라고는 바둑판 모양의 도로들뿐이었다. 내 멋대로 엘리시움(그리스신화에서는 선택된 자들이 죽은 뒤에 거주하는 땅이었으며, 후일 저승에 있는 지복의 낙원으로 간주된다)이라고 이름 붙였던 그 광활한 땅에 밤이 찾아오면 여기저기서 불꽃이 피어올랐고, 그 주변에서는 어슬렁거리거나 뛰어다니는 아이들의 그림자가 일렁거렸다. 시내를 제방처럼 둥글게 에워싸고 있는 그 황무지에서 만날 수 있는 것은 아이들뿐이었다. 서너명 혹은 더 큰 무리를 지어 다니기도 하고,

때로는 혼자 다니기도 하는 그 아이들은 세상 어디에도 집이 없는 듯 보였다. 11월 하순의 어느 저녁 무렵, 하얀 안개가 땅에서 피어오르기 시작할 때, 앤젤 필즈의 황무지 한가운데에 있는 네거리에서 자그마한 사내아이를 만났던 기억이 난다. 그 넓은 땅에 그 아이와 나밖에 없었다. 아이는 못쓰는 천들로 얽어 만든 어떤 형상을 작은 손수레에 싣고 내 곁을 지나가다가, 그 말 못하는 친구를 위해 1페니만 달라고 내게 부탁했다.

다음해 봄이었을 것이다. 어느날, 나는 내 방에서 보이는 그레이트 노던 철도회사 앞의 운하 쪽으로 가보기로 했다. 운하 기슭을 따라 남서쪽으로 방향을 잡고 처음으로 쎄인트 조지와 오드샐을 지나 도시 밖까지 걸어갔다. 햇살이 환하게 비추던 그 청명한 날, 육중한 마름돌들로 둘러싸인 수로의 물은 검게 빛났고, 하늘에 떠 있는 하얀 구름이 수면에 반사되고 있었다. 사방은 너무나 고요해서 텅 빈 창고와 저장소에서 흘러나오는 나지막한 한숨 소리까지 들리는 듯했다. 드높이 솟은 어느 건물의 그늘에서 갑자기 한쌍의 갈매기가 요란하게 울어대며 튀어나와 심장이 멎을 만큼 놀라게 하더니, 내게는 신경도 쓰지 않고 유유히 빛 속으로 유영해갔다. 나는 폐쇄된 지 오래인 가스공장, 석탄적재소, 뼈분쇄소를 지나 오드샐 도살장의 주물로 만든 말뚝 울타리를 따라갔다. 울타리는 끝도 없이 이어져 있었다. 간처럼 불그스름한 벽돌로 쌓아올린 고딕식 성도 나타났는데, 성에는 흉장과 요철 성벽과 무수한 작

은 밥과 문 늘이 있었다. 그 성을 보니 왠지 뉘른베르크의 생
과자 회사인 헤베를라인 & 메츠거가 떠올랐다. 이 생과자 회

사의 이름은 마치 나를 놀리듯이 머릿속을 맴돌기 시작하더니, 하루 종일 머리에서 떠날 생각을 하지 않았다. 사십오분쯤 걸어가니 항구의 선창이 보였다. 그곳에서 시작해 거대한 곡선을 그리며 도시 안으로 뻗어 있는 선박용 운하가 수킬로미터의 인공저수조를 이루고 있는 것이었다. 운하는 널찍한 지류와 작은 호수들까지 거느리고 있었지만, 오래전부터 그 안에서 움직이는 것이라고는 찾아볼 수 없었다. 서로 멀찍이 떨어져 둑에 묶여 있는, 묘하게 풀이 죽은 듯한 보트와 수송선 들을 보니 최악의 대형선박 사고현장에 와 있는 기분이었다. 항구 진입로 근처의 수문에서 멀지 않은 곳에서 나는 선창으로부터 트래퍼드파크(맨체스터 남부의 산업단지) 방향으로 나 있는 길로 접어들었다가 붓으로 거칠게 아뜰리에 방향(TO THE STUDIOS)이라고 써놓은 작은 간판을 보게 되었다. 그 간판이 가리키는 곳에는 포석이 깔린 마당이 있었고, 마당 한가운데에는 작은 잔디밭에 둘러싸인 아몬드나무가 한껏 자라 있었다. 마당 주변에 단층의 마구간과 마차 차고, 일층 혹은 이층의 주택과 사무실 건물이 있는 것으로 보건대 예전에는 마차회사였던 곳인 듯했다. 버려진 것처럼 보이는 그 건물들 가운데 하나가 아뜰리에로 사용되고 있었다. 그리고 1940년대 말부터 매일 열시간씩, 일요일도 거르지 않고 작업하는 화가가 거기 있었다. 그뒤로 몇달 동안, 나는 틈만 나면 그곳에 찾아가 그 화가와 이야기를 나누게 되었다.

아뜰리에로 들어서면 기묘한 실내조명에 눈이 적응될 때

까지 한참을 기다려야 했다. 차츰 사물을 분간할 수 있게 되면, 대략 가로세로 12미터 크기의 공간이 나타났다. 시선이 다 파고들 수는 없는 그 공간 속의 모든 것은 서서히, 그러나 집요하게 한가운데를 향해 움직이는 듯 보였다. 구석에 모여 있는 어둠, 소금자국들이 묻어 있는 불룩 부풀어오른 석회칠, 군데군데 벗겨져내린 벽칠, 책과 겹겹이 쌓인 신문이 수북한 선반, 상자, 작업대, 사이드테이블, 안락의자, 가스레인지, 마루에 깔려 있는 매트리스, 서로 뒤엉켜 산더미처럼 쌓여 있는 종이와 그릇, 재료, 카민색과 녹색과 연백색 등의 물감이 담긴, 어슴푸레한 공간 속에서 번쩍거리는 물감통, 두개의 파라핀 오븐에서 뻗어나오는 파란 불꽃, 그밖의 모든 가구가 페르버가 이젤을 세워놓은 한가운데를 향해 몇밀리미터씩 천천히 움직이는 듯했다. 이젤은 수십년의 먼지가 켜켜이 앉은 높다란 창문을 통해 스며드는 회색의 빛 가운데 서 있었다. 페르버는 일단 물감을 두껍게 칠하고서 화폭에서 물감을 긁어 내는 식으로 작업했기 때문에, 바닥에는 가운데가 몇센티 두께에 이르는 물감덩어리가 쌓여 있었다. 가장자리로 가면서 차츰 낮아지는 그 덩어리에는 목탄가루도 섞여 있었고, 대부분 딱딱하게 굳어 있었다. 페르버는 용암이 흐르다 멈춘 듯한 그 물감덩어리야말로 자신의 부단한 노력의 진정한 결과이자 명백한 실패의 증거라고 말했다. 또한 그는 작업실 안의 물건들이 조금도 변하지 않고 그대로 있는 것이 자기에겐 아주 중요한 문제라고 지나가듯 말하기도 했다. 모든 것이 이전처럼, 그가 정리해놓은 그대로, 지금 그대로 있어야 하며, 그림을 그리면서 생기는 찌꺼기와 끊임없이 내려앉는 먼지 외에는 어떤 것도 더 들어와서는 안된다는 것이었다. 그는 먼지야말로 자신이 세상에서 가장 사랑하는 것임을 서서히 깨닫고 있다고 했다. 먼지는 빛이나 공기나 물보다 훨씬 더 친근하게 느껴진다는 것이었다. 먼지를 깨끗이 닦아낸 집보다 더 참기 힘든 곳은 없으며, 사물들이 아무런 방해도 받지 않고 있을 수 있는 집, 사물의 얇은 막들이 한꺼풀씩 미세하게 분해되어갈 때 생기는 회색 벨벳 같은 침전물 아래에 모든 것이 가만히 놓여 있을 수 있는 집보다 더 편안한 곳은 없다고 했다. 실제로 페르버가 몇주 동안 한점의 인물화 앞에 서서 작업하는 것을 쳐다보고 있노라면, 그의 의도가 그림을 그리는 것이 아니라 먼지를 늘려가는 것이 아닌가 싶기도 했다. 그는 온 정성을 다 바쳐 격렬하게 소묘했기 때문에, 버드나무를 태워 만든 목탄을 순식간에 대여섯개씩 써버렸다. 가죽처럼 두꺼운 종이에 선을 긋고 그림을 그리면서, 동시에 이미 그린 것을 목탄가루로 범벅이 된 모직걸레로 다시 연거푸 지워대는 일은 먼지생산의 대장정이라고 하지 않을 수 없었다. 그런 작업은 한밤중이 되어서야 겨우 중단되었다. 하루의 작업이 끝날 무렵, 페르버가 무수히 지워댄 뒤에 남은 선과 음영 들을 가지고 지극히 직관적인 그림을 만들어내는 과정을 지켜보는 것은 언제나 놀라운 경험이었다. 그러나 더욱 놀라운 것은, 다음 날 아침에 페르버가 다시 자세를 취한 모델을 흘낏 보자마자 전날의 그림을 어김없이 또 지워버린다는 것이었다. 그의 표현을 빌리면, 그것은 연속적인 파괴로 인해 이미 상당히 훼손된 배경에서 결국은 불가사의로 남을 수밖에 없는 표정과 눈매를 발굴해내기 위한 과정이었다. 모델 역시 그의 이런 작업방식 때문에 적지 않은 고생을 해야 했다. 그렇게 사십번쯤은 그렸던 것을 버리거나 지우고 또 새로 그린 후에 마침내 작업을 끝낼 때에도 페르버는 그림이 완성되었다고 생각하지 않았다. 다만 너무 지쳐서 더 작업을 할 수 없을 뿐이었다. 그렇게 작업이 끝난 그림을 보면, 너덜너덜해진 종이 위를 맴돌고 있는 지워진 얼굴들이 화장(火葬)된 조상들처럼 긴 회색의 행렬을 이루고 있는 듯했고, 마지막으로 남은 그림은 그런 조상들의 후손인 듯했다.

아침에 작업을 시작하기 전이나 저녁에 아뜰리에에서 나온 뒤에 페르버는 주로 트래퍼드파크 근처에 있는 기사식당에서 시간을 보냈다. 식당의 이름은 와디 할파였는데, 내게는 그 이름이 왠지 낯설지 않았다. 무허가 영업중으로 보이던 그 식당은 곧 무너져내릴 듯한 텅 빈 건물의 지하에 있었다. 맨체스터에 머무는 삼년간 나는 적어도 일주일에 한번은 그 기이한 식당으로 가서 페르버를 만났다. 그리고 영국식과 아프리카식이 뒤섞인 그 식당의 끔찍한 음식들을 페르버만큼이나 무덤덤하게 먹어치웠다. 카운터 뒤에 설치된 야전취사장 비슷한 부엌에서 와디 할파의 요리사가 그 특유의 평온하고 고상한 태도로 조리한 음식들이었다. 요리사는 오른손은 항상 바지주머니에 넣은 채 왼손을 아주 느릿하고 독특하게 움직이면서 통에서 달걀을 두세개 꺼내 프라이팬에 깨어 넣고 껍질을 쓰레기통에 던져넣었다. 페르버의 주장에 따르면, 키가 거의 2미터에 육박하는 와디 할파의 요리사는 벌써 팔십을 바라보는 옛 마사이족 족장인데, 전쟁 후에 케냐 남부 지방에서 도보로 출발하여 알 수 없는 경로를 거쳐 영국 북부까지 오게 되었다. 이곳에 도착하자마자 재빨리 이 지방의 요리기술을 습득한 그는 오랜 방랑생활을 끝내고 요리사로 정착하게 되었다. 식당을 찾는 손님들은 그다지 많지 않았는데, 그에 비해 웨이터들은 눈에 띄게 많았다. 웨이터들은 아주 무료한 표정으로 와디 할파의 여기저기에 할 일 없이 서 있거나 앉아 있었다. 페르버가 내게 자신있게 말한 바에 따르면, 그들은 모두 족장의 아들로서 장남은 대략 예순이 넘었고, 막내는 열두세살쯤 된 아이였다. 그들은 하나같이 날씬하고 키가 큰데다, 반듯하고 잘생긴 얼굴들이 모두 다 엇비슷하게 당당한 표정을 짓고 있어서, 그들을 하나하나 구별하기란 쉽지 않았다. 게다가 그들은 아무 규칙도 없이 되는대로 번갈아가며 식당에 나왔고, 그래서 웨이터들의 구성이 쉴 새 없이 바뀌었기 때문에 그들 각각의 얼굴을 기억하기란 거의 불가능했다. 하지만 페르버는 면밀한 관찰과 나이에 따라 나타나는 차이에 근거하여 따져본 결과, 웨이터들은 딱 열두명이 확실하다고 주장했다. 그렇지만 나는 식당에 나와 있지 않은 다른 웨이터들의 얼굴은 전혀 떠올릴 수 없었다. 덧붙여 말하자면, 나는 와디 할파에서 여자를 본 적이 한번도 없다. 주방장의 여자 혹은 아들들의 여자로 보이는 사람도 본 적이 없고, 손님들 중에도 여자는 없었다. 손님들은 거의 모두가 트래퍼드 파크에 있는 여러 철거회사에서 일하는 노동자나 화물차 운전수, 청소부 들이었고, 방랑족들도 더러 섞여 있었다.

와디 할파에서는 지독하게 자극적으로 번쩍거리는 네온불빛이 밤낮을 가리지 않고 쏟아져내렸다. 트래퍼드파크에서 페르버를 만나던 시절을 돌이켜볼 때면, 나는 그가 언제나 같은 자리에서 콩알만 한 그림자도 허용하지 않고 가차없이 내리쬐는 조명을 받으며 앉아 있는 모습을 떠올리게 된다. 그가 앉던 자리 뒤의 벽에는 이름 모를 화가가 벽화를 그려놓았는데, 아주 먼 곳으로부터 모래언덕을 넘어오는 사막의 대상(隊商)이 보는 사람의 눈을 향해 곧장 달려들듯 다가오는 그림이었다. 화가의 솜씨가 서투른데다 고난도의 시점이 선택되어서 그림 속 사람들뿐만 아니라 짐을 실은 동물들의 윤곽도 조금씩 일그러져 있었다. 그래서 눈을 반쯤 감고 보면 뜨거운 햇살과 열기 속에서 아른거리는 신기루를 보는 듯했다. 페르버가 목탄으로 작업한 날에는 그의 피부에 미세한 목탄가루들이 묻어 번들거렸는데, 그럴 때면 그가 이제 막 사막의 그림에서 튀어나왔거나 그 그림의 일부처럼 보였다. 한번은 그가 자신의 손등에서 번들거리는 목탄가루를 보면서, 꿈속이나 상상 속에서 지구상의 모든 모래사막과 바위사막에 가보았다고 말한 적이 있다. 하지만 자세한 설명은 하지 않은 채,

검게 변한 자신의 피부를 보니 얼마 전에 읽은 신문기사가 생각난다고 했다. 직업사진사들에게 흔히 나타나는 은중독에 대한 기사였는데, 영국의학협회의 문서실에는 은중독의 극단적인 사례에 대한 기록이 보관되어 있다는 내용도 있었다고 했다. 기사에 따르면 1930년대에 맨체스터에서 일하던 한 사진현상소 직원의 경우, 오랫동안 직업활동을 한 결과 다량의 은이 몸속에 과도하게 축적되어 몸 전체가 일종의 인화지로 변했다고 한다. 페르버가 아주 진지한 표정으로 전해준 바에 따르면, 그 직원의 얼굴과 손은 강한 빛에 노출될 때 푸르게 변했다고 하는데, 이는 말하자면 그의 몸이 현상되었기 때문이라는 것이다.

맨체스터에 도착한 지 구개월이나 십개월쯤 되던 1967년의 어느 여름날 저녁, 나는 페르버와 함께 운하를 따라 산책하고 있었다. 검은 운하의 반대편에 있는 에클스, 패트리크로프트, 바턴어폰어웰 등의 구역들을 지나 저물어가는 태양을 향해 걷다보니 단독주택들이 끝없이 늘어서 있는 도시의 외곽지역에 이르게 되었다. 여기저기 아직 시야가 트인 곳들이 있었는데, 그런 곳에는 19세기 중반까지 그 지역에 펼쳐져 있던 늪지대와 소택지의 흔적이 남아 있었다. 페르버는 운하가 1887년에 착공되어 1894년에 완공되었다고 했다. 이어진 그의 설명에 따르면, 계속 새롭게 충원된 아일랜드 노동자들이 거의 대부분의 일을 했는데, 그들은 공사기간 중에 거의 6000만 세제곱미터의 흙을 파내었고, 거대한 갑문들을 건설했다.

150미터 길이의 원양선박을 5~6미터씩 들어올리고 내릴 수 있는 갑문이었다. 기업정신에 있어서나 진보성의 측면에서나 당시 전세계의 선두를 달리는 공업기지였던 맨체스터는 거대한 운하가 완성됨에 따라 세계 최대의 내항까지 지니게 되었다. 시내에서 멀지 않은 안벽에는 캐나다 & 뉴펀들랜드 증기선 회사, 중국 상호 해운회사, 맨체스터 봄베이 일반항해 회사 등 수많은 해운업체의 증기선이 빼곡히 정박해 있었고, 상품들이 쉴 새 없이 하역되었다. 밀, 초석, 건축용 목재, 면사, 정제 파라고무, 황마, 석유, 고래기름, 담배, 차, 커피, 사탕수수당, 열대과일, 구리, 철광석, 강철, 기계, 대리석, 마호가니 목재 등 맨체스터 같은 거대한 공업도시에서 사용하고 가공하고 제작할 수 있는 모든 물건이 항구로 밀려들었다. 해운교통은 1930년에 정점에 달했지만, 그뒤로는 맥없이 하강 곡선을 그리다가 1950년대 말에 이르러 완전히 중단되고 말았다. 페르버는 석양 속에서 가라앉고 있는 도시를 나와 함께 돌아보면서 이야기를 이어갔다. 지금은 운하가 너무나 적막하고 고요하니 믿기 어렵겠지만, 제2차세계대전 후에도 여전히 엄청난 규모의 화물선들이 드나드는 것을 두 눈으로 똑똑히 보았네. 화물선들은 운하 안에서 천천히 미끄러지듯 움직였고, 항구 가까운 곳에 이르면 주변 집들의 검은 슬레이트 지붕 위로 높이 솟아올랐지. 안개 낀 겨울날이면 배들이 다가오는 것을 선혀 볼 수 없었고, 그럴 때 배들은 소리없이 창문 앞에 별안간 나타났다가 천천히 하얀 안개 속으로 다시 사라지곤 했네. 어떤 이유에선지 깊은 전율을 느끼게 하는, 도무지 믿을 수 없는 장관이었지.

그는 자신의 지난날에 대해서는 자세한 이야기를 극구 피했고, 내가 질문하면 마지못해 대답하는 식이었다. 언제였는지는 기억나지 않지만, 그는 내게 이렇게 이야기했다. 열여덟이 되던 1943년 가을, 그는 미술을 공부하기 위해 맨체스터로 왔다. 하지만 몇달 후인 1944년 초에 소집영장을 받게 된다. 그 짧았던 첫번째 맨체스터 체류 기간 중에 유일하게 기

억할 만한 사실은, 그가 머무르던 집이 팰러타인가 104번지였는데, 그 집은 여러 전기를 통해 잘 알려진 대로 1908년에 루트비히 비트겐슈타인이 머물던 집이었다는 것이다. 당시 스무살이던 비트겐슈타인은 공학을 전공하는 대학생이었다. 물론 같은 집에 살았다고 해서 비트겐슈타인의 과거가 자신과 연결되어 있다고 생각하는 것은 터무니없는 일이겠지만, 어쨌든 자신은 그 사실을 의미심장하게 받아들였다고 페르버는 말했다. 가끔씩 그는 자신보다 앞서 살았던 사람들을 한층 더 가깝게 느끼는 순간이 있는데, 청년 비트겐슈타인이 가변 연소실 설계도를 펼쳐놓고 고심하는 모습이나 직접 설계하고 제작한 연을 가지고 더비셔(영국 중부의 주)의 소택지에서 실험하는 모습을 상상해보면 그의 시대뿐만 아니라 훨씬 이전의 사람들에게도 형제애를 느끼게 된다는 것이었다. 페르버는 기초군사훈련을 받은 뒤, 요크셔주 북쪽의 황량한 지역에 있는 캐터릭 캠프의 낙하산부대에 지원했다. 전쟁이 곧 끝날 것이 점점 확실해지던 시기였지만, 그래도 그는 낙하산병으로 참전하게 되기를 기대했다. 하지만 하필 그때 황달에 걸려버렸고, 그 때문에 벅스턴의 팰리스 호텔에 마련된 요양소로 가라는 명령을 받게 되어 그의 기대는 산산조각나고 말았다. 페르버는 그토록 참전하고 싶어했던 이유를 내게 설명해주지 않았다. 분노가 자신을 갉아먹는 가운데 그는 육개월이 넘도록 더비셔의 목가적인 요양소에서 몸이 완전히 회복될 때까지 기다려야 했다. 당시 그는 자신이 아주 불운하다고 느꼈고, 그래서 하루하루를 견디기가 몹시 힘들었기 때문에, 그 시절에 대해 자세히 이야기하고 싶지 않다고 했다. 1945년 5월 초, 그는 마침내 제대증을 받고 대략 40킬로미터 떨어진 맨체스터를 향해 걷기 시작했다. 거기서 다시 미술공부를 시작할 생각이었다. 햇살과 비를 맞으며 봄의 풍경 속을 걸어간 끝에 어떤 소택지의 언덕배기에 올라선 그는 그곳에서 발밑에 펼쳐진 맨체스터를 내려다보았다. 그렇게 높은 곳에서 그 도시를 조망한 것은 그때가 처음이었다. 맨체스터는 그뒤로 그가 줄곧 살게 될 도시였다. 삼면이 산맥으로 둘러싸인 도시는 흙으로 지어진 거대한 원형극장의 바닥처럼 보였다. 서쪽으로 펼쳐진 평원 위로 신기하게 생긴 구름이 지평선까지 뻗어 있었고, 그 구름의 가장자리를 따라 마지막 햇살이 쏟아져 한동안 도시의 파노라마는 온통 불타오르듯 빛났다. 빛이 차츰 은은하게 잦아들자, 비로소 눈은 도시를 세세하게 알아볼 수 있었다. 종횡무진 서로 얽히고설킨 집, 방적공장과 염색공장과 가스탱크, 화학공장과 온갖 종류의 제작소 들 너머로 시내가 보였는데, 그곳은 아무것도 분간할 수 없는 검은 덩어리처럼 보였다. 그러나 무엇보다 인상적이었던 것은 도처에서 땅 위로, 지붕 위로 솟아올라 있는 굴뚝들이었다. 그 굴뚝들이 지금은 거의 모두 철거되거나 사용되지 않고 있다고 페르버는 말했다. 하지만 그 당시만 해도 수천개의 굴뚝이 촘촘하게 늘어서서 밤낮을 가리지 않고 연기를 뿜어댔다고 한다. 노란빛을 띤 회색 연기를 뿜어대던 사각형 혹은 원형의 굴뚝

들, 무수한 연통들은 그가 그때까지 본 것들 중에 단연코 가장 인상적인 것이었다고 한다. 그때 맨체스터의 풍경을 보면서 내가 무슨 생각을 했는지는 정확하게 기억나지 않아. 그가 말했다. 하지만 내가 살아야 할 곳에 도착했다는 느낌을 받았던 것 같네. 다시 발걸음을 떼기 전에 창백한 초록빛으로 눈 아래 멀리 평지까지 펼쳐진 초원을 보았던 기억도 나는군. 해가 지고 삼십분쯤 지났을 때였는데, 저 아래쪽에서 구름처럼 보이는 그림자가 들판을 가로질러가고 있었지. 밤이 되어 집으로 돌아가는 사슴무리였네.

딩시의 예감내로 나는 시금까지 맨체스터에서 살고 있네. 페르버는 자기 이야기를 계속했다. 내가 여기 온 뒤로 벌써 이십이년이 흘렀군. 시간이 흐를수록 이곳을 떠난다는 건 생각조차 할 수 없게 돼. 돌이킬 수 없이 나는 맨체스터와 한몸이 된 거야. 이제는 떠나고 싶지도 않고, 떠날 수도 없다네. 일년에 한두번 자료조사차 어쩔 수 없이 런던에 가는 일조차 부담스럽고 불안하게 느껴져. 기차역에서 기다리는 것, 스피커에서 울려퍼지는 안내방송들, 기차에 앉아 있는 것, 창밖을 스쳐지나가는, 내게는 여전히 낯설기만 한 풍경들, 함께 앉아 있는 여행객들의 시선, 그 모든 것이 내게는 고통일 뿐이야. 그래서 나는 지금껏 살아오면서 타지에 가본 적이 거의 없어. 맨체스터에서만 살았지. 심지어 이 도시에서도 나는 몇주일이 흐르도록 집과 작업실을 벗어나지 않는 일이 많아. 성인이 되고 나서는 외국에 간 일이 딱 한번 있었지. 이년 전 여름에 꼴마르(독일 국경과 가까운 프랑스의 도시. 그뤼네발트의 「이젠하임 제단화」를 소장한 운터린덴 미술관이 있다)로 가서 거기서 바젤을 거쳐 제네바 호수로 갔던 걸세. 오래전부터 그림을 그릴 때 그뤼네발트가 이젠하임(꼴마르 남쪽의 마을. 독일제국에 속하였으나 제1차세계대전 이후 프랑스의 영토가 되었다)에서 남긴 작품들, 특히 그리스도의 매장을 소재로 한 그림이 자주 생각나곤 했는데, 그 작품들을 한번 내 눈으로 직접 보고 싶어도 여행을 떠나기가 두려워 그렇게 하지 못했더랬지. 그런데 일단 두려움을 극복하자 여행이 얼마나 쉽게 여겨지는지, 나로서도 놀랄 지경이었네. 배의 갑판에 서서 도버의 하얀 절벽들을 뒤돌아볼 때, 마침내 해방된 듯한 기분이 들더군. 출발하기 전에는 기차를 타고 프랑스땅을 거쳐갈 일이 아주 두려웠는데, 그것도 뜻밖에 너무 쉬웠네. 멋진 날이었지. 내가 탄 객실에는 아무도 없었네. 어쩌면 그 객차 전체에 나 혼자뿐이었는지도 모르겠어. 창문으로 바람이 쏟아져들어왔고, 가슴속에서는 축제처럼 쾌활한 기분이 솟구치는 것을 느꼈지. 밤 10시나 11시쯤 꼴마르에 도착했네. 역 앞 광장에 있는 떼르미뉘스 브리스똘 호텔에서 편안하게 잔 후, 다음 날 아침 일찍 미술관으로 갔지. 그뤼네발트의 그림을 자세히 연구해보려고 말이네. 극단주의적이고, 지극히 세밀한 부분들까지 철저하게 파고들고, 모든 관절을 뒤틀어놓은 그 기이한 화가의 세계관이 색채 속에서 마치 병처럼 번져가고 있었는데, 그의 이런 세계관은 나의 성향과 전적으로 통하는 데가 있었지. 물론 오래전부터 그렇다는 것을 알고는 있었지만, 그때서야 비로소 직접 눈으로 확인했던 거야. 엄청난 고통, 전면에 그려진 인물로부터 자연 전체로 번져간 후에 다시 소멸된 풍경에서 죽은 인간의 형상으로 되돌아오는 그 엄청난 고통이 내 안에서 파도처럼 솟아올랐다가 가라앉기를 반복했지. 여기저기 구멍이 뚫린 예수의 몸과 비탄에 젖어 갈대처럼 허리를 숙이고 있는 처형장의 증인들을 보면서 나는 차츰 깨닫게 되었네. 고통이 일정한 정도에 도달하면 고통의 조건, 즉 의식이 사라져버리고, 그와 함께 고통 자체도 아마…… 우리는 그런 것에 대해 아는 게 거의 없어. 하지만 분명한 것은 영혼의 고통은 한마디로 무한하다는 걸세. 고통의 극단에 도달했다고 생각하는 순간, 더 큰 고통이 남아 있다는 것을 깨닫게 되지. 이 심연에서 저 심연으로 다시 떨어지는 거야. 그때 나는 꼴마르에서 정확하게 인식할 수 있었네. 하나가 어떻게 다른 것으로 연결되었는지, 그뒤에는 또 어떻게 되었는지 말일세. 그때 떠오른 일련의 기억들 가운데 지금 생각나는 것은 별로 없지만, 시작은 이랬지. 그 몇해 전 어느 금요일 아침에 생전 겪어보지 못한 통증이 발작했던 기억이 나더군. 디스크로 인한 통증이었지. 고양이를 들어올리려고 허리를 굽혔다가 다시 몸을 세우려던 순간, 순식간에 조직이 파손되어 디스크 수핵이 빠져나와 신경을 눌렀어. 일이 그렇게 된 것이라고 나중에 의사가 설명해주더군. 하지만 그 순간 내가 알았던 것은 내가 몸을 한치도 움직여서는 안된다는 것, 내 생명이 극단적인 고통의 지극히 작은 단 하나의 점으로 축소되었다는 것, 숨만 들이쉬어도 눈앞이 캄캄해진다는 것뿐이었네. 저녁이 가까워올 무렵까지 나는 엉거주춤 허리를 숙이고 그렇게 거실 한가운데에 서 있었지. 어둠이 내린 뒤에 어떻게 내가 벽까지 몇걸음 움직일 수 있었는지, 안락의자 등받이에 걸쳐져 있던 스코틀랜드식 담요로 어깨를 덮을 수 있었는지 기억나지 않아. 다만 이런 것들은 기억하네. 축축한 곰팡이가 피어 있는 벽에 이마를 기대고 밤새도록 서 있었던 것, 시간이 흐를수록 한기가 들었던 것, 눈물이 흘러내렸던 것, 내가 무의미한 말들을 중얼거리기 시작했던 것, 그리고 고통으로 인한 그 완전하고 끔찍한 마비상태가 오랜 세월을 거쳐 내 안에 뿌리박은 내면의 상태와

216

놀랍도록 정확하게 일치한다는 사실을 깨닫게 되었던 것 말일세. 또 기억나는 것이 있군. 그 고통을 견디며 내가 어쩔 수 없이 취하고 있던 그 구부정한 자세가 어떤 사진을 떠올리게 했다네. 내가 초등학교 2학년일 때 아버지가 찍어준 사진이었는데, 어떤 글을 쓰느라 고개를 숙이고 있는 모습이었지. 페르버는 한동안 말을 멈추다가 다시 입을 열었다. 어쨌든 꼴마르에서 나는 기억을 되살리기 시작했는데, 아마도 그 때문에 여드레 동안 머무른 꼴마르를 떠나 제네바 호수로 가기로 결심했던 것 같네. 오랫동안 묻어둔 채 기피해온 기억의 흔적을 좇아가보기로 마음먹었던 거지. 페르버는 다시 잠시 가만있다가 말을 이었다. 내 아버지는 미술상이었지. 여름이 되면 정기적으로 유명한 호텔들의 로비에서 이른바 특별전시회라

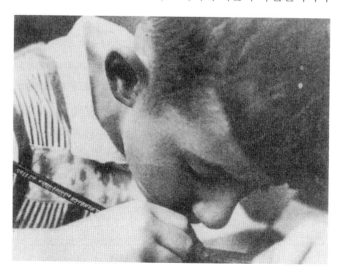

는 행사를 개최하셨어. 1936년에는 인터라켄의 빅토리아 융프라우 호텔과 몽뜨뢰의 팰리스 호텔에서 일주일간 전시회를 개최했는데, 그때는 나도 데리고 가셨지. 아버지가 내건 전시품들은 대개 육십점가량 되었는데, 주로 금색틀로 장식한 네덜란드 화풍의 그림들이었네. 무리요(1617~82, 바로끄 시대의 스페인 화가) 화풍의 지중해 양식의 장르화들도 있었고, 인적없는 독일의 풍경을 그린 작품들도 있었지. 독일 풍경화 중에서는 황량한 들판을 그린 작품 한점이 가장 잘 기억나는데, 저물어가는 태양이 세상을 핏빛으로 물들인 가운데 노간주나무 두 그루가 서로 멀찍이 떨어져 서 있는 그림이었어. 나는 초등학교 2학년의 아이가 할 수 있는 최선의 노력을 기울여 아버지를 도와드렸지. 그림을 걸고, 제목과 설명을 적은 표를 붙이기도 했고, 아버지가 예술상품이라고 부르던 전시품들을 팔고 발송하는 일도 도와드렸네. 아버지는 나의 수고를 치하하려는 듯 나와 함께 기차를 타고 융프라우요흐(알프스의 융프라우산과 묀히산 사이의 우묵한 곳. 관광지로 유명하다)에 올라가셨지. 아버지는 열정적인 등산가였네. 그곳에서 아버지는 내게 한여름에도 만년설로 덮여 반짝거리는 유럽 최대의 빙하를 보여주셨어. 그뒤 일주일이 채 지나지 않아 아버지와 나는 다시 제네바 호수 남쪽 기슭에 있는 산을 올랐네. 팰리스 호텔의 전시회가 끝난 다음 날, 우리는 자동차를 빌려 몽뜨뢰에서 출발했어. 로네 계곡으로 좀 들어가다가 곧 오른쪽으로 방향을 틀어 좁고 구불구불한 길을 달려가니 믹스라고 불리는, 내게는 아주 낯설게 느껴지는 이름의 마을이 나오더군. 우리는 믹스에서 차에서 내려 걷기 시작했지. 라끄 드 따네를 거쳐 세시간쯤 걸어올라간 끝에 그라몽산의 정상에 이르렀네. 푸르고 청명하던 8월의 그날, 나는 하루 종일 그 산의 정상에서 아버지 곁에 누워 있었어. 아버지와 함께 한층 더 파랗게 보이는 호수를 내려다보았고, 호수 건너편의 풍경들과 그 너머 멀리 쥐라산맥의 능선들도 바라보았지. 맞은편 기슭에서 밝게 빛나는 도시와 우리 바로 밑의 깊은 그늘이 진 곳, 그러니까 대략 1500미터쯤 아래쪽에서 쌩쟁골프 마을이 가물거리는 것도 보았네. 꼴마르에서 기차를 타고 참으로 놀랍도록 아름다운 스위스땅을 달리다보니, 삼십년 전의 그 풍경들과 경험들이 떠오르더군. 하지만 나는 삼십년 전의 기억들이 내게 어떤 묘한 위험으로 다가오고 있다는 것을 팰리스 호텔에 머무르는 동안, 점점 더 분명하게 느끼게 되었지. 결국 나는 방문을 잠그고, 블라인드를 내리고, 몇시간씩 침대에 누워 가만있었네. 물론 그로 인해 당시에 시작된 신경쇠약증이 더 심해졌지. 그렇게 일주일가량 지내고 보니 문득 바깥세상만이 나를 구해줄 수 있다는 생각이 들더군. 나는 몽뜨뢰의 거리를 돌아다니거나 로잔으로 가보는 대신, 몸이 상당히 쇠약해져 있었는데도 불구하고 그라몽산을 다시 한번 오르기로 했네. 어린 시절의 그날처럼 날씨가 흐렸어. 거의 쓰러질 듯한 몸을 이끌고 정상에 도달한 나는 그 높은 곳에서 다시 한번 제네바 호수의 경치를 내려다보았네. 아무것도 변하지 않은 것 같더군. 만물이 고요하게 정지되어 있는 가운데, 저 아래 짙고 푸른 물 위로 자그맣게 보이는 배들이 하얀 항적을 남기며 믿을 수 없을 만큼 느리게 움직이고 있더군. 호수 건너편 기슭에서는 기차들이 일정한 간격으로 오가고 있었네. 페르버는 그렇게 금방 닿을 듯 가까우면서도 영원히 도달할 수 없을 것처럼 멀리 있는 그 세계가 너무나 매력적이었고, 그래서 그 속으로 뛰어내려야 할 것만 같아 두려웠다고 했다. 그 순간 예순살쯤 되어 보이는 한 남자가 갑자기 핏빛 흙 속에서 불쑥 솟아오른 듯(like someone who's popped out of the bloody ground) 그 앞에 돌연히 나타나지 않았더라면 그는 실제로 정상에서 추락했을지도 모를 일이었다. 하얀 거즈로 만든 커다란 나비채를 들고 나타난 그 사람은 정중하기는 하지만 알아듣기는 힘든 영어로 그에게 알려주었다. 몽뜨뢰에서 저녁을 먹을 생각이라면 이제 하산해야 할 때라고. 페르버는 그 사람과 함께 산을 내려왔는지는 기억나지 않는다고 했다. 그뿐만 아니라 어떻게 산에서 내려왔는지, 팰리스 호텔에서 보낸 마지막 날들이 어땠는지, 영국으로는 어떻게 돌아왔는지, 그 모든 것에 대한 기억들이 사라져버렸다고 했다. 그리고 왜 그런 기억상실의 늪이 생겨났는지, 그 늪이 얼마나 넓은지 아무리 곰곰이 생각해보아도 알 수 없더라고 했다. 그 의문에 싸인 시기를 회상해보려 해도, 매번 아뜰리에에서 작업을 재개한 때부터만 기억난다는 것이었다. 그뒤 그는 일년 내내 거의 쉬지 않고 나비채를 든 사나이라는 얼굴 없는 초상화만 고생스럽게 그렸다. 하지만 그 그림은 묘사하고자 하는 대상의 기묘한 영상을 전혀 비슷하게 재현해내지 못했고, 그래서 그는 그것을 최악의 실패작으로 치부했다. 그 그림을 그리는 작업은 그 이전의 어떤 작업보다 더 힘들었다고 한다. 무수한 습작을 거친 후에 본격적으로 작업을 시작했지만, 끝도 없이 덧칠하고, 연거푸 물감을 긁어내고, 또다시 칠하기를 반복한 끝에 아마포 캔버스가 완전히 망가져서 작품을 아예 태워버리고 새로 시작해야 했던 것도 여러번이었다. 대낮부터 자신의 무능함에 대한 절망에 휩싸여 지긋지긋할 정도로 괴로워해야 했는데, 그런 절망이 차츰 밤까지 이어져 불면증에 시달려야 했고, 이로 인해 몹시 쇠약해진 나머지 작업을 하면서 눈물을 흘려야 했다. 결국에는 강력한 마약을 사용할 수밖에 없게 되었는데, 이로 인해 그는 「이젠하임의 제단화」에 등장하는 성자 안토니우스가 치렀던 시험을 연상시키는, 지극히 끔찍한 환각에 빠지게 되었다. 예를 들면 그는 자신의 고양이가 공중을 향해 수직으로 뛰어오르더니 뒤로 한번 공중제비를 넘은 뒤에 땅바닥에 떨어져 뻣뻣하게 경직되어 뻗어 있는 것을 보았다. 그는 죽은 고양이를 신발상자에 넣어 정원의 아몬드나무 아래에 묻은 것을 또렷하게 기억할 수 있었다. 하지만 다음 날 아침, 고양이가 음식 사발 앞에 앉아 아무 일도 없었던 것처럼 그를 빤히 쳐다보던 것도 분명하게 기억에 남아 있었다. 백일몽이 있는지, 아니면 밤에 꾼 꿈이었는지는 확실하지 않지만, 1887년에 빅토리아 여왕과 함께 트래퍼드 파크에 특별히 마련된 대형전시장으로 가서 어떤 전시회를 개막하는 꿈도 꾸었다고 했다. 수천명의 사람이 몰려든 가운데, 금빛 테두리로 장식된 만육천점이 넘는 그림이 끝없이 도열해 있는 전시장에서 자신이 역겨운 냄새를 풍기는 뚱뚱한 여왕과 손을 맞잡고 걸어가는 것을 보았다고 했다. 그 그림들은 거의 예외없이 페르버의 부친이 과거에 전시했던 작품들이었다. 그는 이렇게 말을 이어갔다. 군데군데 내 그림도 걸려 있기는 했는데, 수치스럽게도 내 그림들은 다른 전시품들과 전혀 다르지 않거나 기껏해야 사소한 차이밖에 없었어. 여왕과 내가 그렇게 걸어가고 있는데, 우리 앞에 문이 하나 나타나더군. 여왕은 그 문이 기막힌 솜씨로 그려놓은 **트롱쁘뢰유**(회화의 수단으로 어떤 사물을 실제처럼 묘사하는 기법) 문이라고 했어. 그 안으로 들어가니 먼지로 뒤덮인 개인실이 나타났네. 몇년 동안 누구의 발길도 닿지 않은 것이 분명한 방이었지. 바깥의 번쩍거리는 유리궁전과는 정반대의 분위기였어. 그런데 가만히 보니 그 방은 내 부모님의 거실이었네. 약간 비스듬히 놓인 소파에 낯선 남자가 앉아 있더군. 그는 가문비나무, 혼응지(폐지와 아교, 녹말 등을 섞어 만든 재료로서, 마르면 단단하게 굳기 때문에 모형제작 등에 사용된다), 금색 물감 등으로 만든 솔로몬 사원의 모형을 품 안에 안고 있었네. 그가 몸을 약간 숙이면서 이렇게 말하더군. 드로호비치(우끄라이나의 도시) 출신의 프로만입니다. 성경에 나오는 그대로 직접 모형을 만드는 데 칠년이 걸렸다면서, 지금은 그것을 사람들에게 보여주기 위해 이곳저곳의

게토(강제 격리된 유대인 거주 구역)들을 돌아다닌다고 했어. 그가
말하더군. 여기를 보십시오. 탑 위의 요철 모양도 하나하나
알아볼 수 있고, 커튼이나 문지방, 성물(聖物) 들도 정확하게
만들어놓았습니다. 나는 그 조그마한 사원 위로 몸을 숙여 살
펴보았네. 진정한 예술작품을 본 것은 그때가 처음이었지.

  1969년 여름, 그러니까 맨체스터에 도착한 지 약 삼 년 뒤에
나는 공부를 끝내고 그 도시를 떠났다. 오랫동안 품어왔던 생
각대로 스위스에 가서 교사가 되고자 했기 때문이다. 폐허로
변해가는 그을음투성이의 맨체스터에 사는 동안 거의 잊고
지냈던 스위스의 아름답고 나채로운 자연이 내게 깊은 감명
을 주었고, 눈 쌓인 먼 산과 키 큰 나무로 우거진 숲, 가을의

빛, 얼어붙은 개울과 들판, 한껏 성장한 초원의 과실나무들이 기대 이상으로 내 가슴에 와닿았다. 하지만 스위스인들의 인생관이나 교사로서 일하면서 겪는 어려움 등 여러가지 이유로 인해 그곳에 오래 머물 수는 없었다. 결국 일년도 채 되지 않아 나는 영국으로 돌아가기로 했다. 여러모로 마음에 드는 일자리가 생겨 당시만 해도 아주 외딴곳이었던 노펵주로 가기로 한 것이었다. 스위스에서 지내는 동안에는 때때로 페르버와 맨체스터에 대해 생각했지만, 해가 가면서 기억은 차츰 사라졌다. 그리고 놀랍게도 나는 지금까지 영국에 머무르고 있다. 물론 이 오랜 세월 동안 가끔씩 페르버를 떠올려보지 않은 것은 아니지만, 그의 모습조차 제대로 기억하기 힘들었다. 그의 얼굴은 희미한 윤곽으로만 남아 있었다. 페르버는 그림만 그리며 은둔하고 있을 거라고 생각했을 뿐, 더 자세히 알려고 하지는 않았다. 그러다가 1989년 11월 말, 델보(벨기에의 초현실주의 화가)의 그림 「잠자는 비너스」를 보러 런던의 테이트 미술관에 갔을 때, 나는 우연히 페르버의 서명이 있는 그림을 보게 되었다. 대략 가로 1.8미터, 세로 1.2미터 크기의 그림이었는데, 제목이 '푸른 캔들윅 담요 위의 G. I.'였다. 이상하고도 의미심장한 제목이었다. 그때서야 비로소 페르버가 내 머릿속에서 생생히 되살아나기 시작했다. 게다가 며칠 후에는 한 일요신문의 화보 부록에서 페르버에 대한 기사도 읽게 되었다. 이 역시 다소간 우연한 일이었는데, 나는 오래전부터 그런 신문을 읽지 않았을 뿐만 아니라, 특히 화보가 실린 부록은 손대지도 않는 터였으니 말이다. 그 기사는 페르버의 그림이 이제 미술시장에서 최고가로 거래되고 있지만, 그 자신은 기존의 생활방식을 전혀 바꾸지 않고 있다는 소식을 전해주고 있었다. 여전히 맨체스터 항구의 수문 근처에 있는 아뜰리에에서 매일 열시간씩 이젤 앞에 서 있다는 것이었다. 나는 몇주 동안 그 부록을 갖고 다니면서 그 기사를 되풀이하여 읽었다. 그리고 그 기사가 내 안에 있는 지하감옥의 문을 열어놓았다는 것을 깨닫게 되었다. 나는 기사에 첨부된 사진 속에서 어딘가 딴 데를 보고 있는 페르버의 눈을 오래도록 쳐다보았다. 그리고 우리가 왜 그의 고향이나 성장과정에 대한 이야기를 피했는지, 돌이켜보면 너무나 자연스럽게 그런 이야기를 나눌 법했는데도 무엇이 두려워서 그렇게 주저했는지 곰곰이 생각해보았다. 부록에 실린 약간의 정보에 따르면, 프리드리히 막시밀리안 페르버는 1939년 5월, 그러니까 그가 열다섯 되던 해에 뮌헨을 떠나 영국으로 이주했다. 그의 아버지는 뮌헨에서 화랑을 운영했다. 그의 부모는 여러가지 이유로 독일을 떠나지 못하고 있다가 1941년 11월에 첫번째 강제이송 열차로 뮌헨에서 리가로 이송되어 거기서 살해되었다. 이 사실에 맞닥뜨리자 내가 과거에 맨체스터에서 그가 예상하고 있었을 질문들을 하지 않은 것, 혹은 그럴 용기를 내지 못했던 것이 용서할 수 없는 실수처럼 느껴졌다. 결국 나는 실로 오랜만에 다시 맨체스터에 가보기로 했고, 기차를 타고 여섯시간을 달리면서 영국을 거의 횡단하게 되었다. 셋퍼드 주변의 소나무숲과 황량한 황야를 관통했고, 겨울이 되면 짙고 검은 빛을 띠는 아일 오브 일리의 저지를 지나갔다. 흥하기로는 모두 엇비슷한 마치, 피터버러, 러프버러, 노팅엄, 앨프리턴, 셰필드 등의 마을과 도시 들이 창밖에 나타났다가 사라졌다. 폐쇄된 공장, 석탄더미, 연기를 뿜는 냉각탑, 적막하게 이어진 산들, 들판의 양들, 돌담들을 보았고, 눈이 쏟아지고, 비가 내리고, 하늘빛이 끊임없이 바뀌는 것도 보았다. 이른 오후에 맨체스터에 도착하자마자 나는 도시를 가로질러 항구가 있는 서쪽을 향해 갔다. 길을 찾기가 뜻밖에도 너무 쉬웠다. 맨체스터는 거의 사반세기 전의 모습과 별로 달라진 것이 없었기 때문이다. 도시의 전반적인 몰락을 막기 위해 지어놓은 건물들 자체가 다시 퇴락하는 중이었고, 이른바 **개발구역**이라는 곳들도 반쯤은 포기한 듯 보였다. 개발구역이란 시에서 지속적으로 진작시키려고 하는 기업가 정신을 활성화하기 위해 그 얼마 전 시내의 외곽과 운하 주변에 지정해놓은 곳들이었다. 기껏해야 반만 사용되거나 채 완공되지도 못한 사무실 건물들 전면의 번쩍거리는 유리창에 주변의 잡석 많은 땅과 아일랜드 호수에서 몰려오는 하얀 구름들이 비치고 있었다. 일단 부두에 도착하자, 어렵지 않게 페르버의 아뜰리에를 찾을 수 있었다. 포석이 깔린 마당도 여전했다. 아몬드나무는 막 꽃을 피우려는 중이었다. 아뜰리에로 발을 들여놓는 순간, 마치 전날도 그곳에 왔던 것 같은 기분이 들었다. 여전히 먹먹한 빛이 창문을 통해 흘러들었고, 한가운데 검게 굳은 딱지들이 쌓인 곳에는 어김없이 이젤이 서 있었다. 검은 캔버스에는 형체를 알아보기 힘들 정도로 무수한 덧칠이 되어 있었다. 그 옆에 또 하나의 이젤이 서 있었는데, 거기 고정해놓은 그림으로 보건대 페르버는 꾸르베의 「베르생제또릭스의 떡갈나무」를 파괴작업의 출발점으로 삼은 모양이었다. 오래전부터 내가 좋아했던 그림이었다. 아뜰리에 안으로 들어갔지만 처음에는 페르버의 모습이 전혀 보이지 않았는데, 눈이 어둠에 차츰 적응하면서 안쪽 어둑한 구석의 붉은 벨벳 안락의자에 앉아 있는 그를 알아볼 수 있었다. 찻잔을 들고 있던 그는 몸을 돌려 갑자기 나타난 손님을

베르생제또릭스의 떡갈나무

처다보았다. 나는 옛날에 만났던 페르버의 나이에 가까운 쉰
이 다 되어 있었고, 페르버 자신은 이제 일흔을 앞두고 있었
다. 그가 인사말을 했다. 우리 둘 다 나이를 먹는군(Aren't we
all getting on)! 하지만 그는 예전 모습 그대로였다. 그는 절제
된 미소를 지으며 이렇게 말하고 나서 이십오년 전과 똑같은
자리에 걸려 있는, 돋보기를 든 남자가 있는 렘브란트의 인물
화를 가리키면서 말했다. 저 사람만 나이를 먹지 않는 것 같
군(Only he doesn't seem to get any older).

이렇게 우리 두 사람 모두 예상하지 못했던 때늦은 재회를
한 뒤에, 우리는 사흘 동안 이야기를 나누었다. 밤늦게까지
이야기가 끝나지 않았고, 내가 여기에 기록할 수 있는 것보다
훨씬 더 많은 말이 오갔다. 영국 망명과 이주민이 몰려들던
시기의 맨체스터, 이 도시의 막을 수 없는 몰락, 이런 몰락이

페르버에게 제공해주는 안도감, 문 닫은 지 오래인 **와디 할파**, 플뤼겔호른을 불 줄 알았던 그레이시 얼럼, 스위스에서의 나의 교사생활, 내가 뮌헨의 독일문화원에서 자리를 잡아보려다가 실패한 이야기 등, 우리의 대화는 끝이 없었다. 페르버는 단지 시간적으로만 보자면 내가 독일을 떠나 지내온 기간이 1966년까지 그가 독일땅을 밟지 않았던 기간과 같다고 말했다. 하지만 시간은 믿을 만한 기준이 못될뿐더러 영혼의 소음일 따름이라는 것이 그의 생각이었다. 과거도 없고 미래도 없네. 어쨌든 내 생각은 그래. 이따금 나를 엄습하는 단편적인 기억의 영상들은 차라리 강박관념들이라고 해야 할 거야. 내게 떠오르는 독일이란, 머릿속의 광상(狂想) 같은 것이네. 내가 여태껏 한번도 독일땅을 밟지 않았던 것은, 이런 광상이 틀리지 않았다는 사실을 확인하게 될지도 모른다는 두려움 때문이었을 걸세. 내가 생각하는 독일이란 낙후되고 파괴된, 어떤 영역 밖의 나라라는 것, 내게 독일인은 매우 아름다우면서도 무시무시한 얼굴을 지닌 사람들이라는 것을 자네도 알아야 하네. 내 머릿속의 그들은 하나같이 1930년대나 더 이전 시대의 옷을 입고 있고, 옷에 전혀 어울리지 않는 것들로 머리를 덮고 있지. 비행사의 모자, 테 있는 모자, 오페라해트, 방한용 귀마개, 십자무늬 머리띠, 손으로 짠 털실 모자 같은 것들 말이야. 예컨대 내 앞에는 거의 매일 어떤 우아한 여자가 나타난디네. 회색 낙하산 비난으로 만든 무도회 복장을 하고 회색 장미를 달고, 챙이 넓은 모자를 쓴 여자지. 일을 하다가

지쳐 안락의자에 앉는 즉시, 그 여자가 골목길의 포석 위로 걸어오는 소리가 들리네. 그녀는 대문을 열고 들어와 아몬드 나무를 지나 아뜰리에의 문턱에 모습을 드러내지. 그리고 마치 생명이 경각에 달린 환자에게 달려온 의사처럼 황급히 내게 다가온다네. 내 앞에서 그녀가 모자를 벗으면 머리카락이 어깨 위로 흘러내리지. 그녀는 펜싱용 장갑을 벗어 여기 이 탁자 위에 던지고서, 나를 향해 허리를 숙이네. 나는 무력하게 눈을 감지. 그뒤에 무슨 일이 일어나는지는 나도 모르네. 확실한 것은, 그녀와 내가 한마디도 말을 하지 않는다는 것뿐이야. 항상 무언극이지. 아마도 그 회색의 여자는 모국어인 독일어만 할 줄 아는 것 같네. 내가 1939년, 그러니까 오버비젠펠트에 있는 뮌헨 공항에서 부모님과 작별한 후에 단 한번도 다시 사용하지 않은 언어, 이제는 이해할 수 없는 희미한 중얼거림이나 속삭임 같은 것으로만 내 안에 남아 있는 그 언어 말이야. 나는 여덟살 혹은 아홉살 이전의 일은 전혀 기억하지 못하네. 1933년 후의 뮌헨 시절에 대한 기억도, 당시에 무슨 이유에선지 자주 벌어지던 행진이나 축제, 퍼레이드 같은 것에 대한 기억밖에 없는 것은 내가 독일어를 잃고 묻어버렸기 때문일 거야. 5월 1일 노동절이나 성체축일(성령강림절 후의 둘째 목요일), 혹은 쿠데타(1923년 11월에 히틀러가 뮌헨에서 시도했다가 실패한 쿠데타를 말함) 십주년 기념일, 제국농민의 날, 예술회관 개막일 같은 날에 그런 행사들이 개최되었지. 사람들은 예수의 초상화나 나치의 붉은 깃발을 들고 시내의 거리를 행진했네. 한번은 루트비히가의 양쪽에, 펠트헤른 홀에서 부터 슈바빙 구역(뮌헨 시내의 북쪽 구역) 훨씬 안쪽에 이르기까지 사다리꼴의 연단들이 설치되더니, 적갈색 천으로 덮인 이 연단마다 예수를 기리는 불꽃이 타는 납작한 철제사발들이 놓였네. 그런 행사가 열릴 때마다, 그런 집회와 행진이 새로 개최될 때마다 온갖 제복과 표장의 수가 늘어났지. 마치 우리 코앞에서 새로운 인종들이 차례로 탄생하는 것 같았네. 나는 환호하기도 하고 경외감에 휩싸이기도 하는 군중 사이에 처음에는 어린아이로서, 나중에는 청소년으로서 묵묵히 서 있었지. 신기함과 분노, 선망과 역겨움을 동시에 느끼면서 내가 그들의 일원이 되지 못한다는 사실을 수치스럽게 생각했네. 집에서 부모님은 새로 시작되는 시대에 대해 설명해주지 않았네. 기껏해야 아주 두루뭉술하게만 이야기하셨지. 우리 가족 모두는 겉으로나마 평소의 일상적인 모습을 유지하려고 안간힘을 썼어. 아버지가 개관한 지 겨우 일년밖에 되지 않았던, 예술회관을 비스듬히 마주보고 있던 화랑을 아리안인종의 업계 동료에게 팔아넘겨야 했을 때도 그랬네. 나는 평소와 다름없이 어머니의 감독 아래 학교숙제를 했고, 겨울이 되면 실리어 호수로 스키를 타러 갔지. 여름휴가 때는 오버스트 도르프나 발저 계곡으로 갔어. 그리고 입 밖에 내어서는 안되는 말은 하지 않았지. 내 할머니 릴리 란츠베르크가 자살했을 때도 친척들은 할머니가 사살한 이유에 대해 거의 말을 하지 않았네. 할머니가 말년에 정신이 오락가락했다는 식으로 얼버무렸지. 1936년 7월 말 할머니의 장례식을 치르고 나서 차를 타고 바트 키싱엔에서 뷔르츠부르크로 갈 때도 이른바 시대상황이라는 것에 대해 비교적 솔직하게 이야기하는 사람은 어머니의 쌍둥이 형제였던 레오 삼촌뿐이었네. 하지만 친척들은 그런 솔직함을 달가워하지 않았지. 레오 삼촌은 해직될 때까지 뷔르츠부르크의 김나지움에서 라틴어와 그리스어를 가르치는 교사였네. 어느날 레오 삼촌이 아버지에게 1933년의 어떤 신문기사를 보여주던 장면이 떠오르는군. 뷔르츠부르크의 레지덴츠 광장에서 책을 불태우는 장면을 찍은 사진이 첨부된 기사였네. 삼촌은 그 사진이 조작이라고 하더군. 책을 태운 것은 5월 10일 저녁이었다고 했어. 삼촌은 5월 10일이라는 말을 반복하더군. 그런데 5월 10일 저녁에는 이미 날이 너무 어두워졌기 때문에 쓸 만한 사진을 찍을 수 없었다는 거야. 그래서 사진을 조작해버렸다는 것이지. 그 광장에서 개최되었던 다른 행사의 사진에다 거대한 연기기둥을 만들어넣고, 하늘을 까만색으로 바꿔버렸다는 것이 삼촌의 주장이었네. 그러니까 신문에 실린 사진은 가짜라는 것이지. 삼촌은 이러한 발견이 마치 결정적인 증거라도 되는 것처럼 말했네. 사진이 조작된 것처럼, 처음부터 모든 것이 조작이었다고 말이야. 아버지는 말없이 고개만 흔들더군. 그런 사실이 너무 어이가 없어서였는지, 아니면 레오 삼촌이 너무 쉽게 일반화한다고 생각해서 그랬는지는 나도 모르네. 페르버가 처음으로 다시 기억해냈다는 그 이야기는 내게도 믿기 어렵게 들렸

지만, 나중에 내가 문제의 사진을 뷔르츠부르크의 문서보관
소에서 찾아내어 살펴본 결과, 페르버의 삼촌이 주장했던 대
로 사진이 조작되었다는 것은 금방 확인할 수 있었다.

　　페르버는 1936년에 뷔르츠부르크를 방문했던 이야기를 이
어갔다. 궁전 정원을 산책할 때, 레오 삼촌이 말하더군. 자신
이 그 전해 12월 31일부로 강제퇴직당했으며, 독일을 떠날 준
비를 하는 중이라고 말이야. 조만간 영국을 거쳐 미국으로 갈
계획이라더군. 나중에 우리가 궁전의 계단실에 들어갔을 때,
나는 삼촌 옆에 서서 고개를 치켜들고 띠에뿔로(1696~1770, 베
네찌아 로꼬꼬 회화의 대가이며, 뷔르츠부르크에서도 활동했다)의 화려
한 천장화를 올려다보았네. 당시의 나로서는 뜻을 알 수 없던

그 그림 속에서는 드높은 궁륭으로 솟아오른 하늘 아래 지구의 네 구역에 사는 동물과 인간의 몸이 환상적인 조합으로 뒤얽혀 있었지. 신기하게도 뷔르츠부르크에서 레오 삼촌과 함께 보낸 그날 오후가 몇달 전 다시 떠올랐네. 새로 출판된 띠에뽈로의 작품집을 뒤적거리다가 기념비적인 뷔르츠부르크의 프레스코 벽화를 복원한 사진을 보게 되었는데, 그 속에 있는 밝고 어두운 아름다움들, 양산을 쓰고 무릎을 꿇고 있는 흑인, 머리에 깃털장식을 한 멋진 아마존 여전사의 모습에서 눈을 떼지 못하겠더군. 저녁 내내 그 사진들만 보았지. 돋보기까지 가져와서 그림 속으로 조금이라도 더 파고들어보려고 애썼네. 그러던 중에 뷔르츠부르크의 그 여름날이 차츰 떠오르더군. 뮌헨으로 돌아가던 길도 다시 생각났고, 날이 갈수록 나빠지기만 하던 뮌헨의 상황, 점점 견디기 힘들어지던 집안 분위기, 그리고 하루하루 늘어가던 침묵도 기억할 수 있었지. 아버지는 원래 타고난 희극배우나 연극배우 같은 분이셨네. 상황이 허락했다면, 아버지는 즐겁게 사셨을 거야. 게르트너 광장에 있는 극장이나 바리에테(곡예와 춤, 음악 등이 섞인 다채로운 오락적 연극) 극장, 슈바르츠발트 와인집 같은 곳들을 유쾌한 표정으로 돌아다니셨겠지. 하지만 1930년대 말에는 상황이 너무 나빠져서 낙천적인 기질의 아버지도 차츰 우울한 모습으로 변해갔지. 아버지는 그전에는 볼 수 없었던 명하고 혼란스러운 태도를 보이기 시작했는데, 며칠 동안 그런 상태에서 벗어나지 못할 때도 있었네. 어머니나 아버지 자신은 일시적인 신경과민증이라고만 하셨지. 아버지가 인디언 영화나 트렝커(1892~1990, 티롤 지방 출신의 감독·배우·작가)의 영화를 보러 영화관에 가는 일도 점점 잦아졌어. 부모님은 적어도 내 앞에서는 한번도 독일을 떠날 방도에 대해 상의하지 않으셨지. 나치가 우리집으로 몰려와 그림과 가구, 고가품 들을 몰수해간 후에도 마찬가지였네. 나치는 그 물건들은 우리가 가져서는 안되는 독일의 문화유산이라고 하더군. 부모님은 말단 직급의 나치들이 아버지의 담배와 엽궐련을 주머니에 가득 집어넣고 간 뻔뻔스러운 행동에 대해서만 화를 내셨어. 수정의 밤 후에 아버지는 다하우 강제수용소에 수용되었네. 육주 후에 다시 집으로 돌아오셨을 때는 많이 야윈 모습이었고 머리가 짧게 잘려 있더군. 내게는 거기서 보고 들은 일들에 대해 한마디도 해주시지 않았네. 어머니에게는 이야기를 하셨는지 모르겠어. 1939년 초에 우리는 렝그리스(독일 바이에른의 이자르 강변에 있는 휴양지)로 스키를 타러 갔네. 그것이 내가 마지막으로 스키를 탄 것이었고, 아버지도 마찬가지였을 거야. 브라우네크에서는 아버지 사진을 찍었지. 그 시절에 찍은 몇 안되는 아버지 사진 중의 하나야. 그렇게 렝그리스로 짧은 여행을 다녀온 후에, 아버지는 곧 영국 영사를 매수해서 내 비자를 얻어내는 데 성공했네. 어머니는 내가 떠난 뒤에 곧 뒤따라 영국으로 오실 생각이었지. 마침내 아버지가 독일을 떠날 결심을 했다고 하시더군. 필요한 준비만 마치면 즉시 오시겠다고 했어. 그러는 사이에 내가 떠날 날이 왔네.

5월 17일, 어머니의 쉰번째 생신이었지. 부모님은 나를 공항으로 데려가셨어. 청명하고 멋진 아침, 우리는 보겐하우젠(뮌헨의 구)의 슈테른바르트가에 있는 집을 나서 오버비젠펠트 공항으로 갔네. 이자르강을 건너 티볼리가를 따라가다가 영국정원을 통과했지. 정원 안의 아이스바흐 개울이 또렷하게 기억나는군. 슈바빙으로 접어들었다가 레오폴트가를 타고 도시를 빠져나갔네. 그렇게 차를 타고 가는 길이 끝도 없이 길게 느껴지더군. 아마 우리가 한마디도 하지 않았기 때문일 거야. 나는 페르버에게 공항에서 부모님과 이별하던 순간을 기억하느냐고 물어보았다. 그는 곰곰이 생각하더니 오버비젠펠트 공항의 그 5월 아침을 회상해보면 부모님의 모습이

보이지 않는다고 대답했다. 어머니나 아버지가 그에게 마지막으로 무슨 말을 했는지, 자신이 부모님께 무슨 작별의 말을 남겼는지, 부모님과 포옹했는지 전혀 기억나지 않는다는 것이었다. 공항으로 진입할 때 부모님이 렌터카의 뒷좌석에 앉아 있던 모습은 떠오르지만, 차에서 내려 바깥에 있는 모습은 생각나지 않는다고 했다. 하지만 이와는 달리 오버비젠펠트 공항 자체는 아주 정확하게 기억하고 있는데, 오랜 세월 동안 이 무서울 정도로 정확한 기억에 시달린 때가 한두번이 아니었다고 했다. 문이 열려 있는 격납고 앞의 환한 시멘트 바닥, 격납고 안의 짙은 어둠, 비행기 방향타에 새겨져 있던 하켄크로이츠(나치 독일의 기장), 다른 승객들과 함께 기다려야 했던 제한구역, 그 제한구역 주변의 쥐똥나무들, 손수레에 삽과 빗자루를 싣고 왔다 갔다 하던 제한구역의 관리인, 벌통처럼 생긴 기상관측함, 이착륙장 가에 서 있던 뷜러 대포들, 이 모든 것이 또렷한 기억으로 남아 자신을 괴롭혀왔다고 페르버는 말했다. 짧게 깎아놓은 잔디를 밟으며 쿠르트 뷔스트호프라는 이름의 D-3051번 루프트한자 비행기를 향해 걸어가는 자신의 모습도 보인다고 했다. 그 비행기는 하얀색의 융커 Ju52기였다. 이동식 목제계단을 걸어올라가 파란 티롤식 모자를 쓴 여자 옆에 앉았던 것, 비행기가 푸르고 광활한 텅 빈 대지 위를 미끌어지던 것, 사각형의 창문을 통해 멀리 양떼와 양치기가 자그맣게 보이던 것, 이런 것들이 모두 기억나네. 뮌헨이 저 아래에서 서서히 기울면서 멀어지던 것도 생각나.

막스 페르버 237

페르버는 말을 이었다. Ju52기는 프랑크푸르트까지만 갔네. 거기서 몇시간 기다린 뒤에야 세관을 통과할 수 있었지. 거기, 프랑크푸르트 암 마인 공항에서 내 여행가방은 여기저기 잉크얼룩이 묻은 탁자 위에 뚜껑이 열린 채 놓여 있었네. 한 세관원이 내 가방에는 손도 대지 않은 채, 열려 있는 가방 속을 아주 오랫동안 보기만 하더군. 어머니가 평소 버릇대로 지극히 깔끔하게 개어 쌓아놓은 옷가지들, 반듯하게 다림질한 셔츠들, 노르웨이식 무늬가 박힌 겨울 스웨터 같은 것들에서 어떤 은밀한 의미라도 찾아내려는 듯한 모습이었네. 열려 있는 가방을 보면서 내가 무슨 생각을 했는지는 기억나지 않지만, 지금 돌이켜보면 그 가방 속의 짐을 결코 풀지 말았어야 했다는 생각이 드네. 페르버는 이렇게 말하고 두 손으로 얼굴을 감쌌다. 영국유럽항공사의 비행기는 오후 3시쯤 런던을 향해 출발했지. 록히드 엘렉트라 기종이었네. 비행은 아주 좋았어. 저 아래로 벨기에가 보였고, 아르덴숲과 브뤼셀, 플랑드르의 곧은 길들, 오스땅드 해수욕장의 모래언덕, 하얗게 일어나는 파도, 도버의 하얀 절벽, 런던 남쪽의 푸른 잡목숲과 구릉지 들이 창밖으로 나타났다가 사라지더니 이윽고 나지막한 회색의 산맥처럼 섬나라의 수도가 지평선에서 솟아올랐네. 비행기가 헨던 비행장에 도착한 것은 5시 30분쯤이었지. 레오 삼촌이 마중나와 있더군. 우리가 탄 차는 런던 근교에 끝없이 늘어선 집들을 따라 시내로 들어갔네. 하나같이 비슷비슷한 그 집들을 보면서 나는 우울한 기분에 휩싸였지만, 왠지 그 집들이 우스꽝스럽게도 보였어. 삼촌은 대영박물 관에서 멀지 않은 블룸즈버리의 조그마한 이민자 호텔에서 머물고 있었네. 영국에서 맞은 첫날밤, 나는 그 호텔의 괴상 하게 높은 침대에 뻣뻣하게 드러누워 잠을 이루지 못했네. 앞 날이 걱정되어서 그랬던 것이 아니라, 앞으로 그런 영국식 침 대의 매트리스 위에서 이불에 짓눌린 채 자야 한다고 생각하 니 끔찍해서 그랬던 거야. 다음 날이었던 5월 18일, 나는 잠을 설쳐 아주 피곤한 상태로 켄징턴(런던 서부의 한 구역)에 있는 베 이커스 옷가게로 갔네. 삼촌이 지켜보는 앞에서 새 교복을 입 어보았지. 까맣고 짧은 바지 두벌과 선명한 푸른색의 무릎양 말, 같은 색 재킷, 오렌지색 셔츠, 줄무늬가 있는 넥타이, 조그 마한 모자 등이었네. 모자가 너무 작아서 숱이 많은 내 머리 카락을 아무리 다듬어도 자꾸 벗겨졌지. 그렇게 교복을 입은 내 모습을 보는 삼촌의 눈에 눈물이 글썽했어. 나도 거울에 비친 내 모습을 보니 눈물이 나려고 하더군. 삼촌은 자신의 경제상황을 감안해서 나를 마게이트(런던 동쪽 해안의 도시)에 있는 삼류 사립학교에 보내기로 했지. 교복은 마치 나를 놀려 먹으려고 만들어놓은 어릿광대 복장 같았고, 그날 오후에 우 리가 도착한 학교는 교도소나 정신병원 같았어. 둥그렇게 휘 어진 진입로 옆에 나지막한 침엽수들로 만들어놓은 둥근 화 단, 위쪽 끝이 방벽처럼 생긴 짙은 색 건물의 정면, 열린 문 옆에 늘어진 녹슨 초인종 줄, 컴컴한 건물 안에서 쩔뚝거리며 걸어나오는 학교 관리인, 떡갈나무로 만든 거대한 계단, 건물 전체에 퍼져 있는 냉기, 석탄 냄새, 건물 위 여기저기에 웅크리고 앉아 구구 울어대는 볼품없는 비둘기떼, 그밖에도 지금은 기억나지 않지만 불길하게 느껴지던 여러가지 세세한 것들 때문에 나는 그 학교에서 오래지 않아 미쳐버릴지도 모른다는 생각을 했어. 하지만 그뒤 몇년 동안 다닌 그 학교의 분위기가 때로는 방종에 가까울 정도로 느슨하다는 것을 곧 알게 되었지. 교장이자 창립자인 라이어널 린치루이스는 거의 일흔이 다 된 노인이었는데, 언제나 별난 옷을 입고, 매일 라일락 향수를 뿌리고 다니는 독신남이었어. 그가 고용한 교사들도 그 못지않은 별종들이었는데, 학생들을 거의 방치하다시피 했지. 학생들은 대부분 약소국 외교관의 아이들이거나 이런저런 이유로 영국에 체류하는 외국인의 자제들이었네. 린치루이스는 정규 학교교육만큼 아이들의 성장을 왜곡하는 것은 없다고 생각하는 사람이었지. 아이들이 가장 많이, 가장 쉽게 배우는 때는 자유시간이라는 것이 그의 주장이었네. 이 멋진 생각이 옳다는 것을 입증해주는 학생들도 더러 있었지만, 대부분의 학생들은 우려스러울 정도로 흐트러졌다. 여담이지만, 린치루이스 교장이 직접 디자인하여 우리에게 입혀놓은 앵무새처럼 울긋불긋한 교복은 그의 교육적 신조와는 전혀 어울리지 않았어. 우리에게 강요된 그 현란한 색과 일맥상통하는 것은 기껏해야 교장이 올바른 언어사용을 아주 중시하던 것 정도야. 교장이 말하는 올바른 언어란 세기전환기의 영국 극장에서 사용하던 무대 위의 영어였지. 그 학교의 선생님들이 모두 전직 배우들, 그러니까 어떤 이유에서건 직업생활에서 실패한 배우들이라는 소문이 마게이트에 떠돌았는데, 근거가 없지는 않았을 걸세. 이상하게도 나는 마게이트 시절을 떠올리면 그때 내가 행복했는지 불행했는지, 도대체 어떤 기분이었는지 기억할 수가 없네. 여하튼 그렇게 학교에 팽배해 있던 도덕적인 무관심이 그때까지는 알지 못했던 어떤 자유의 감정을 느끼도록 해준 것은 맞아. 그 때문에 부모님께 편지를 쓰거나 이주일에 한번씩 도착하는 부모님의 편지를 읽는 것이 갈수록 힘들게 느껴지더군. 1941년 11월 점점 부담스러워지던 편지왕래가 끝났을 때, 나는 우선 홀가분한 기분이었어. 나로서도 그런 기분이 죄스럽기는 했지만 말이야. 다시는 편지를 주고받을 수 없다는 사실을 깨닫기까지는 아주 오랜 시간이 걸렸네. 사실을 말하자면, 지금도 그 사실을 완전히 받아들였다고 자신할 수는 없네. 하지만 돌이켜보면, 당시의 일들이 내 삶의 구석구석까지 결정해놓았다는 느낌이 들어. 부모님이 강제이송당한 것뿐만 아니라 그 믿기지 않는 사망 소식이 한참이 지나서야 내게 도착했던 것, 처음에는 도무지 종잡을 수 없던 그 소식의 의미를 세월이 흐르면서 조금씩 이해할 수 있게 되었던 것, 그런 일들 말이야. 부모님이 겪은 고통과 나 자신의 고통에서 벗어나보려고 의식적으로든 무의식적으로든 노력도 많이 했고, 이렇게 은둔생활을 하는 가운데 간혹 영혼의 안정이 유지되는 때도 없지 않았지만, 학창시절에 나를 덮쳤던 그 불행이 내 안에 박아놓은 뿌리는 너무나 깊었네. 그 불행은 거듭 땅을 뚫고 나와 사악한 꽃을 피우고, 독기 품은 잎으로 내 머리 위에 천장을 만들었지. 그 천장은 지난 몇년 동안에도 내게 짙은 그늘을 드리우고 나를 어둠으로 덮었네.

내가 맨체스터를 떠나기 전날 저녁에 페르버는 이렇게 이야기를 마쳤다. 레오 삼촌은 1942년 초에 싸우샘프턴에서 배를 타고 뉴욕으로 떠났는데, 그전에 마게이트로 나를 찾아왔더군. 나는 삼촌의 말을 따라 그해 여름 마지막 학년을 마치면 삼촌을 뒤따라가기로 약속했네. 하지만 졸업 후에 나는 나의 출신을 전혀 떠올릴 필요가 없는 곳으로 가고 싶었고, 그래서 삼촌의 보호를 받으러 뉴욕으로 가는 대신 혼자 맨체스터에 가서 살기로 결심했지. 맨체스터에 대해서는 아무것도 몰랐던 나는 이 도시에서 완전히 새로운 삶을 시작할 수 있을 거라고 생각했네. 하지만 막상 이곳에 도착해보니 맨체스터는 내가 잊고 싶어하던 그 모든 것을 다시 떠올리게 하는 도시더군. 그도 그럴 것이 맨체스터는 이민자들이 몰려드는 도시였고, 그때까지 한세기 반에 걸쳐 흘러들어온 이민자들은 아일랜드의 빈민들을 제외하면 대부분 독일인들과 유대인들이었으니 말이야. 수공업자, 상인, 자유직업인, 소기업가, 대기업가, 시계나 모자나 우산 따위를 만드는 사람들, 재단사, 제본업자, 식자공, 은세공인, 사진사, 모피 가공업자, 모피상, 중고품 상인, 행상인, 전당포 업자, 경매인, 보석상, 부동산 중개인, 주식 중개인, 보험 중개인, 약사, 의사 등 온갖 직업을 가진 사람들이 모여들었어. 이미 오래전부터 맨체스터에 뿌리내린 쎄파르디(스페인과 뽀르뚜갈, 그리고 동방에 거주하던 유대인들의 통칭)의 가문들로는 베소, 라파엘, 카툰, 칼데론, 파라체, 네그리우, 메술람, 디 모로 등을 꼽을 수 있었고, 독일인과 나머지 유대인 가문들로는 라이브란트, 볼게무트, 헤르츠만, 고트샬크, 아들러, 엥엘스, 란데스후트, 프랑크, 치른도르프, 발러슈타인, 아론스베르크, 하르블라이허, 크라일스하이머, 단치거, 리프만, 라차루스 등이 있었지. 쎄파르디는 다른 유대인들과 독일인들을 거의 같은 집단으로 취급했네. 19세기 내내 독일인들과 유대인들이 가장 강력한 영향력을 행사했던 도시가 바로 맨체스터였지. 그러니 나는 가출한다고 나섰다가 되려 집으로 돌아온 꼴이었네. 우리 시대 공업의 탄생지인 이 도시의 거무칙칙한 건물들 사이에서 사는 날이 길어질수록, 나는 나 역시 흔히 말하는 것처럼 굴뚝 아래에서 일하려고 이리로 오게 되었다는 사실을 분명하게 깨닫게 되었어(that I am here, as they used to say, to serve under the chimney). 페르버는 여기서 말을 멈추고 한참 동안 물끄러미 앞쪽만 바라보았다. 그리고 왼손을 희미하게 흔들어 그만 가도 좋다는 신호를 보냈다. 다음 날 아침 작별인사를 하러 다시 아뜰리에를 찾았을 때, 페르버는 포장지로 싸고 끈으로 묶은 꾸러미를 건네주었다. 사진 몇장과 약 백쪽에 이르는 육필 기록들이었네. 이 기록물은 그의 어머니가 1939년에서 1941년 사이에 슈테른바르트가의 집에서 적어놓은 것으로, 출국비자를 받기가 갈수록 힘들어졌으며, 이에 따라 그의 아버지가 출국을 위해 짜내야 하는 방법이 점점 복잡해졌다는 것, 실은 이미 예견했던 것처럼 출국이 사실상 불가능해지고 말았다는 등의 내용을 담고 있다는 것이 페르버의 설명이었다. 하지만 어머니는 자신과 남편이 처한 이러한 사면초가의 상황에 대해서는 군데군데 암시만 하고 있을 뿐, 운터프랑켄(독일 바이에른주에 속하는 군으로서, 군청은 뷔르츠부르크에 있다)의 마을 슈타이나흐에서 보낸 어린시절과 바트 키싱엔에서 보낸 청소년시절에 대해서만 지극 정성으로 기술하고 있다고 했다. 그는 어머니가 이 기록을 작성한 것은 결국 아들에게 읽히고자 했기 때문이었겠지만, 지금까지 그가 기록을 읽어본 것은 딱 두번뿐이었다고 했다. 처음 기록을 받았을 때는 대충 훑어보고 말았고, 그뒤 오랜 세월이 지난 후에 다시 기록을 펼쳤을 때 자세히 읽어보았다고 했다. 두번째 읽을 때 그는 어머니의 기록이 때로 놀라울 정도로 훌륭하다는 것을 알게 되었고, 이 기록이 마치 고약한 독일동화 같다고 느꼈다고 한다. 한번 읽기 시작하면 일단 시작한 작업을, 그러니까 이 경우에는 회상과 쓰기와 읽기를 도무지 멈출 수 없는, 그리고 결국에는 가슴을 옥죄어 지극한 고통을 느끼게 하는 동화 말이다. 페르버는 이렇게 말을 끝냈다. 그래서 이 꾸러미를 자네에게 주는 걸세. 그는 나와 함께 마당으로 나가 아몬드나무가 서 있는 데까지 나를 바래다주었다.

그날 아침 맨체스터에서 페르버가 내게 준 어머니의 기록이 지금 내 앞에 놓여 있다. 결혼하기 전 이름이 루이자 란츠베르크였던 이 기록자가 그녀의 지난 삶에 대해 적어놓은 이야기를 발췌하여 이제 여기에 옮겨보고자 한다. 기록은 그녀 자신과 남동생 레오뿐만 아니라 그녀의 아버지 라차루스와 할아버지 룁도 슈타이나흐에서 태어났다는 이야기로 시작된다. 그녀의 선조들이 늦어도 17세기부터 당시 뷔르츠부르크 주교령에 속하던 그 마을에서 거주해온 것이 문서상으로도 입증된다고 한다. 당시 슈타이나흐 주민의 3분의 1이 오래전에 정착한 유대인들이었다. 지금은 슈타이나흐에 유대인이 한명도 살지 않고, 그곳 주민들도 과거의 이웃들을 전혀 기억하지 못하거나 아주 희미하게 기억할 뿐이라는 사실은 새삼 언급할 필요도 없을 것이다. 과거에 유대인이 소유했던 모든 집과 토지는 다른 주민들에게 넘어간 상태다. 바트 키싱엔에서 출발하여 슈타이나흐로 가려면 그로센브라흐와 클라인브라흐, 그리고 룩스부르크 백작의 성과 양조장이 있는 아샤흐를 지나가야 한다. 거기에 아샤흐 고개가 있다. 라차루스는 마차가 고개를 오를 때면 말들의 짐을 덜어주기 위해 마차에서 내렸다고 루이자는 적고 있다. 고개를 넘어서면 길은 다시 숲을 따라 흰까지 내려가고, 넓은 평원이 열리면서 멀리 뢴산맥(바이에른주와 혜센주가 만나는 지역에 있는 나지막한 산맥)이 보인다. 질레강 주변의 초지가 펼쳐지기 시작하고, 빈트하임숲의 완만한 곡선이 나타난다. 그리고 멀리 교회탑과 오래된 성이 보이는 그곳, 거기가 슈타이나흐다! 이제 길은 개울을 건너 마을로 진입하여 여관 앞 광장까지 이어지고, 거기서 다시 오른쪽으로 나아가면 아랫마을이 나오는데, 루이자는 여기가 바로 그녀의 고향이라고 적고 있다. 아랫마을에는 램프 기름을 파는 리온의 가게가 있고, 마이어 프라이의 상점도 있다. 마이어가 매년 라이프치히 박람회에서 돌아올 때마다 마을사람들은 그의 가게로 몰려들었다. 금요일 저녁이면 사람들이 음식을 가지고 와서 함께 빙 둘러앉아 먹곤 하는 게스너의 빵가게도, 도축업자 리프만과 밀가루 상인 잘로몬 슈테른의 가게도 있다. 대개 한명의 수용자도 없이 텅 비어 있던 구빈원과 블라인드로 가려진 탑이 있는 소방서도 이곳 아랫마을에 있었고, 포석이 깔린 앞마당 뒤에 서 있는, 룩스부르크 가문의 문장을 대문에 달아놓은 오래된 성도 여기 있었다. 수많은 거위들로 언제나 북적거리던 페더 골목은 아직 어린 아이였던 루이자에게는 무섭기만 했는데, 그 골목을 지나가면 지몬 펠트한이 운영하던 바느질용품점과 녹색 함석판으로 온통 뒤덮여 있는 함석공 프뢸리히의 집이 나왔고, 그 뒤로 거대한 밤나무가 그늘을 드리운 광장이 펼쳐졌다. 지금 내 앞에 있는 기록에는 이렇게 적혀 있다. 광장의 맞은편에 있는 집이 우리집이었다. 집 앞으로는 광장이 뱃머리의 물결처럼 두개의 길로 갈라지고 뒤로는 빈트하임의 숲이 솟아오르는 그 집에서 나는 태어나 자랐고, 열여섯살 되던 1905년 1월에 우리 가족이 키싱엔으로 이사갈 때까지 줄곧 거기서 살았다.

루이자의 기록은 이렇게 이어진다. 지금 나는 거실에 서 있다. 그 시절 거의 매일 그랬던 것처럼, 나는 넓적한 석판들이 깔린 침침한 복도를 지나 조심스럽게 손잡이에 손을 얹고 눌러 문을 열었다. 그리고 하얗게 칠해진 바닥에 맨발로 서서 휘둥그레진 눈으로 주위를 둘러보았다. 이 방에는 아주 멋진 물건들이 많다. 술이 달린 녹색 벨벳 안락의자가 두개 있고, 광장 쪽으로 나 있는 두개의 창문 사이에도 같은 모양의 소파가 하나 있다. 탁자는 밝은색의 벚나무로 만든 것이다. 탁자 위에는 부채 모양의 액자가 있고, 그 안에는 마인슈톡하임과 로이터스하우젠에 사는 친척들 사진 다섯장이 들어 있다. 고모의 사진은 다른 액자에 넣어 따로 세워놓았다. 당시 우리 고장에서 가장 아름다운 여자로 불렸다는 고모의 별명은 진짜 게르마니아(옛 독일제국을 상징하던 여인의 형상)였다. 탁자 위에는 날개를 펼친 백조 모양의 자기도 있는데, 그 안에는 하얀 레이스 주름장식을 두른 신부 부케가 들어 있다. 어머니가 결혼식 때 들었던 상록 부케다. 그 옆에는 금요일 밤마다 사용하는 은제촛대가 서 있다. 아버지는 초에서 흘러내리는 촛농이 촛대에 쌓이는 것을 막기 위해 촛불을 켤 때마다 주름띠를 만들어 촛대 안에 둘렀다. 벽 쪽의 장식장 위에는 금색 포도덩굴손으로 장식한 앨범 크기의 붉은 호화 장정본이 놓여 있다. 어머니는 그 책이 어머니가 좋아하는 하이네의 작품집이며, 엘리자베트 황후(1837~98, 오스트리아의 황제 프란츠 요제프 1세의 부인)도 하이네를 좋아했다고 말한다. 그 옆의 바구니에는 『뮌헨 신보』를 모아놓는다. 어머니는 저녁마다 이 신문을 읽는 데 열중한다. 어머니보다 훨씬 더 일찍 잠자리에 드는 아버지는 밤늦게까지 글을 읽는 것이 건강에 좋지 않다고 누누이 말하면서 어머니를 말리지만, 소용이 없다. 동쪽 창 아래의 벽감에는 판들을 엮어 만든 작은 탁자가 서 있고, 그 위에는 달리아 화분이 놓여 있다. 달리아의 단단한 잎은 색이 짙고, 하얀 벨벳처럼 보이는 별 모양의 수많은 꽃차례들이 분홍빛 꽃술을 중심으로 퍼져 있다. 아침 일찍 아래층으로 내려오면 햇빛이 벌써 거실을 비추고 있고, 꽃들은 저마다 꿀방울들을 달고 반짝거린다. 꽃과 잎새 들 사이로 정원을 내다보면, 닭들이 왔다 갔다 하는 것이 보인다. 말수가 적고 색소결핍증이 있던 우리집 마차꾼 프란츠는 아버지가 집에서 나오기 전에 말에 마구를 채우고, 담장 너머 딱총나무들 아래의 자그마한 집에서는 카팅카 슈트라우스가 벌써 모습을 드러낸다. 카팅카는 마흔쯤 된 노처녀인데, 사람들은 그녀가 정신이 좀 이상하다고 한다. 날씨가 맑으면 카팅카는 뜨개질감을 들고 광장의 밤나무 아래로 가서 하루 종일 기분 내키는 대로 시계방향이나 그 반대방향으로 돌면서 뜨개질을 하는데 그 일이 언제 끝날지는 도무지 알 수가 없다. 어떤 물건도 자기 것이라고 주장하는 법이 없는 그녀지만, 모자만은 항상 요란한 것을 쓰고 다닌다. 한번은 갈매기깃털로 장식한 모자를 쓰고 나타나기도 했다. 바인 선생님이 수업시간에 이 모자를 언급하면서 깃털로 자신을 꾸미려고 동물을 죽이는 것은 나쁜 짓이라고 가르쳐주었기 때문에 나는 이 모자를 잘 기억하게 되었다.

어머니는 우리를 집 바깥으로 내보내기를 꺼려하셨지만, 레오와 내가 네댓살쯤 되자 우리를 기독교 보육원에 맡기셨다. 우리는 아침기도를 마치면 보육원에 갈 수 있다. 모든 일이 아주 쉽다. 우리가 가면 수녀님이 이미 마당에 나와 계신다. 우리는 그녀에게 다가가 이렇게 말한다. 아델린데 수녀님, 공 하나만 주세요. 우리는 공을 들고 계단을 넘어 마당 반대쪽에 있는 놀이터로 간다. 놀이터는 오래된 성을 둘러싼 널찍한 참호의 바닥에 만들어져 있다. 참호는 온갖 모양의 화단과 야채밭으로 채워져 있다. 놀이터 바로 위, 대부분 비어 있는 옛 성 안의 방들이 길게 일렬로 늘어서 있는 곳에 레기나 추프라스가 살고 있다. 지독하게 부지런하기로 유명한 그녀는 일요일이 되어도 잠시도 쉬지 않는다. 가금들을 돌보고, 강낭콩을 손질하고, 담장을 수리하고, 그녀의 형편과는 어울리지 않게 너무 큰 방들을 정리한다. 심지어 그녀가 지붕 위로 올라가 풍향계를 고치는 모습을 본 적도 있다. 우리는 숨 죽인 채 고개를 치켜들고 그녀만 쳐다보았다. 그녀가 곧장 아래로 떨어져, 뼈가 으스러진 채 다락방에 뻗어버릴 것 같았기 때문이었다. 마차꾼인 그녀의 남편 요페를레는 동네 구석구석을 돌며 허드렛일을 돕는다. 레기나가 남편에 대한 불만이 많아서 요페를레는 아내가 있는 집으로 돌아가기를 무서워한다는 소문이다. 사람들이 그를 찾으러 돌아다녀야 하는 경우가 빈번하다. 그는 대개 술에 취한 채 뒤집어진 건초마차 옆에 드러누워 있다. 오랫동안 그와 함께 다니면서 이 모든 일에 익숙해진 말들은 쓰러진 마차 옆에 가만히 서 있다. 이윽고 사람들이 건초더미를 다시 마차에 싣고, 레기나는 요페를레를 데리고 집으로 간다. 그녀가 쓰는 방들의 덧창문들이 모두 닫혀 있는 때도 있는데, 그럴 때면 우리는 창문 아래 놀이터에 둘러앉아 버터 바른 빵을 먹으면서 무슨 일이 있나 궁금해한다. 목요일 아침마다 어머니는 빵을 싸는 양피지 비슷한 포장지에 생선을 그려넣으신다. 우리가 보육원에서 집으로 돌아오는 길에 잊지 말고 돌잉어 여섯마리를 받아오라고 그렇게 하시는 것이다. 오후에 레오와 나는 손을 맞잡고 잘레강을 따라 걸어간다. 버드나무와 오리나무와 갈대류 들이 빽빽한 덤불숲을 이루고 있는 강변을 따라 걷다가 제재소를 지나 작은 다리에 이르면 한동안 거기 서서 강바닥의 자갈들이 금빛으로 반짝거리는 것을 쳐다본다. 그러다가 다시 길을 걸어 온통 덤불로 둘러싸인 자그마한 생선가게에 간다. 그리고 가게주인의 아내가 남편을 데리고 나올 때까지 기다린다. 탁자 위에는 언제나 배가 불룩하고 선명한 푸른색 꼭지가 달린 하얀 커피주전자가 놓여 있는데, 때로는 커피향이 가게 안을 가득 채우기도 한다. 이윽고 문을 열고 나온 가게주인은 우리와 함께 달리아들이 활짝 피어 있는 경사진 정원을 지나 잘레 강 쪽으로 내려간다. 가게주인은 물에 떠워놓은 커다란 나무통에서 돌잉어를 한마리씩 꺼낸다. 저녁에 돌잉어를 먹을 때면 어머니는 가시가 있으니 말을 하지 말라고 주의를 주신다. 그러면 우리는 생선처럼 벙어리가 되어야 한다. 나는 이런 식사시간을 좋아하지 않았다. 생선의 흡뜬 눈알이 꿈속에서 나타나는 일도 드물지 않았다.

여름이 되면 안식일(유대교의 안식일은 금요일 저녁부터 토요일 저녁까지다)에 산책을 가는 일이 잦아진다. 우리는 바트 보클레트(바트 키싱엔에 있는 휴양지 마을)로 가서 줄지어선 기둥으로만 둘러싸인 홀 안을 돌아다니거나 근사한 옷을 입고 커피를 마시는 사람들을 구경한다. 산책하기에 너무 더운 날이면 리버만 가족이나 펠트한 가족과 함께 러시아 여관의 나인핀스(아홉개의 핀을 세우고 하는 볼링과 비슷한 놀이)장 앞 밤나무 그늘에 앉아 늦은 오후를 즐기기도 한다. 남자들은 맥주를 마시고, 아이들은 레모네이드를 마신다. 여자들은 늘 무엇을 마셔야 할지 몰라 다른 사람들이 마시는 것들을 조금씩 맛보기만 하면서 빵과 훈제고기를 자른다. 저녁을 먹은 뒤에 몇몇 남자들은 아주 신선하고 진보적인 놀이로 통하는 당구를 친다. 페르디난트 리온은 씨가를 피우기도 한다! 그러다가 남자들은 유대교 회당으로 가고, 여자들은 짐을 싼 뒤 아이들과 함께 어스름이 내려앉는 길을 걸어 집으로 간다. 그렇게 집으로 가는 길에 레오가 갑자기 새옷에 대해 잔뜩 불평을 늘어놓는다. 밝은 하늘색과 흰색 줄무늬가 있는 면직물로 만든 해병 복장인데, 레오는 이 옷 자체를 탐탁지 않게 생각한다. 특히 두꺼운 넥타이 단추와 어깨에서 흘러내리는 끈 모양의 칼라, 그리고 어머니가 어제 밤늦게까지 뜨개질을 해서 칼라에 새겨넣어준 서로 교차하는 닻들을 싫어한다. 날이 캄캄해지고 나서 나와 레오는 집 앞 계단에 쭈그리고 앉아 하늘의 먹구름들이 서로 만나 뒤섞이는 모양을 쳐다본다. 그제야 레오는 옷에 대한 불만을 잊는다. 아버지가 회당에서 돌아오신 뒤, 우리는 여러 색깔의 가느다란 줄 모양 초를 엮어서 만든 초에 불을 붙여 안식일의 끝을 기념한다. 향료통에 코를 갖다대고 향기를 맡은 뒤, 우리는 침대로 간다. 눈부시게 하얀 번개가 연달아 번쩍이고, 천둥이 집을 뒤흔든다. 우리는 창가로 간다. 번개가 치면 낮보다 더 밝다. 길가 도랑에서는 소용돌이가 일고, 건초다발들이 떠다닌다. 뇌우가 물러가는가 싶더니 잠시 후 다시 몰려온다. 아버지는 뇌우가 빈트하임의 숲을 넘어오지는 못할 거라고 하신다.

일요일 오후가 되면 아버지는 장부를 정리하신다. 가죽지갑에서 작은 열쇠를 꺼내고, 늘 늠름하고 고요한 모습으로 자리를 지키고 있는 호두나무 책상의 뚜껑을 연다. 그리고 가운데 부분을 빼어낸 뒤 열쇠를 다시 지갑에 넣고, 엄숙한 태도로 똑바로 앉아 커다란 보조 장부를 잡는다. 이 장부와 여러 권의 작은 공책, 그리고 다양한 크기로 잘라놓은 쪽지들에 숫자들을 기입하고 메모를 적는 데에는 오랜 시간이 걸린다. 아버지는 입술을 약간씩 움직이면서 기다란 칸에 적힌 숫자들을 합산하고 결산하는데, 그 결과에 따라 아버지의 얼굴은 밝아졌다 어두워졌다 한다. 책상에 달린 수많은 서랍에는 특별한 물건들이 잔뜩 들어 있다. 문서, 증서, 편지, 어머니의 보석들, 그리고 넓게 박음질한 띠도 그 안에 들어 있다. 그 띠에는 가느다란 비단줄을 십자로 묶어 고정해놓은 크고 작은 은화들이 달려 있는데, 은화들은 마치 훈장이나 메달처럼 보인다. 레오의 대부인 로이터스하우젠의 젤마어가 매년 하나씩 레오에게 준 홀러그라슈 동전도 거기 달려 있다. 이 동전은 정말 너무 멋져서 나는 항상 샘이 난다. 어머니는 거실에서 아버지 곁에 앉아 『뮌헨 신보』를 읽는다. 일주일 동안 읽지 못한 소식들을 한꺼번에 읽는 것이다. 어머니는 특히 '온천 소식'과 '세상만사'라는 난을 즐겨 읽는데, 아주 신기하거나 기억해둘 만한 기사를 발견하면 꼭 아버지께 소리내어 읽어주신다. 그러면 아버지는 하는 수 없이 계산을 멈추어야 한다. 어릴 적에 배우가 되고 싶어했던 어머니가 특유의 연기하는 듯한 말투로 아버지에게 기사를 읽어주는 장면이 기억난다. 이제 여성의류를 아주 저렴하게 불에 잘 타지 않도록 처리할 수 있대요. 옷감을 염화아연액에 담그기만 하면 된다고 하네요. 아주 부드러운 옷감이라도 이렇게 처리하면 불에 갖다 대고 까맣게 타기를 기다려도 불이 붙지 않는대요. 지금도 어머니가 이렇게 말하는 음성이 또렷하게 기억나는 것은 아마도 그 순간 불에 타는 어린 파울린(19세기 독일의 정신과의사 하인리히 호프만이 지은 어린이책에 실린 동시의 주인공. 부모님이 안 계시는 동안 불장난을 하다가 온몸이 타서 재가 되어버린다)의 모습이 내 머릿속에 맴돌았기 때문일 것이다. 끝없이 길게 느껴지던 그런 일요일, 부모님과 함께 거실에 앉아 있지 않을 때면 나는 위층에 있는 녹색 방에 있다. 여름에 날씨가 더울 때면 창문만 열어놓고 덧문은 닫아놓는데, 그럴 때면 빛이 야곱의 사다리(구약에서 야곱이 꿈에서 보았다고 하는, 하늘에 이르는 사다리)처럼 나를 둘러싸고 있는 어스름 속으로 비스듬히 스며들어온다. 집 안과 주위가 온통 조용하다. 오후에는 키싱엔에서 온 반개(半蓋)마차가 마을을 지나간다. 말발굽 소리가 멀리서부터 들려온다. 나는 덧문을 조금 열고 거리를 내려다본다. 슈타이나흐를 지나 노이슈타트와 노이하우스를 거쳐 잘츠부르크로 가는 마차에는 키싱엔을 찾은 여름휴가 손님들 외에도 러시아에서 온 지체 높은 명사들도 간혹 앉아 있다. 깃털 달린 모자와 베일, 레이스나 여러 색깔의 비단으로 만든 양산으로 치장한 여자들은 무척 아름답다. 마을의 남자아이들이 마차 바로 앞에서 뛰어다니고, 고상한 마차 승객들은 아이들에게 구리 동전을 던져준다.

계절은 가을로 접어들고, 가을휴가가 다가온다. 맨 먼저 로슈하샤나(유대력에 따른 신년축제로서 태양력의 9월 혹은 10월에 해당한다)와 설날이 온다. 설 전날, 우리는 방을 깨끗하게 치우고, 저녁이 되면 부모님은 격식을 차린 옷을 입고 회당으로 간다. 아버지는 프록코트를 입고 실크해트를 쓰며, 어머니는 진청색의 벨벳 원피스를 입고 하얀 사과꽃으로 뒤덮인 자그마한 모자를 쓴다. 부모님이 회당에 가 있는 동안 레오와 나는 풀먹인 아마포로 식탁을 덮고 포도주잔들을 놓은 다음, 습자법에 따라 예쁘게 쓴 연하장을 부모님의 접시 아래에 숨겨놓는다. 그뒤 열흘이 지나면 대속죄일이다. 아버지는 수의를 입고 유령처럼 집 안을 돌아다닌다. 누구나 회개하는 날이다. 별이 뜨고서야 비로소 금식이 해제된다. 그러면 우리는 서로에게 맛있는 식사를 기원한다. 다시 나흘이 지나면 벌써 초막절(유대인들이 이집트 탈출 후에 황야를 헤매며 임시로 생활하던 때를 기억하는 기념주간으로서, 유대력 신년 15일에 시작하여 일주일간 계속된다. 당시의 생활을 상기하기 위해 나뭇잎으로 덮은 초막에서 생활한다)이 된다. 프란츠는 딱총나무 덤불 아래에 장대로 초막의 뼈대를 세우고, 우리는 여러 색깔의 반짝거리는 종이로 꽃줄을 만들고 들장미 열매들을 긴 줄에 묶어 초막을 장식한다. 천장에는 빨간 사과와 노란 배, 황록색의 포도 들을 매달아놓는다. 매년 마인슈톡하임에 사는 엘리제 숙모가 지저깨비로 틈을 메운 상자에 넣어 우리에게 보내주는 열매들이다. 우리는 이틀 동안의 주(主) 축제일과 나흘 동안의 반(半) 축제일에 걸쳐 초막 안에서 식사를 한다. 하지만 날씨가 아주 나쁘거나 추우면 부엌에서 식사를 하는데, 그런 때에도 아버지는 혼자 초막에서 식사한다. 그런 날이면 우리는 차츰 겨울이 다가오고 있다는 것을 실감하게 된다. 쌀쌀한 날씨에 걸맞게 섭정 왕자가 뢴에서 사냥한 멧돼지를 슈타이나흐로 보내오면, 사람들은 멧돼지를 대장간 앞에 준비해놓은 불붙은 장작더미 위에 얹고 뻣뻣한 털들을 태운다. 그런 계절에 집 안에 있을 때면 우리는 라이프치히에서 마이 운트 에들리히 회사가 보내준 카탈

로그를 뒤적거린다. 이 두꺼운 책을 펼치면 품질과 종류 별로 분류된 온갖 상품들의 신기한 세계가 한쪽씩 눈앞에 나타난다. 바깥에서는 차츰 세상이 빛깔을 잃어가고, 어머니는 겨울옷들을 꺼낸다. 나프탈렌 냄새가 나는 옷들이다. 11월 말에는 청년 클럽이 러시아 여관에서 가면무도회를 개최한다. 노이슈타트에 사는 뮌처 부인이 어머니가 무도회에 입고 갈 옷을 만들어준다. 나무딸기 색깔의 비단으로 만든 옷이다. 기다란 치마의 끝은 꼬불꼬불한 레이스로 우아하게 장식되어 있다. 아이들은 옆방으로 통하는 문 앞에 서서 무도회가 시작하는 장면을 구경한다. 홀은 축제 분위기로 들뜬 사람들의 웅성거림으로 가득 차고, 분위기를 돋우는 의미에서 악단이 은은한 오페레타 멜로디를 연주한다. 그리고 마침내 산림관리관 하인부흐가 무대로 올라가 짤막한 애국적 연설로 무도회의 공식적 시작을 알린다. 사람들이 술잔을 치켜들고, 팡파르가 울리고, 가면들이 서로 진지한 눈빛을 교환하고, 다시 팡파르가 울린다. 여관 주인이 튤립 모양의 함석 깔때기가 달린 작은 상자를 들고 들어온다. 새 그라모폰(1887년에 에밀 베를리너가 만든 레코드플레이어)이다. 가만히 놔둬도 그럴듯한 음악이 술술 흘러나오는 기계다. 우리는 너무 놀라서 입을 다물지 못한다. 여자와 남자 들이 뽈로네즈(느린 폴란드 춤곡) 대열을 만든다. 구두장이 질버베르크가 막대기로 지휘하면서 앞장서는데, 연미복에다 검은 넥타이를 매고, 넥타이핀을 꽂고, 번쩍거리는 구두까지 신어 거의 알아보기 힘들 정도다. 짝지은 사람들이 그의 뒤를 따라가며 갖가지 희한한 모양으로 빙글빙글 돈다. 별들이 듬뿍 흩뿌려진 짙은 색 옷을 입은 알리네 펠트한이 단연코 가장 빼어난 미모를 자랑하는 밤의 여왕(모차르트의 「마술피리」에 등장하는 악한 여자 마술사)이다. 창기병 복장을 한 지크프리트 프라이가 그녀와 팔짱을 끼고 있다. 알리네와 지크프리트는 나중에 결혼하여 아이도 둘 낳지만, 유흥을 좋아한다고 알려져 있던 지크프리트는 어느날 갑자기 집을 떠나 종적을 감추고 만다. 알리네나 지크프리트의 아버지 뢥뿐만 아니라 그 어느 누구도 다시는 그의 소식을 듣지 못했다. 다만 카팅카 슈트라우스만이 지크프리트가 아르헨띠나나 빠나마로 이민 갔다고 주장할 뿐이었다.

우리가 학교에 다닌 지도 여러해 되었다. 반이 하나뿐인 그 학교에는 근처에 사는 유대인 아이들만 다니는데, 흔히 생각하는 유대인 학교와는 여러모로 다르다. 학교를 매우 엄하게 이끄는 잘로몬 바인 선생님은 능력이 아주 뛰어나서 기회 있을 때마다 학부모들의 칭찬을 듣는데, 자기야말로 국가의 충복이라고 생각하는 사람이다. 그는 부인과 아직 미혼인 여동생 레기네와 함께 학교 안에서 산다. 우리가 아침 일찍 학교 마당으로 들어서면, 벌써 문 앞에 나와 서 있던 그가 얼른, 얼른, 하고 외치고 박수치며 우리들을 몰아댄다. 교실에 도착한 우리는 「아침을 여는 주님」이라는 기도문을 외고 나서 바인 선생님의 감독하에 연필을 깎고 펜을 청소한다. 내가 지독하게 싫어하는 이 일이 끝나면 시간표에 따라 여러가지 공부를 시작한다. 습자법을 익혀야 하는 학생도 있고, 산수 연습을 하거나 작문을 하거나 향토사 노트에 그림을 그려넣어야 하는 학생도 있다. 몇몇 학생은 시청각교육을 받는다. 선생님은 벽장 뒤에서 두루마리를 꺼내 칠판에 걸어 펼친다. 온통 눈으로 덮인 풍경 한가운데에 새까만 까마귀 한마리가 앉아 있는 그림이다. 나는 첫째 시간에는 늘 느릿느릿하다. 바깥이 아직 어두컴컴한 겨울의 첫째 시간에는 더 그렇다. 나는 푸르스름한 창밖을 내다본다. 학교 마당 건너편에 있는 밀가루가게의 주인 슈테른의 딸이 그녀의 작은 방에 있는 자그마한 작업대 앞에 앉아 있다. 농아인 그녀는 철사와 주름종이, 비단종이를 가지고 조화를 만든다. 날이 가고 해가 가도 그녀는 변함없이 거기에 앉아 꽃을 만들고 또 만든다. 자연사 시간에 우리는 진짜 꽃들에 대해 배운다. 현호색과 백합, 서양메꽃, 꽃황새냉이 같은 꽃들이 탐구대상이다. 불개미나 고래 같은 동물들도 다룬다. 인부들이 마을길에 포석을 새로 까는 작업을 시작하자, 선생님은 포겔스베르크(독일 헤센주에 있는 사화산)가 불꽃을 뿜어대는 화산이었을 때의 모습을 색분필로 칠판에 그려놓고, 현무암 암석들이 어떻게 생겨나는지 설명해준다. 선생님의 자연물 진열장에는 각양각색의 돌들이 수집되어 있다. 운모편암, 장미석영, 수정, 자수정, 황옥, 전기석 등의 광물들이 깔끔하게 정리되어 있다. 우리는 이런 광물들이 자라나는 데 걸리는 시간을 긴 줄로 표시한다. 우리 삶의 길이가 그 줄 위에서는 보일 듯 말 듯한 점에 지나지 않을 것이다. 수업시간은 고요한 바다처럼 한없이 계속될 것 같다. 거의 매일 땔 감을 가져오는 벌을 받는 모제스 리온이 목재창고에 가서 광 주리에 땔감을 가득 담아 돌아올 때까지 걸리는 시간만 해도 터무니없이 긴 것 같다. 하지만 우리가 미처 알아차리기도 전 에 벌써 하누카(유다 마카베오가 예루살렘의 성전을 재봉헌한 것을 기 념하는 유대인 축제로서 12월에 여드레간 지속된다)가 코앞에 닥치고, 바인 선생님의 생일도 다가온다. 생일 전날, 우리는 교실 벽 을 전나무가지와 노랗고 파란 깃발들로 몰래 장식한다. 붉은 벨벳으로 만든 이불을 선물해드린 해도 있고, 구리로 만든 보 온병을 선물해드린 해도 있다. 생일날 아침에 우리는 저마다 가장 좋은 옷을 입고 일찍부터 교실 안에 모인다. 이윽고 선 생님이 들어오고, 그 뒤로 그의 부인과 키가 작은 레기네 양 이 뒤따라온다. 우리는 모두 일어나 외친다. 안녕하세요, 선 생님! 안녕하세요, 부인! 안녕하세요, 레기네! 선생님은 우리 가 준비한 것을 미리 알고 있었지만, 우리의 선물과 교실 장 식을 보고 짐짓 깜짝 놀란 표정을 짓는다. 그는 고개를 흔들 면서 손으로 이마를 짚고 무슨 말을 해야 할지 모르겠다는 시늉을 하더니, 감동한 모습으로 책상들 사이로 걸어들어와 학생들 한 사람 한 사람에게 과장스럽게 감사의 마음을 표시 한다. 오늘은 수업을 하지 않고 옛날이야기와 옛 독일전설을 읽는다. 수수께끼 경연도 펼치는데, 예컨대 마음껏 주고 마음 껏 받는 세가지 것은 무엇인가 하는 질문이 던져진다. 아무 도 답을 몰라 가만히 있으면, 바인 선생님이 의미심장하게 말한다. 땅과 바다와 제국이란다. 우리는 집으로 돌아가기 전에 촛농으로 문지방에 단단히 붙여놓은 하누카 등불 위를 뛰어 넘는다. 이것이 그날 하루의 일들 중에 가장 멋진 일이다. 겨울은 무척이나 오래 지속된다. 집에서 아버지는 우리와 함께 체조연습을 한다. 거위들이 판자로 만든 우리에서 사라진다. 잠시 후 거위들 중 일부는 끓는 지방 세례를 받기도 한다. 마을의 몇몇 여자들이 깃털을 뽑으러 온다. 여자들은 작은 방에 모여앉아 저마다 한무더기의 깃털을 쌓으면서 밤을 새운다. 하지만 다음 날 아침 우리가 일어나 방으로 올라가보면, 마치 아무 일도 없었던 것처럼 방은 깨끗이 치워져 있다. 초봄이 되면 유월절 준비를 위해 청소를 한다. 학교에서 해야 하는 청소가 가장 고역이다. 바인 선생님 부인과 레기네 양은 적어도 일주일 동안은 잠시도 쉬지 않고 일한다. 매트리스들을 마당으로 내어놓고, 침대들은 발코니 위에 걸쳐놓는다. 바닥에 새로 왁스칠을 하고, 식기들도 모두 삶는다. 우리 아이들은 교실을 깨끗이 쓸고 창의 덧문들을 비눗물로 닦아야 한다. 집에서도 방 청소를 하고 상자 속 잡동사니들을 정리한다. 어디나 온통 난리법석이다. 유월절 전날 밤이 되어야 어머니는 며칠 만에 잠시 쉴 수 있게 된다. 그사이에 아버지는 거위깃털을 들고 집 안을 돌아다니면서 조그마한 빵조각이라도 떨어져 있지 않은지 구석구석 살핀다.

다시 가을이 되고, 레오는 이제 슈타이나흐에서 걸어서 두 시간 거리에 있는 뮌너슈타트의 김나지움에 다닌다. 모자 제조공 린트부름의 집에 있는 방을 세내어, 거기서 기거한다. 어머니는 일주일에 두번씩 음식을 싸서 레오에게 보낸다. 심부름하는 여자는 여섯개의 냄비를 한줄로 쌓아 지게에 지고 간다. 린트부름의 딸은 냄비째 데워주기만 하면 되는 것이다. 나는 이제 혼자 학교에 가야 한다는 사실이 너무 서글퍼서 병이 나고 만다. 적어도 이틀에 한번씩은 열이 나고, 심각한 혼수상태에 빠지기도 한다. 홈부르거 박사는 딱총나무즙을 마시고 차가운 수건으로 몸을 식히라고 처방한다. 노란 방의 소파가 내 침대로 정해지고, 나는 거의 삼주일 동안 그 침대에 누워 지낸다. 꼭지가 떨어진 피라미드 모양으로 세면대의 대리석판 위에 쌓여 있는 비누의 개수를 세고 또 센다. 셀 때마다 다른 수가 나온다. 벽지에 그려진 작고 노란 용은 꿈속까지 쳐들어와 나를 괴롭힌다. 나는 잠을 깊이 자지 못하고 뒤척인다. 잠에서 깨어나면 타일로 두른 벽난로의 차가운 칸막이 홈통 속에, 그리고 상자들 위에 절인 음식이 든 유리병들이 놓여 있는 것이 보인다. 나는 유리병에 어떤 의미를 부여해보려고 궁리해보지만, 허사다. 어머니는 그것들은 아무 의미도 없다고, 그저 버찌, 자두, 배일 뿐이라고 말한다. 어머니는 바깥에 벌써 제비들이 몰려들고 있다는 소식을 전해준다. 밤이 되면 한창 잠을 자던 중에 무수한 철새들이 지붕 위로 무리지어 날아가는 소리를 듣는다. 마침내 몸이 좀 나아가던 어느 화창한 금요일 오후, 어머니는 창문을 활짝 연다. 창문의 돌림띠 너머 드넓게 뻗어 있는 잘레 골짜기와 흰으로 가는 길이 여전히 소파 위에 누워 있는 내 눈앞에 펼쳐진다. 아버지가 그 길을 따라 무개마차를 끌고 키싱엔에서 돌아오는 모습도 보인다. 잠시 후 아버지는 모자도 벗지 않은 채 내가 있는 방으로 들어선다. 아버지는 대팻밥으로 엮은 상자를 내민다. 막대사탕들이 가득 들어 있는 그 상자에는 공작나비가 그려져 있다. 저녁에는 겨울식량으로 비축해둘 100킬로그램이 넘는 사과들이 옆방 바닥에 쏟아지고, 나는 사과향기를 맡으며 참으로 오랜만에 편안한 잠에 빠져든다. 다음 날 아침, 홈부르거 박사는 청진기로 내 숨소리를 듣더니 이제 내가 완전히 나았다고 진단한다. 하지만 구개월쯤 후에 여름방학이 시작될 때, 이번에는 레오가 폐렴에 걸린다. 어머니는 레오가 머물고 있는 린트부름네 실내공기가 나쁘고, 모자공장에서 피어오르는 납 연기가 병의 원인이라고 주장한다. 홈부르거 박사도 어머니의 생각에 동의한다. 박사는 우유와 쎌처 탄산수를 섞은 음료를 마실 것과 빈트하임숲의 전나무들 사이에서 오래 쉴 것을 권한다. 이제 아침마다 버터 바른 빵과 저지방치즈, 삶은 달걀이 광주리에 담긴다. 나는 녹색 병에 깔때기를 대고 레오가 마실 음료를 붓는다. 요흐스베르크에서 온 사촌언니 프리다도 우리와 함께 숲으로 간다. 일종의 보호자 역할을 맡은 것이다. 열여섯살이 된 아름다운 프리다의 뒤로 묶은 금발은 길고 풍성하다. 오후만 되면 산림관리관의 아들인 카를 하인부흐가 우연히 들른 것처럼 나타나 프리다와 함께 몇시간 동안 나무들 사이를 산책한다. 사촌누나를 누구보다도 경애하는 레오는 커다란 표석 위에 올라가 목을 길게 빼고 불쾌한 눈초리로 프리다와 카를의 낭만적인 산책을 추적한다. 내게 가장 흥미로운 것은 빈트하임숲에서 무수하게 발견되는, 검은 갑옷을 입은 사슴벌레다. 나는 사슴벌레가 구불구불한 선을 그으며 앞으로 나아가는 것을 끈덕지게 쳐다본다. 사슴벌레는 가끔 무엇에 놀랐는지 사지가 뻣뻣해지기도 한다. 그러고는 기절해버리는 것 같다. 사슴벌레가 그렇게 뻣뻣하게 굳어 있는 것을 보면 마치 세상의 심장이 멈추어버린 것만 같다. 나도 숨을 멈추고 가만히 있으면, 그제야 사슴벌레가 죽음에서 깨어나 다시 살아 움직이고, 시간도 다시 흐르기 시작한다. 시간. 그 시절이 언제였던가? 그때는 하루가 얼마나 길었던가! 자그맣고 푸르스름한 어치깃털 하나를 손에 쥐고 지친 모습으로 집으로 걸어가던 그 낯선 소녀는 누구였던가?

다른 곳에서 루이자의 기록은 이렇게 이어진다. 슈타이나흐에서 보냈던 어린시절을 돌이켜보면, 마치 그 시절이 끝없는 시간 속에 펼쳐졌던 것처럼 느껴질 때가 있다. 내가 지금 쓰고 있는 이 글 속에서도 여전히 그 시간이 지속되고 있는 것 같다. 하지만 실제로는 1905년 1월 우리집과 토지가 경매를 통해 팔리고 우리 가족이 기싱엔으로 이사하게 되었을 때, 그때 나의 유년시절은 끝났다. 나는 이 사실을 잘 알고 있다. 우리가 새로 이사한 집은 비브라가와 에어하르트가가 만

나는 모퉁이에 있는, 새로 지은 삼층집이었다. 아버지는 건축업자 키첼에게 무려 6만 6000금마르크(독일제국에서 1914년 이전에 통용되던 일반적 화폐단위)를 주고 이 집을 샀다. 다분히 즉흥적으로 이루어진 이 거래를 성사시키기 위해 아버지는 대부분의 금액을 프랑크푸르트 은행에서 담보를 조건으로 융자받아 지불했다. 어머니는 오랫동안 아버지가 융자를 받은 일을 나무랐다. 라차루스 란츠베르크의 말 장사는 몇년 동안 계속 번창해온 터였다. 라인란트와 브란덴부르크, 심지어 홀슈타인까지 말을 보내주어야 했고, 아무리 먼 곳에서라도 좋은 말만 있으면 사왔다. 손님들은 언제나 아주 만족해했다. 아버지는 특히 군납업자들과 거래를 튼 것을 기회 있을 때마다 자랑했는데, 아마도 그들과 거래가 잘되자 농업을 포기하고 외딴 마을 슈타이나흐를 떠나 중류층의 생활을 누릴 때가 되었다고 생각한 듯하다. 열여섯번째 생일을 코앞에 두고 있던 나는 키싱엔에서 완전히 새로운 세계를 경험하게 될 것이라고 기대했다. 어린시절을 보냈던 세상보다 더 아름다운 세상이 열릴 것이라고 생각했던 것이다. 어떤 면에서는 그런 기대가 충족되기도 했지만, 이제 와서 돌이켜보면 1921년 내가 결혼하기까지 지속되었던 키싱엔에서의 삶은 갈수록 옴짝달싹할 수 없이 조여드는 궤도의 시작점이었다고 할 수도 있다. 한번 그 궤도에 올라탄 이상, 내 삶이 지금 내가 처해 있는 상황으로 치닫는 것은 피할 수 없는 일이었다. 키싱엔에서 보냈던 시절을 떠올리기가 쉽지 않다. 서서히 나타나던 삶의 심각한 면들, 그뒤 줄을 잇던 크고 작은 실망스러운 일들이 나의 지각능력을 현저하게 떨어뜨려놓은 것 같기도 하다. 나는 많은 일들을 망각해버렸다. 키싱엔의 새집으로 이사하던 날조차 희미하고 단편적으로만 기억할 수 있을 뿐이다. 날씨는 몸이 덜덜 떨리도록 추웠고, 할 일은 끝이 보이지 않을 정도로 많았다. 내 손가락들은 얼어서 곱아 있었다. 방마다 설치되어 있는, 땔감통이 달린 아일랜드식 난로에 빼놓지 않고 불을 지폈지만, 며칠이 지나도록 집 안에서 냉기가 사라지지 않았다. 달리아는 이사를 견뎌내지 못하고 시들어버렸고, 고양이들도 어디론가 달아났다. 아버지는 고양이들을 찾으러 슈타이나흐까지 가보았지만, 어디에서도 보이지 않았다. 키싱엔 사람들은 곧 우리 집을 란츠베르크 빌라라고 부르기 시작했지만, 나는 새집에 끝내 적응하지 못했다. 메아리가 울리는 널찍한 계단실, 리놀륨이 깔린 현관, 빨래통 위에 전화기가 달려 있는 안쪽 복도, 수화기를 두 손으로 들어야 할 만큼 무겁던 전화기, 약간 어른거리면서 창백한 빛을 뿜어대는 유리등의 불빛, 상감 세공된 다리가 달린 짙은 색의 플랑드르 가구들 — 이 모든 것이 왠지 아주 불길하게만 느껴졌고, 내게 은밀하게 번져가는, 치유될 수 없는 상처를 입혔다. 때때로 나는 그런 상처를 또렷하게 느꼈다. 나뭇잎덩굴들이 그려져 있어 정자처럼 느껴지는 퇴창(退窓)의 천장에는 가스에 연결된 안식일용 놋쇠 등불이 달려 있었다. 내 기억이 정확하다면, 내가 거기에 앉아본 것은 딱 한번뿐이었다. 거기 앉아 흡

연자용 탁자의 아래칸에 놓여 있던, 푸른 벨벳으로 표지를 덮어씌운 그림엽서첩을 몇쪽 넘겨본 것이 전부였다. 그때, 내가 마치 우리집에 잠시 머물다 가는 여행객인 것 같다는 느낌이 들었던 기억이 난다. 아침이나 저녁에 내 다락방 창가에 서서 휴양공원의 꽃밭 너머로 솟아 있는 푸른 언덕들을 바라보고 있노라면, 내가 우리집 하녀라는 기분이 들기도 했다. 첫해 초여름부터 우리는 집 안의 여러 방을 세주었다. 집안 관리를 도맡아하던 어머니는 내게 가사를 가르쳤다. 어머니는 엄격했다. 오전 6시, 나는 깨어나자마자 마당으로 가서 하얀 닭들이 잘 있는지 살펴보고, 곡식을 한줌 뿌려주고, 달걀들을 모아 집 안으로 들어온다. 그리고 아침식사 준비를 하고, 방 청소를 하고, 채소들을 씻고, 요리를 한다. 오후에는 영국여자인 이그너시아 부인이 지도하는 속기법과 부기법 수업이 있다. 부인은 내게 큰 기대를 걸고 있다. 시간이 남으면 온천 방문객들의 아이들과 함께 여러 시설을 둘러보며 산책을 하기도 한다. 목재상 바인트라웁 씨의 뚱뚱한 아들도 끼어 있는데, 바인트라웁 씨는 매년 시베리아의 뻬름(러시아 뻬름주의 주도)에서 여기까지 찾아온다. 러시아에서는 유대인들이 휴양온천에 입장할 수 없기 때문에 이리로 온다는 것이 바인트라웁 씨의 설명이다. 대략 오후 4시쯤이면 나는 바느질감이나 뜨개질감을 들고 뜰에 있는 스위스식 오두막에 가서 일을 하고, 저녁이 되면 우물에서 물을 길어 채마밭에 뿌린다. 아버지가 비싸다고 야단하기 때문에 수돗물은 쓰지 않는다. 저녁에 열리는 음악회에는 레오가 김나지움에서 돌아와 집에 있을 때에만 갈 수 있다. 대개는 저녁식사 후에 레오의 친구 아르만트 비텔스바흐가 찾아와서 함께 나간다. 아르만트는 나중에 빠리로 가서 골동품상이 되었다. 나는 하얀 옷을 입고 레오와 아르만트 사이에 서서 공원을 걸어간다. 특별한 날에는 휴양지의 곳곳에 조명이 밝혀진다. 온갖 색깔의 초롱들로 환해진 거리는 마술 같은 빛으로 물든다. 레겐텐바우(1911~13년에 축제와 문화의 공간으로 건축된 건물로서, 지금도 많은 음악회가 열린다) 앞에서는 분수에서 솟아오르는 물방울들이 은빛과 금빛으로 번갈아가며 빛난다. 하지만 밤 10시가 되면 마술의 세계는 끝나고 우리는 집으로 돌아가야 한다. 아르만트는 옆에서 내 손을 붙잡고 한동안 우리집으로 함께 걸어간다. 내 생일을 축하해주기 위해 아르만트와 레오가 나와 함께 소풍을 갔던 기억도 난다. 우리는 새벽 5시에 출발하여 우선 클라우젠호프 쪽으로 가다가 너도밤나무숲을 향해 방향을 튼다. 숲속에서 커다란 은방울꽃들을 꺾으면서 놀다가 다시 키싱엔으로 돌아온 우리는 비텔스바흐 가족의 초대로 그 집에서 아침식사를 한다. 밤에 핼리혜성을 보았던 것도 이즈음이었고, 이른 오후에 개기일식이 일어난 날도 있었다. 우리는 거무스름한 유리조각을 들고 발코니에 서 있었다. 달의 그림자가 차츰 해를 가리자 발코니에 있던 덩굴장미의 잎들이 시드는 것처럼 보였고, 새들은 쫓기듯 겁먹은 모습으로 어지러이 날아다녔다. 무서운 장면이었다. 그다음 날 라우라 만델이 처음으로

아버지와 함께 뜨리에스떼에서 우리집으로 왔던 것도 기억
난다. 만델 씨는 거의 여든이 다 된 노인이었지만, 라우라는
우리와 비슷한 또래였다. 두 사람은 내게 더할 수 없이 깊은
인상을 남겼다. 최고급 아마포 양복을 입고 챙이 넓은 밀짚모
자를 쓰고 다니던 만델 씨의 모습은 너무나 우아했다. 라우라
는 언제나 아버지를 조르조라고 불렀다. 그녀의 반점이 있는
이마와 때로 우수가 서려 있는 아름다운 눈에서는 놀라운 대
범함이 느껴졌다. 만델 씨는 해가 있을 때는 언제나 우리 정
원의 백양나무 옆이나 루이트폴트 공원의 벤치, 혹은 **비텔스
바허** 여관의 테라스처럼 반쯤 그늘진 곳에 앉아 있었다. 그런
곳에 앉아 신문을 읽거나 때때로 메모를 하기도 했지만, 그냥
가만히 생각에 잠겨 있는 때도 많았다. 라우라의 말에 따르면
만델 씨는 오래전부터 어떤 일도 일어나지 않는 제국을 건설
하는 계획에 몰두하고 있었다. 그가 사업이라든가 발전, 사건
이나 변화 같은 것들을 극히 싫어하기 때문이라는 것이었다.
그에 반해 라우라는 혁명을 원했다. 빈 오페레타 극단이 와서
프란츠 요제프 황제의 탄신일을 축하하는 공연을 하던 날, 나
는 라우라와 함께 키싱엔 극장에 갔다. 그날 공연되었던 작품
이 「집시남작」(오스트리아의 작곡가 요한 슈트라우스의 오페레타)이
었는지, 아니면 「땜상이」(헝가리 출신의 작곡가 프란츠 레하르의 오
페레타)였는지 헷갈린다. 공연이 시작되기 선에 오케스트라가
오스트리아 국가를 연주했다. 관객들이 모두 일어났지만, 라
우라만 보란 듯이 자리에 앉아 있었다. 뜨리에스떼 출신의 여

자로서 오스트리아인을 좋아하지 않는다는 것이 이유였다. 그것은 내가 난생처음 들어보는 정치적인 생각이었다. 지난 몇년간, 나는 라우라가 다시 내 곁에 와서 나와 함께 의논해줄 수 있기를 얼마나 바랐던가. 그녀는 그뒤 몇해 동안 여름만 되면 우리집에 와서 몇달 동안 머물곤 했는데, 마지막으로 왔던 것이 우리 둘 모두 스물한살이 되던 해였다. 5월 17일이 내 생일이었고, 그녀의 생일은 7월 7일이었다. 우리는 그해의 아주 멋진 시즌을 함께 보냈다. 그녀의 생일이 생생하게 기억난다. 우리는 소형 증기선을 타고 제염소까지 가서 소금기 섞인 시원한 바람을 맞으며 산책했다. 용수(湧水)가 끝없이 흘러내리는 나무구조물을 쓰다듬으며 바람이 지나간다. 나는 녹색 띠가 달린, 검게 칠한 새 밀짚모자를 쓰고 있다. 이제 대학생이 된 레오가 고대언어를 공부하고 있는 뷔르츠부르크의 타우버 강가에 갔을 때 거기서 산 모자다. 청명한 햇빛을 받으며 그렇게 길을 걷고 있는데, 갑자기 거대한 그림자가 우리를 덮친다. 제염소에서 산책하고 있던 다른 휴양객들과 함께 하늘을 올려다보니, 거대한 체펠린비행선(독일의 체펠린 백작이 건조한 비행선으로서 경금속 선체를 천으로 둘러싸는 구조이다)이 소리도 없이 나무 우듬지들 바로 위에서 푸른 하늘을 가르며 지나가고 있다. 사람들이 모두 놀라는 사이 가까이에 있던 한 젊은 남자가 이런 분위기를 기회로 삼아 우리에게 말을 붙인다. 나중에 그가 실토한 바에 따르면, 그는 우리에게 말을 붙이기까지 평소라면 상상할 수도 없었던 용기를 짜내야 했다고 한다. 그는 이름이 프리츠 발트호프라고 자신을 소개하면서, 휴양지 오케스트라에서 호른을 연주하고 있다고 말한다. 그리고 오케스트라의 단원들은 대부분 빈 콘서트단의 단원들인데, 여름휴가 동안 키싱엔에 와서 연주한다고 덧붙였다. 나는 처음 본 순간부터 프리츠를 좋아하게 되었다. 그날 오후 그는 우리를 집까지 바래다주었고, 그다음주에는 함께 소풍도 갔다. 그날도 참으로 멋진 여름날이었다. 나와 프리츠가 앞서서 걸어가고, 프리츠를 별로 탐탁지 않게 생각하는 라우라는 함부르크에서 온 비올라 연주자인 한젠과 함께 우리 뒤를 따른다. 물론 나는 그날 우리가 무슨 이야기를 했는지 전혀 기억하지 못한다. 하지만 우리가 걸었던 길 양쪽의 들판에 꽃들이 무성하게 피어 있던 것, 그리고 내가 행복했다는 것은 기억하고 있다. 신기하게도 보덴라우베 방향이라고 적힌 팻말이 서 있는 행정구역 경계선 근처에서 아주 귀한 신분으로 보이는 두명의 러시아인을 지나쳤던 것까지 기억난다. 한 사람은 아주 위엄있는 모습의 신사였고, 다른 한 사람은 열살쯤 되어 보이는 소년이었다. 신사가 소년에게 무언가 진지하게 말했지만, 소년은 나비 잡는 일에 너무나 열중한 나머지 자꾸 뒤처져 신사를 기다리게 했다. 신사의 경고도 소용이 없었던지, 우리가 이따금 뒤돌아보면 소년은 여전히 나비채를 들고 멀찌감치 떨어져 들판을 뛰어다니고 있었다. 나중에 한젠이 주장한 바에 따르면 그 기품있는 러시아 신사는 키싱엔에서 휴양하고 있는, 러시아 초대 의회의 의장인 무롬체프였다.

그 여름이 지나고 몇년 동안 나는 여느 때와 다름없이 집안일을 하고 아버지의 말 장사에 수반되는 장부정리와 서신 작업을 도우면서 해마다 제비와 함께 빈에서 키싱엔으로 돌아오는 호른 연주자를 기다리며 살았다. 우리는 편지를 자주 주고받기는 했지만, 떨어져 있는 시간이 거의 아홉달에 가까웠기 때문에 다시 만날 때마다 언제나 좀 어색했다. 프리츠도 나와 마찬가지로 수줍음이 많은 사람이어서 그가 내게 청혼하기까지는 오랜 시간이 흘러야 했다. 1913년 시즌이 끝나기 직전, 청명한 아름다움으로 산들거리는 9월의 오후였다. 우리는 제염소의 용수시설 안에 앉아 있었다. 내가 숟가락으로 자기사발에 담은 산유(酸乳)와 월귤을 퍼먹고 있는데, 프리츠가 조심스럽게 우리의 첫 소풍을 떠올리면서 지난 이야기들을 늘어놓더니 갑자기 말을 멈추고 자신의 아내가 되어주겠느냐고 단도직입적으로 물었다. 나는 무슨 말을 해야 할지 알 수 없어서 고개만 끄덕였다. 눈앞의 온 세상이 어슴푸레하게 희미해지는 것 같더니 오래전에 잊은 줄 알았던 러시아 소년의 모습이 또렷하게 보였다. 그 여름날, 나비채를 들고 들판을 뛰어다니던 그 소년이 행운의 사신처럼 내 눈앞에 나타나 마침내 맞이한 나의 해방을 기념하기 위해 수집통에서 가장 멋진 멋쟁이류의 나비와 공작나비, 멧노랑나비, 쥐똥나무나비를 꺼내 하늘로 날려보내는 것이 보이는 듯했다. 하지만 아버지가 선뜻 허락하지 않았기 때문에 우리는 곧장 약혼하지는 못했다. 아버지는 호른 연주자의 미래가 불확실할 뿐 아니라, 내가 결혼으로 유대인 가문에서 벗어나게 되리라는 점도 받아들이기 힘들어했다. 나도 아버지에게 여러번 간청했지만, 결국 아버지가 마음을 돌렸던 것은 혈통을 별로 중시하지 않는 어머니가 끈기있고 능숙하게 아버지를 설득한 덕분이었다. 다음해 5월, 나와 레오가 스물다섯번째 생일을 맞던 날, 우리는 가까운 친지들만 초대하고 약혼식을 올렸다. 하지만 그 몇달 후, 오스트리아의 군악대에 소집되어 렘베르크에 배치되었던 프리츠는 수비대의 고위 장교들 앞에서 베버의 「마탄의 사수」 서곡을 연주하던 중에 뇌졸중이 일어나 그 자리에 쓰러져 꼼짝도 하지 않았다. 그가 죽고 나서 여러날이 지난 뒤에야 빈으로부터 비보를 담은 전보가 날아들었다. 전보 속의 단어들과 문자들은 몇주가 흐르도록 온갖 조합을 이루면서 내 눈앞에서 어른거렸다. 지금도 여전히 잊을 수 없는 그 사람이 죽고 나서 내가 어떻게 살 수 있었는지, 프리츠의 죽음이 남겨놓은 그 끔찍한 이별의 고통을, 밤낮을 가리지 않고 나를 찢어발기던 그 고통을 내가 어떻게 이겨냈는지, 정말 이겨내기는 했는지 나는 아직도 모르겠다. 어쨌든 그뒤 전쟁 기간 내내 나는 키싱엔의 코질로프스키 박사 곁에서 간호사로 일하게 되었다. 키싱엔의 모든 휴양시설과 요양소는 부상자와 회복기의 환자로 넘쳐났다. 환자들이 새로 들어올 때마다, 모습이나 태도가 어딘가 프리츠와 비슷한 데가 있는 환자를 볼 때나 나는 매번 내게 닥쳤던 불행을 떠올리며 전율했다. 중상자들도 일부 섞여 있었던 그 젊은이들을 내가 그토록 열심히 돌보았던 것도 아마 그 때문이었을 것이다. 그들의 생명을 구해내면 나의 호른 연주자의 죽음도 되돌릴 수 있을 것 같았다. 1917년 5월의 어느날, 심하게 부상을 입은 포병들이 실려왔는데, 그들 중에 눈을 붕대로 감은 소위 한명이 있었다. 나는 근무시간 후에도 오랫동안 프리드리히 프로만이라는 이름의 그 소위 곁에 앉아 기적이 일어나기를 기다렸다. 몇달 후에 그는 화상을 입었던 눈을 뜰 수 있게 되었다. 내가 예감했던 대로 그의 눈은 프리츠와 똑같이 초록빛이 감도는 회색이었지만, 시력을 잃은 그의 눈에는 생기가 없었다. 얼마 후 나는 프리드리히의 요청을 받아들여 그와 함께 체스를 두기 시작했다. 우리는 한수 한수 둘 때마다 말의 위치를 상대방에게 말로 알려주었다. 예컨대 비숍(주교 모자 모양의 말로서 사선 방향으로 움직인다)을 d6으로, 룩(한국 장기의 차에 해당하는 말)을 f4로,라고 말하는 것이다. 놀라운 기억력을 발휘하기 시작한 프리드리히는 오래지 않아 아주 복잡한 경기상황까지 머릿속에 그릴 수 있게 되었다. 가끔씩 기억력이 도무지 도움이 되지 않을 때에는 손끝으로 말들을 만지기도 했다. 그의 손가락들이 말들 위로 움직이는 것을 볼 때마다 나는 내 호른 연주자의 손가락이 악기의 밸브들 위로 움직이던 모습을 떠올릴 수밖에 없었다. 새해를 며칠 앞두고 프리드리히는 정체불명의 전염병에 감염되었고 그로부터 이주 후에 죽고 말았다. 나도 그 병에 걸렸다. 사람들이 나중에 전해준 바에 따르면, 나 역시 거의 죽기 직전까지 갔다고 한다. 찰랑거리던 머리카락이 모두 빠졌고, 몸무게도 4분의 1이 넘게 빠졌으며, 호전되었다가 악화되기를 반복하는 심각한 착란상태에서 오랫동안 벗어나지 못했다. 그런 착란상태에서 줄곧 내 눈앞에 어른거리던 것은 프리츠와 프리드리히의 모습이었고 그들로부터 떨어져 혼자 있는 나의 모습이었다. 내가 사람들의 예상을 벗어나 죽음을 모면하고 다음해 초에 다시 건강을 회복할 수 있었던 것이 어떤 고마운 이유 때문이었는지는 모르겠다. 고맙다는 표현이 여기서 적절한지는 의심스럽지만 말이다. 사람이 목숨을 부지해가는 것 자체가 내게는 수수께끼다. 전쟁이 끝나기도 전에 나는 루트비히 십자훈장을 받았다. 그들은 나의 희생적인 활동을 치하하기 위해 훈장을 수여한다고 했다. 그리고 어느날, 정말로 전쟁이 끝났다. 군인들은 고향으로 돌아갔다. 뮌헨에서는 혁명이 일어났고, 의용군 병사들이 밤베르크로 몰려들었다. 안톤 아르코 팔라이가 아이스너(1918년 혁명 이후 선포된 뮌헨 쏘비에뜨공화국의 수상)를 암살했다. 뮌헨공화국은 붕괴되었고, 즉결심판권이 선포되었다. 란다우어(독일의 사회주의자로서 뮌헨공화국에서 국민계몽부 장관이 되었다)는 린치를 당해 죽었고, 아직 청년이었던 에겔호퍼(독일공산당 당원이었으며 뮌헨공화국의 적군 지도자)와 레비네(독일공산당 당원이었던 혁명가로서 제2뮌헨공화국의 지도자)는 총살당했다. 톨러(독일 표현주의 작가이자 혁명가로서 뮌헨공화국의 적군 창설에 가담했다)도 요새에 간혔다. 마침내 일상적인 생활이 다시 시작되고 아버지의 장사도 어느정도 정상적인 궤도를 회복했을 때, 부모님은 내 생각을 딴 데로 돌려볼 요량으로 내 남편이 될 사람을 찾아나서기 시작했다. 얼마 후, 뷔르츠부르크에서 활동하던 유대인 중매쟁이 브리자허가 지금의 남편인 프리츠 페르버를 집으로 데리고 왔다. 그는 뮌헨에서 가축거래를 하는 집안에서 태어났지만, 가업을 물려받는 대신 중산층의 예술시장에 뛰어들어 자리잡아볼 생각을 하고 있었다. 내가 프리츠페르버와 약혼하는 데 동의했던 것은 오로지 그의 이름 때문이었다. 물론 그뒤로 세월이 흐를수록 그를 더욱더 존경하고 사랑하게 되었지만 말이다. 호른 연주자와 마찬가지로 프리츠 페르버도 도시를 벗어나 오랫동안 산책하기를 좋아했고,

좀 수줍어하면서도 구김살 없는 성격을 지니고 있었다. 1921년에 결혼식을 올린 뒤, 우리는 곧장 알고이로 여행을 떠났다. 프리츠는 나를 데리고 이펜산과 힘멜스슈로펜산, 호에리히트산을 올랐다. 우리는 산 위에서 오스트라흐 계곡과 일러 계곡, 발저 계곡을 내려다보았다. 마을들이 평화롭고 고즈넉하게 흩어져 있는 것을 보노라면 이 세상에 나쁜 일이란 한 번도 일어난 적이 없는 것 같았다. 한번은 칸첼반트산 위에서 아래쪽에 소나기가 퍼붓는 광경을 보게 되었는데, 구름들이 지나가고 난 뒤에는 푸른 초원이 햇빛을 받아 반짝거렸고 숲이 거대한 세탁소처럼 증기를 뿜어대었다. 그 순간, 나는 이제부터 내가 프리츠 페르버에게 속하는 사람이 되었으며, 뮌헨에 새로 개장한 유화 화랑에서 그와 함께 즐거이 일하게

될 것이라고 확신할 수 있었다. 우리는 알고이에서 돌아오자마자 슈테른바르트가에 있는 집에 입주했고, 지금까지 그 집에서 살고 있다. 화창한 가을날이 지나가자 매서운 추위와 함

께 겨울이 찾아왔다. 눈이 많이 오지는 않았지만, 몇주 동안 영국정원은 그전에는 한번도 볼 수 없었던 화려한 눈꽃축제장으로 변했다. 테레지엔비제(뮌헨 시내의 광장으로서 지금은 옥토버페스트와 농산물박람회가 열린다)에는 전쟁 발발 이래 처음으로 스케이트장이 다시 개장했다. 프리츠는 녹색 덧저고리를, 나는 벨벳을 덧씌운 재킷을 입고 스케이트장으로 갔다. 우리는 멋지고 큼직한 곡선들을 그리며 나아갔다. 그때를 생각하면 온 세상이 파란빛으로 가득했던 것 같다. 초저녁의 어스름 속에 텅 빈 공간이 뻗어 있고, 스케이트 타던 사람들이 남겨놓은 흔적들이 그 공간을 갈라놓는다.

올 초, 앞에 그 일부를 옮겨 적은 루이자 란츠베르크의 기록들을 페르버에게서 넘겨받은 뒤로 나는 이 기록들에 온 관심을 집중하게 되었다. 결국 나는 1991년 6월 말에 키싱엔을 거쳐 슈타이나흐에 가보기로 결심했다. 암스테르담과 쾰른, 프랑크푸르트를 거쳐가면서 몇번씩이나 기차를 갈아타야 했고, 아샤펜부르크와 게뮌덴에서는 갈아탈 기차를 기다리느라 한참 동안 역내식당에 앉아 있어야 했다. 갈아탈 때마다 차량 수가 적고 더 느린 기차로 바뀌더니 게뮌덴에서 키싱엔으로 가는 마지막 기차는 기관차 한량과 객차 한량뿐이었다. 그런 것도 기차라고 부를 수 있는지 모르겠다. 그때까지 나는 그런 기차가 있으리라고는 상상도 하지 못했다. 쉰살쯤 되어 보이는 뚱뚱한 남자가 주위에 빈자리가 많은데도 내 앞

자리에 쭈그리고 앉았다. 얼굴 여기저기에 붉은 반점들이 있고, 미간이 좁은 두 눈이 한쪽으로 약간 치우쳐 있는 남자였다. 그는 힘겹게 숨을 내쉬면서 입을 반쯤 벌린 채 음식 찌꺼기가 묻어 있는 보기 흉한 혓바닥을 쉴 새 없이 날름거렸다. 두 다리를 쩍 벌리고 앉아 있는 그의 배와 하복부는 짧은 여름바지 속에서 흉측하게 구겨져 있었다. 그 남자의 몸과 정신이 그렇게 추악해진 것이 정신병원에 오래 갇혀 지냈기 때문인지, 타고난 정신박약 때문인지, 그것도 아니면 그저 맥주를 너무 많이 마시고 밥을 너무 많이 먹어댄 탓인지 알 수 없었다. 다행히도 그 괴물이 게뮌덴 다음 역에서 내린 덕택에 내기분은 한결 홀가분해졌다. 이제 나 말고 객차에 앉아 있는 사람은 건너편 좌석에 앉아 커다란 사과를 먹고 있는 노파뿐이었는데, 그녀는 우리가 한시간 뒤 키싱엔에 도착할 때쯤에야 사과를 겨우 다 먹어치웠다. 기차는 강의 흐름을 따라 비젠 계곡(라인강의 지류인 비제강 주변의 계곡)을 관통해갔다. 언덕과 숲이 천천히 뒤로 물러났고, 석양이 땅 위에 내려앉고 있었다. 노파는 줄곧 주머니칼을 손에 쥐고 사과를 한조각씩 잘라내어 입속에 넣고 오물오물 씹어먹었고, 껍질은 무릎 위에 펼쳐놓은 휴지에다 뱉어내었다. 키싱엔 역 앞의 텅 빈 거리에 서 있는 택시는 딱 한대뿐이었다. 여자 택시기사에게 거리가 왜 이렇게 텅 비어 있냐고 물어보니, 휴양객들이 이 시간이면 모두 다 산에 올라가고 없다는 대답이었다. 그녀가 데려다준 호텔은 독일에서 무섭게 번져가고 있는 신제국양식으로 새

롭게 단장을 끝낸 참이었다. 과거의 어설픈 취향들은 연녹색
과 금박으로 꼼꼼하게 가려져 있었다. 역 앞 광장과 마찬가지
로 호텔 로비도 텅 비어 있었다. 웨이트리스처럼 보이는 접수
담당 여직원은 마치 내가 무단침입자라도 되는 양 나를 훑어
보았다. 유령 같은 노부부와 함께 엘리베이터를 탔는데, 그들
은 노골적이고 적대적인 눈초리로 나를 뚫어지게 쳐다보았
다. 나를 보고 거의 경악하기라도 한 것 같았다. 여자는 갈고
리 발톱처럼 보이는 손으로 작은 접시를 들고 있었는데, 몇조
각의 햄이 접시 위에 얹혀 있었다. 나는 그들이 방에 있는 개
에게 먹이려고 햄을 가져가는 거라 생각했는데, 다음 날 아침
에도 그 여자는 뷔페에서 나무딸기 요구르트 두 컵과 냅킨으
로 싼 무엇인가를 들고 나갔다. 개가 아니라 자신들의 먹을거
리를 챙겨가는 것이 분명했다.

　키싱엔에서의 첫날, 나는 휴양시설들을 둘러보는 것으로
하루를 시작했다. 오리들은 아직 잔디밭에서 자고 있었고, 포
플러나무의 하얀 솜털이 바람에 흩날렸다. 군데군데 몇몇 휴
양객이 넋잃은 방랑자처럼 산책로를 떠돌고 있었다. 놀라울
만큼 천천히 아침 운동량을 채우고 있는 사람들은 모두 퇴직
자의 나이였다. 그들과 함께 있자니 배 속에 든 음식을 소화
하는 데에만 지대한 관심을 쏟고 있는 키싱엔의 늙은이들 사
이에서 여생을 보내야 할지도 모른다는 두려움이 엄습해왔
다. 나중에 까페에 들어가보니 거기도 온통 늙은이들뿐이었
다. 키싱엔의 『잘레 신문』을 펼쳐보니 달력란의 '오늘의 격

언' 코너에 요한 볼프강 폰 괴테의 말이 실려 있었다. '우리의 세계는 갈라진 틈이 생겨 더이상 울리지 않는 종이다.' 그날은 6월 25일이었다. 달이 상현이라는 것도 적혀 있었다. 또한 케른텐주 출신의 문필가 잉에보르크 바흐만의 생일이 오늘이고, 1950년에 사망한 영국 작가 조지 오웰의 생일도 오늘이라고 기록되어 있었다. 그밖에도 유명을 달리한 비행기 제작자 빌리 메서슈미트(1898~1978), 로켓 발명의 선구자 헤르만 오베르트(1894~1989), 동독의 작가 한스 마르히비차(1890~1965) 등의 생일도 오늘이라고 적혀 있었다. 부고란은 퇴직한 도축업 마이스터 미하엘 슐트하이스(80)의 죽음을 알리고 있었다. 많은 사람의 사랑을 받았던 그는 애연가 클럽 '푸른 구름'의 회원이었으며, 재향군인회와도 밀접한 관계를 유지했다. 여가시간은 대개 그의 충직한 셰퍼드 프린츠와 함께 보냈다. 이런 고지사항들이 보여주는 괴상한 역사의식에 대해 생각하면서 나는 시청으로 갔다. 다른 방으로 가보라는 소리를 귀따갑게 듣고, 이런 소도시의 행정기관 내부를 지배하는 영구평화의 현장을 여러번 목격한 끝에 나는 한구석에 있는 사무실에서 무서운 인상의 공무원과 대면하게 되었다. 그는 좀 어이없다는 표정으로 내 말을 듣더니 유대교 회당이 서 있던 자리와 유대인 묘지가 있는 곳을 가르쳐주었다. 그 이전의 교회를 허물고 새로 세운 이른바 신회당은 세기전환기에 옛 독일식으로 지어진 육중한 비잔틴 양식의 건물이었는데, 수정의 밤에 훼손된 뒤 몇주에 걸쳐 철거되고 말았

는 담장을 넘었다. 그런데 내 앞에 펼쳐진 광경은 우리가 일반적으로 묘지라는 말을 들으면 연상하게 되는 광경과는 전혀 달랐다. 그 묘지는 오랜 세월 방치되어 서서히 허물어지고 파괴되어가는 거대한 덤불에 지나지 않았다. 높게 자란 풀과 들꽃, 나무그늘 들이 산들거리는 바람에 흔들리고 있었다. 누군가 여기를 방문한 사람이 있었다는 것을 말해주는 것은 여

기저기 비석 위에 놓여 있는 돌들뿐이었다. 물론 언제 방문했
는지는 짐작도 할 수 없었지만 말이다. 묘비에 새겨진 글자들
을 모두 해독할 수는 없었지만, 그래도 읽을 수 있는 이름들
이 더러 있었다. 함부르거, 키싱어, 베르트하이머, 프리틀렌
더, 아른스베르크, 프랑크, 아우어바흐, 그룬발트, 로이트홀
트, 젤리히만, 헤르츠, 골트슈타움, 바움블라트, 블루멘탈 등
의 이름을 읽으면서 나는 독일인들이 유대인들을 고깝게 여
겼던 가장 큰 이유가 그들의 이름 때문이 아니었나 생각했다.
그들이 살던 곳의 땅과 언어와 그토록 잘 어울리던 멋진 이
름들 말이다. 그 이름들을 둘러보던 나는 한 묘비 앞에서 흠
칫 놀랐다. 그 묘의 주인인 마이어 슈테른이 세상을 떠난 날

이 내 생일과 같은 5월 18일이었던 것이다. 1912년 3월 28일
에 생을 마감한 프리데리케 할블라입의 묘비에는 깃펜이 상
징으로 새겨져 있었는데, 그것도 내게 영문을 알 수 없는 감
동을 주었다. 나는 홀로 책상 앞에 몸을 수그리고 숨 돌릴 틈

도 없이 작업하는 한 작가를 떠올렸다. 지금 글을 쓰고 있는 이 순간에는 마치 그녀를 여읜 것이 바로 나인 듯 느껴진다. 그녀가 죽은 지도 오래되었건만, 여전히 그녀를 잃은 아픔을 견뎌내지 못하는 사람이 바로 나인 것 같다. 점심시간 때까지 나는 유대인 공동묘지에 머물면서 줄지어선 묘비들 사이를 돌아다녔고, 묘비에 적힌 이름들을 하나하나 읽었다. 그러다 가 잠겨 있는 문에서 그리 멀지 않은 곳에서 비교적 잘 보존된 묘비를 하나 발견했는데, 거기에는 릴리와 라차루스 란츠베르크의 이름 밑에 프리츠와 루이자 페르버의 이름도 새겨져 있었다. 아마도 페르버의 삼촌인 레오가 세운 묘비였을 것이다. 비문에는 라차루스 란츠베르크가 1942년에 테레지엔슈타트에서 죽었으며, 프리츠와 루이자는 1941년 11월에 강제수송된 뒤에 소식이 끊겼다고 적혀 있었다. 자살로 생을 끝낸 릴리만 묻혀 있는 그 묘지 앞에서 나는 오랫동안 발을 뗄 수 없었다. 머릿속이 멍했지만 그곳을 떠나기 전에 관습대로 돌 하나를 묘비 위에 올려놓았다.

키싱엔과 지난날의 면모를 완전히 잃어버린 슈타이나흐에서 며칠 머무르는 동안, 나는 과거를 추적하는 동시에 늘 그렇듯 아주 힘겹게 진척되는 집필작업을 하느라 쉴 겨를이 없었다. 하지만 나를 에워싸고 있는 독일인들의 정신적 빈곤과 기억상실, 그리고 과거의 흔적을 철저히 지워버린 그들의 교묘함으로 인해 내 머리와 신경이 공격받고 있다는 사실을 점점 더 또렷하게 의식할 수 있었다. 그래서 나는 예정보다 일찍 여행을 끝내기로 했다. 조사작업을 통해 키싱엔의 유대인 역사에 대한 일반적인 지식은 많이 갖게 되었지만, 란츠베르크 가족의 역사에 대해서는 딱히 새로운 사실을 알아낼 수 없었던 만큼, 그렇게 결정하기가 더 쉬웠다. 다만 이야기를 끝내기 전에 휴양공원에 정박되어 있던 모터보트를 타고 제염소까지 갔던 일은 기록해두고자 한다. 내가 그곳을 떠나기

전날 오후 1시쯤, 그러니까 여행객들이 다이어트 음식을 먹거나 어둑한 음식점에서 아무도 몰래 포식을 즐기고 있던 시간에 나는 강변에 정박해 있는 배에 올라탔다. 그때까지 여자 기관사는 텅 빈 배 안에서 하염없이 손님을 기다리던 중이었다. 너그럽게도 사진 찍는 것을 허락해준 이 여자는 터키 출신이었고, 벌써 여러해 전부터 키싱엔의 선박회사에서 근무해온 터였다. 선장 모자를 그럴싸하게 쓰고 있던 그녀는 자신이 맡은 일에 대한 고마움을 표시한다는 뜻에서 멀리서 보면 해병 복장과 비슷해 보이는 푸른색과 흰색이 섞인 옷을 입고 있었다. 배가 출발하고서 얼마 지나지 않아 나는 그녀가 상당히 긴 배를 폭이 좁은 강에서 능숙하게 조종할 줄 알 뿐만 아니라 세상 돌아가는 일에 대해서도 상당한 식견을 가진 사

람이라는 것을 알게 되었다. 잘레강을 따라 배를 몰면서 그
녀는 터키어 억양이 섞여 있기는 하지만 아주 능란한 독일어
로 자신의 비판적 철학의 일단을 내비쳤다. 실로 인상적이었

던 그녀의 말들 가운데 백미를 이룬 것은 어리석음만큼 끝날 줄 모르고 위험천만한 것은 없다는 말이었다. 그녀는 여러번에 걸쳐 이 말을 반복했는데, 독일인들도 터키인들만큼이나 어리석을 뿐만 아니라 어쩌면 더 어리석은 것 같기도 하다고 했다. 디젤모터가 요란한 소리를 내고 있어서 그녀는 현란한 몸동작과 표정을 섞어가며 큰 소리로 말했다. 내가 동의한다는 뜻을 비치자 그녀는 좋아하는 기색이 역력했다. 그녀는 승객과 대화하기가 쉽지 않을뿐더러, 분별있는 대화를 나눈다는 것은 거의 기대하기 힘들다고 했다. 이십분쯤 뒤 배가 목적지에 도착했다. 우리는 헤어지기 전에 악수를 나누었는데, 적어도 내가 느끼기에는 서로에 대한 존경심이 묻어나는 악수였다. 제염소 건물은 내가 내린 곳에서 약간 상류의 옆쪽으로 비켜나 있는 초지 위에 서 있었다. 그때까지는 오래된 사진 한장으로만 보았던 제염소는 첫눈에 보기에도 엄청난 규모의 목조구조물이었다. 길이는 대략 200미터, 높이는 적어도 20미터는 됨직한 구조물이었는데, 유리 게시판 속에 걸린 안내문에 따르면 원래는 이보다 훨씬 규모가 컸다고 한다. 계단 옆에 부착된 경고판에는 지난해의 폭풍으로 인한 피해 때문에 시에서 구조물의 안전성을 점검하는 중이므로 제염소 건물 위로 올라가는 것이 금지되어 있다고 적혀 있었다. 하지만 주위에 나를 제지할 사람은 보이지 않았으므로 나는 건물 전체를 에워싸고 있는 대략 5미터 높이의 통로로 올라갔다. 거기서는 천장까지 쌓여 있는 가시나무가지 다발들을 아주

가까이에서 관찰할 수 있었다. 주물 양수펌프로 끌어올린 광천수가 맨 위에서 흘러내리고 있었다. 그렇게 흘러내린 물은

다져놓은 제염소 바닥 아래쪽에 있는 식염수 수로에 모였다. 이 구조물의 규모뿐만 아니라, 쉬지 않고 흘러내리는 물이 가시나무가지들을 거쳐가면서 이 가지들에 서서히 광물질을 남겨놓는 변화과정도 신기하고 놀라웠다. 나는 한참 동안 통로를 왔다 갔다 하면서 바람이 약간만 불어도 무수한 물방울을 흩뿌리는 소금바람을 들이마셨다. 통로 측면에는 발코니 모양으로 만들어놓은 돌출부가 있었고, 그 안에 벤치가 놓여 있었다. 나는 그날 오후 내내 벤치에 앉아 물의 연극을 보고들었다. 그리고 소금물이 농축되면서 실로 기묘한 석화와 결정의 형태들을 만들어내는, 그 오묘하고 오랜 과정에 대해 곰곰이 생각해보았다. 그렇게 만들어지는 형태들은 자연을 모방하면서 동시에 보존하고 있었다.

1990년에서 1991년 사이의 겨울 내내, 나는 대개 주말과 밤에만 허락되는 얼마 되지 않는 자유시간에 앞에 적어놓은 막스 페르버의 이야기를 집필하느라 여념이 없었다. 때로 몇시

간 혹은 며칠 동안 전혀 진척되지 않는가 하면, 심지어 심심
찮게 이전으로 되돌아가기도 해야 하는 매우 힘겨운 작업이
었다. 작업이 계속될수록 나는 점점 더 소심해졌고, 그럴수
록 작업을 전혀 진척하지 못하는, 일종의 마비상태에 빠져드
는 일이 잦아졌다. 내가 소심해져간 것은 어떤 방법을 동원하
더라도 묘사하는 대상을 적절하게 재현하지 못할 것 같은 무
력감 때문이기도 했지만, 글 쓰는 행위 자체에 회의를 느꼈기
때문이기도 했다. 나는 수백장의 종이를 연필과 볼펜으로 가
득 채웠다. 그렇게 쓴 글들 대부분은 줄을 북북 그어 지워버
리거나 쓰레기통에 던져버렸고, 알아볼 수 없을 만큼 많은 메
모들을 추가하기도 했다. 마침내 '최종' 원고로 건져낼 수 있
었던 것조차 쓸모없는 휴지조각처럼 느껴졌다. 그래서 페르
버에게 그의 생애를 정리해놓은 그 원고를 보내지 못하고 망
설이고 있었다. 그러던 중에 맨체스터에서 편지가 날아왔다.
페르버가 폐기종에 걸려 위싱턴 병원에 입원 중이라는 것이
었다. 원래 이 병원은 빅토리아시대에 부랑자와 실업자 들을
모아놓고 엄격한 통제하에 노동습관을 훈련하는 갱생원이었
다. 페르버는 스무대도 넘는 침대가 늘어서 있는 병실에 누
워 있었다. 사람들이 중얼거리는 소리, 불평하는 소리가 끊이
지 않았고, 더러 사람들이 죽어나가기도 하는 듯한 병실이었
다. 페르버는 거의 목소리를 상실한 상태여서 내가 하는 말에
가끔씩만 희미한 소리로 힘겹게 대답할 수 있을 뿐이었다. 마
치 마른 나뭇잎들이 바람에 굴러가면서 바스락대는 소리 같

았다. 하지만 그런 희미한 목소리를 통해 분명히 알 수 있던 것은, 그가 자신의 상태를 수치스럽게 생각하고 있으며, 어떤 식으로든 하루빨리 그런 상태를 끝내고 싶어한다는 사실이었다. 수시로 기력이 소진되어 맥을 놓곤 하는 창백한 잿빛의 환자 곁에서 나는 사십오분쯤 머물렀다. 이윽고 그에게 작별인사를 하고 병원을 나온 뒤에 나는 도시의 남쪽 거리들을 걸었다. 흄 지구의 인적없는 거리들이 끝없이 이어졌

다. 버턴 로드, 유트리 로드, 클레어몬트 로드, 어퍼로이드 스트리트, 노스로이드 스트리트 등, 1970년대 초에 새로 조성되었던 거리들이 이제는 속수무책으로 몰락하고 있었다. 하이어케임브리지가에서는 창고건물들을 지나치게 되었는데, 깨어진 창문들 안에서 여전히 환풍기가 돌아가고 있었다. 시내 고속도로 아래를 통과한 후 운하 다리를 건넜고, 다시 폐허가 된 건물 파편들이 널브러져 있는 구역을 지나갔다. 해가 서서히 기울기 시작할 즈음, 환상 속에서나 나올 법한 요새처럼 보이는 미들랜드 호텔의 전면이 내 앞에 나타났다. 페르버는

몇년 전부터 수입이 늘어나자 이 호텔의 스위트룸에서 생활해왔는데, 나도 그날밤 이 호텔에 방을 잡았다. 미들랜드 호텔은 19세기 말에 적갈색 벽돌과 유약을 칠한 초콜릿색의 타일로 지어올린 건물인데, 오랜 세월에도 불구하고 그을음이나 산성비에 훼손되지 않은 외양을 간직하고 있었다. 지하 삼층, 지상 육층에 이르는 건물에는 총 육백개가 넘는 객실이 있었고, 과거 한때는 호화로운 욕실로 전국에 이름을 날렸다. 샤워기 아래에 서면 마치 폭우를 맞는 듯한 기분이었고, 언제나 잘 닦여 있어 반들거리는 놋쇠관과 구리관들에서는 길이 3미

터, 폭 1미터의 욕조를 일분 안에 꽉 채울 수 있을 만큼 많은 물이 콸콸 쏟아졌다고 한다. 그밖에도 **미들랜드** 호텔은 야자 나무 정원으로 유명했고, 여러 책자에 기록되어 있듯이 실내 온도가 아주 높다는 것도 널리 알려진 사실이었다. 호텔 안에서 손님들과 직원들은 너나없이 모두 땀을 흘렸다. 언제나 축축하고 차가운 공기에 에워싸여 있는 이 북구의 도시 한가운데에서 갑자기 방적공장주와 직조공장주 들만 출입하는 열대의 낙원이, 말하자면 면사구름으로 가득한 극락정토가 열린 듯했다고 한다. 지금은 **미들랜드** 호텔도 몰락 직전의 상태다. 유리로 덮인 로비, 사교실, 계단실, 엘리베이터, 복도 등 어디에서도 다른 손님들이나 몽유병환자처럼 돌아다니는 객실 담당 여종업원들, 급사들을 만나기는 쉽지 않다. 전설적인 증기난방도 어쩌다가 작동될 뿐이고, 수도꼭지에서는 석회 섞인 물이 흘러나온다. 창문들도 두껍게 쌓인 먼지의 켜가 빗물로 얼룩져 지저분하다. 이미 상당부분 폐쇄된 **미들랜드** 호텔이 매각되어 **홀리데이 인** 호텔로 바뀌게 될 날도 멀지 않을 것이다.

오층 객실에 들어섰을 때, 나는 마치 폴란드의 어느 도시에 와 있는 듯한 기분이 들었다. 방 안의 구식 인테리어는 기이하게도 와인색 벨벳으로 덧씌운 낡고 해진 케이스를 연상시켰다. 보석함이나 바이올린 케이스 같은 것들의 내부 말이다. 나는 외투도 벗지 않은 채 유리로 둘러싼 퇴창처럼 생긴 창문 앞 안락의자에 몸을 맡기고 어두워져가는 창밖의 풍경을 바라보았다. 어스름과 함께 찾아온 빗줄기가 바람에 흩날리다가 소나기를 이루어 계곡 같은 거리로 쏟아져내렸다. 번들거리는 아스팔트 위에서 검은 택시와 이층버스 들이 한무리의 코끼리처럼 서로 앞뒤로, 혹은 옆으로 바짝 붙어서 천천히 움직이고 있었다. 저 아래쪽에서 내가 앉아 있는 창가로 소음이 계속 몰려왔지만, 이따금씩 제법 오랫동안 완전한 정적이 끼어들기도 했다. 그런 정적이 찾아올 때마다 내 귀에는 근처에 있는 프리트레이드 홀의 심포니오케스트라 연주자들이 예의 헛기침 소리와 바닥을 긁는 발소리들 사이에서 음을 맞추는 소리가 들려오는 듯했다. 물론 그런 일은 있을 수 없었지만 말이다. 1960년대에 항상 리스턴스 뮤직홀에 등장하여 「파르지팔」에 나오는 긴 악구를 독일어로 부르곤 하던 키 작은 오페라가수의 목소리가 멀리서, 아주 멀리서 들려오는 것 같기도 했다. 리스턴스 뮤직홀은 피커딜리 가든스에서 멀지 않은 시내 중심가에 있었다. 그 아래쪽에는 **와인 로지**라고 불리는 곳이 있었는데, 창녀들의 쉼터인 그곳에서는 커다란 술통에서 뽑은 오스트레일리아산 셰리주를 사서 마실 수 있었다. 대개 잔뜩 술에 취한 온갖 부류의 사람으로 이루어진 관객들이 끈적끈적하게 떠돌아다니고 흘러내리는 담배연기 속에 앉아 있던 리스턴스 **뮤직홀**에서는 누구나 마음 내키는 대로 무대에 올라가 제멋대로 선택한 노래를 부를 수 있었다. 노래가 정해지면 분홍색의 얇은 망사 치마를 입은 여자가 월리처 오르간(미국 월리처사에서 만든 오르간으로 주로 무성영화 반주에

사용되었다)으로 반주를 해주었다. 대개 사람들이 부르는 노래
는 그때그때 유행하는 대중적인 발라드나 감상적인 유행가
였다. 1966년에서 1967년 사이의 겨울에 가장 유행하던 노래
는 이렇게 시작되었다. 기차에서 내릴 때, 옛 고향은 변함없
는 모습이었지. 어머니와 아버지가 나를 반겨주셨어(The old
home town looks the same as I step down from the train. And there
to greet me are my Mama and Papa)(미국 가수 톰 존스가 1966년에 발
표한 「Green Green Grass of Home」의 첫 소절). 대개 사람들과 목소
리들이 어지러이 뒤섞이는 깊은 밤이 되면 지크프리트라고
불리는, 키가 150센티미터 될까 말까 한 헬덴테노어(주인공 역
할에 맞는 테너로서, 고음보다는 인상적이고 극적인 표현력을 특징으로 한
다)가, 적어도 일주일에 두번, 무대에 나타났다. 사십대 후반
의 그는 땅바닥에 닿을 정도로 긴 트위드재킷을 입고 보르살
리노 모자를 뒤로 젖혀 쓴 모습으로 등장하여 「오, 지독한 고
통의 날이여」라든가 「돌이켜보니 강변의 풀밭은 너무나 아
름다웠구나」 같은 아리오소(표현력이 풍부한 아리아 혹은 가곡풍의
독창곡)들을 불렀다. 그는 파르지팔은 정신을 잃고 쓰러지려고 한
다와 같은 지문에 따라 연극적인 동작들도 서슴지 않고 했다.
미들랜드 호텔의 오층 객실 안, 심연 위에 떠 있는 유리 설교
단처럼 생긴 그 구석에 앉아 나는 참으로 오랜만에 그의 목
소리를 다시 들었다. 그의 목소리가 얼마나 멀리서 들려오는
지, 마치 그가 끝이 보이지 않는 깊숙한 무대의 측면을 가리
고 있는 배경막 뒤에서 헤매고 있는 것만 같았다. 이 상상의

배경막 위로 한해 전 프랑크푸르트의 한 전시회에서 보았던 사진들이 차례로 나타났다. 리츠만슈타트 게토에서 찍은, 청록색이나 녹갈색의 컬러사진들이었다. 1940년에 조성된 그 게토는 한때는 **폴란드의 맨체스터**라고 불릴 정도로 공업이 발전했던 대도시 로츠에 있었다. 그 사진들은 1987년, 빈의 한 골동품상점에 방치되어 있던 작은 나무가방 안에서 잘 정리된 채 발견되었는데, 사진마다 각각 설명까지 적혀 있었다. 잘츠부르크 출신의 회계원이자 금융전문가였던 게네바인이 리츠만슈타트에서 근무하던 시절에 찍은 기념사진들이었다. 책상 뒤에서 돈을 세고 있는 그의 모습이 찍힌 사진도 있었다. 리츠만슈타트의 시장이었던 한스 비보우라는 사람의 사진도 있었는데, 말끔하게 단장하고 머리를 빗은 모습이었다. 그의 앞에는 꽃다발과 꽃이 담긴 화분들, 케이크와 빵과 치즈 등을 담은 접시들로 꾸며진 생일상이 놓여 있었고, 하나같이 즐거운 표정의 여자친구 혹은 아내와 함께 흥겹게 어울리고 있는 독일남자들도 보였다. 게토를 직접 찍어놓은 사진들도 있었다. 회색이나 물기 먹은 초록색, 혹은 푸르고 하얀 하늘을 배경으로 포석이나 전차선로, 늘어선 집과 판자로 만든 담장, 폐허, 방화벽 따위를 찍어놓은 사진들이었다. 사진들은 모두 이상한 정적에 휩싸여 있었다. 리츠만슈타트에서는 한때 5제곱킬로미터도 되지 않는 땅덩어리 안에 십칠만명의 사람이 살아야 했는데도, 그 사진들 속에서 사람 모습을 찾기는 어려웠다. 게네바인은 우체국, 경찰, 법정, 소방서, 배설물 처

리시설, 이발소, 의료시설, 시체처리장, 매장장 등 본보기가
될 만한 게토의 내부시설들도 사진으로 기록해놓았다. 그러
나 그가 가장 중요하게 생각했던 것은 '우리의 산업', 즉 군수
산업에 꼭 필요한 게토의 사업장들을 보여주는 것인 듯했다.
대개 매뉴팩처 방식으로 조직된 생산시설들 안에서 여자들
은 짚을 땋고, 아이들은 도제들처럼 금속공작대에서 작업하
고, 남자들은 탄환을 만들거나 핀 공장과 부랑자 수용소 같은
곳에서 일하고 있었다. 찰나에 불과한 한순간, 작업 중이던
헤아릴 수 없이 많은 얼굴이 사진기에 얼굴을 보여주기 위해

고개를 들고 있었다. 그들이 고개를 들어도 되는 드문 순간이었다. '노동만이 우리의 길'이라는 것이 당시의 구호였다. 수직으로 서 있는 베틀 뒤에 스무살쯤 되어 보이는 젊은 여자 세명이 서 있다. 그녀들이 짜고 있는 카펫의 색깔이나 불규칙한 기하학적 무늬가 우리집 거실 소파 무늬와 비슷하다. 그 젊은 여자들이 누구인지는 알 수 없다. 뒤쪽 창문에서 스며드는 역광 때문에 그들의 눈이 잘 보이지 않지만, 그들이 모두 나를 바라보고 있다는 것만은 느낄 수 있다. 내가 서 있는 자리는 회계원 게네바인이 사진기를 들고 서 있던 바로 그 자리이기 때문이다. 가운데에 있는 밝은 금발의 여자는 왠지 새색시처럼 보인다. 그녀 왼쪽의 여자는 고개를 약간 옆으로 기울이고 있고, 오른쪽의 여자는 거리낌없이 똑바로 나를 쳐다보고 있다. 나는 이 여자의 시선을 감당하기 어려워 사진을 오래 보지 못한다. 그들의 이름이 무엇이었을까 생각해본다. 로자, 루지아, 레아였을까, 아니면 노나, 데쿠마, 모르타(고대 로마신화의 운명의 여신들)였을까. 물렛가락과 실과 가위를 들고 나타나는 밤의 딸들 말이다.

불모의 역사에 대한 심원하고 먹먹한 기록

   이 작품은 독일 현대문학에서 가장 주목받는 작가로 손꼽히는 W. G. 제발트가 1992년에 발표한 *Die Ausgewanderten*을 번역한 것이다. 제발트는 이 작품을 통해 본격적으로 세상에 알려지게 되었다. '네편의 긴 단편들'(Vier lange Erzählungen)이라는 독일어판의 부제가 말해주듯, 각각 한 사람의 이민자를 중심으로 하는 네편의 단편이 수록되어 있으며, 이들은 모두 어린시절 혹은 젊은시절에 고향을 떠나 외국에서의 삶을 경험한다. 그들 가운데 암브로스 아델바르트를 제외한 나머지 세 사람은 모두 유대인이며, 고향 상실로 인한 고통에서 벗어나지 못하고 자살하거나 자살과 다름없는 죽음을 맞는다. 제발트는 그들의 삶이 그러한 슬픈 종말에 이르게 되기까지의 과정을 특유의 지극하고 충실한 관찰과 깊은 애수의 분위기, 우아한 만연체의 문장으로 그려나간다.

우리에게도 이민은 낯선 이야기가 아니다. 짧게 잡아도 20세기 벽두부터 하와이를 비롯한 미국과 중남미 지역으로 숱한 사람들이 이민을 떠났고, 일제강점기에도 수많은 농민과 독립운동가가 고향을 등졌다. 해방 후에도 더 나은 일자리를 위한 이민이 줄을 이었으며, 여전한 조기유학도 또다른 이민 이야기에 속한다.

다양한 이유로 고향을 떠나 시작한 삶이 당초 기대했던 것들을 충족시켜주는가에 상관없이, 고향과의 단절은 대개 고통으로 남게 된다. 고향이란 무엇일까. 우리는 언제 고향을 떠올리고, 고향을 그리워하고, 또 고향을 잊는가. 고향이라는 말이 연상시키는 것들은 무엇일까. 푸근함, 풍요로움, 때 묻지 않은 인정, 다정한 사람들, 맑은 공기, 아름다운 자연, 친밀한 풍경, 정직한 노동 ─ 우리의 상당수가 떠올리는 고향이란 그런 것이리라. 이 작품에서 인용한 톰 존스의 「고향의 푸른 잔디」(Green Green Grass of Home)도 변함없이 나를 사랑하는 부모님과 애인 메리, 푸른 잔디와 떡갈나무, 행복한 추억이 어린 옛집을 고향의 모습으로 떠올린다. 그런 노래들이 예찬하는 것을 고향의 모습으로 떠올릴 수 있는 사람은 그나마 행복할 것이다. 고향은 지독한 가난, 가혹한 노동, 가족 내의 폭력, 편견과 무지와 편협함, 억압적인 배타성을 의미할 수도 있으니 말이다. 고향이 그런 것을 의미하는 사람에게는 상상 속에서라도 마음 편히 돌아갈 곳이 없다.

그렇다면 우리는 언제 고향을 떠나는가. 크게 나누자면, 더 나은 삶을 찾아 떠나는 경우와 고향을 견딜 수 없어 떠나는 경우를 구별할 수 있을 것이다. 추구를 위한 떠남과 회피를 위한 떠남이 같다고 할 수 없으니 말이다. 그리고 대개의 경우, 추구를 위해 고향을 떠난 사람에게 고향은 긍정적인 것으로 남기 쉽고, 회피를 위해 고향을 떠난 사람에게 고향은 부정적인 것으로 남기 쉽다. 그러나 어떤 경우든, 고향과의 단절 자체는 고통을 수반한다. 긍정적인 고향과의 단절은 당연히 고통스럽다고 하겠지만, 부정적인 고향과의 단절 또한 홀가분한 해방감만 주는 것은 아니다. 고향은 떠남을 강요한 그 모습 외에도 무수한 다른 모습과 기억을 간직하고 있고, 그것들과의 유대나 결속은 떠나는 자 안에 깊은 뿌리를 내리고 있다. 또한 고향을 떠난 뒤의 삶은 낯설고 힘겹기 십상이다. 현재의 고통이 클수록, 고향에 대한 그리움도 커진다. 앞에서의 질문, 즉 우리는 언제 고향을 떠올리고 고향을 그리워하는가, 하는 질문에 대한 대답이 이것일 터이다. 현재의 고통이 크고, 현재의 삶이 의미를 상실할수록 향수는 커진다. 그리고 그런 향수는 고향과 거리가 멀고 단절이 철저할수록 더 절실해진다. 게다가 고향과의 단절을 돌이킬 수 없는 경우, 그런 최종적인 단절은 현재 삶의 상황과는 무관하게 그 자체로서 이미 고통을 낳는다. 이는 퇴행욕망의 경우에도 마찬가지일 것이다. 행복했던 유년시절에 대한, 그 '마음의 고향'에 대한 그리움 또한 시간을 거꾸로 돌이킬 수 없다는 사실 자체로 인해 더 큰 비애를 낳을 수 있다.

그러나 고향의 영상이 현실에서 벗어나고자 하는 욕망에서 비롯된 것일수록, 고향과 시공간적 거리가 멀수록, 고향과의 단절이 돌이킬 수 없는 것일수록, 그러한 고향의 모습은 실제 현실과 멀어지기 쉽다. 고향은 나의 욕망에 의해 구성된 것, 나의 갈망이 투사된 것, 현실보다는 소망에 가까운 것이 된다. 그 그리움이 절실할수록 고향은 고향이 아니게 된다는 역설이 성립한다. 이 작품의 「암브로스 아델바르트」 편에서 피니 이모는 말한다. "나는 외삼촌이 혹시 꼬르사꼬프증후군을 앓고 있는 것이 아닌지 의심하기도 했어. 너도 아는지 모르겠다만, 그 병에 걸린 사람은 상실된 기억을 자기가 만들어낸 환상으로 보충한다고 해."(129면) 향수병도 이와 다르지 않다. 고향의 모습 역시 현재의 욕망에 따라 미화되고 선택되며 구성되는 것이다. 그런 고향은 '어디에도 없는 곳'이며, 그런 의미에서 일종의 유토피아다.

이는 고향의 영상에 나의 욕망이 개입하기 때문만이 아니라 세월이 흐르면서 나도 변하고 고향도 변하기 때문이기도 하다. 나의 습성과 관념과 기호가 변하고, 고향의 사람과 거리와 생활방식이 변한다. 고향과 격리가 길고 철저했을수록, 돌아가본 그곳이 뜻밖의 낯섦과 불편함으로 다가오고, 결국 내가 그리던 그곳이 내 마음속에서만 존재하게 되었음을 확인하게 될 가능성도 커진다. 이때, 변화는 상실로 체험되고, 현실은 우울 혹은 애수의 감정으로 받아들여진다. 좀더 일반화하자면, 모든 가치있는 것, 소중한 것의 소멸이 그러한 감정을 낳는다.

상실과 애수, 이는 이 작품 전반을 지배하는 시선이자 감정이다. 멀어진 고향뿐만 아니라 작품 속 인물과 화자가 경험하는 현실 전체가 상실의 세계로, 애수의 감정으로 그려지고 있다. 쎌윈 박사의 정원에서 자연은 인간의 착취 끝에 함몰되는 중이고, 그의 삶 또한 그러하다. 의사로서 부유한 아내와 결혼하여 풍족한 생활을 누리던 그의 삶은 짐작건대 아내가 그의 유대인 혈통을 알게 된 뒤부터 몰락으로 치닫는다. 결국 그는 지독한 향수에 시달리며 자살하고 만다.

파울 베라이터가 체험하는 세계 역시 다르지 않다. 나치의 등장과 함께 평화로운 삶의 질서가 일시에 무너지고, 이후 전쟁은 인간의 눈과 가슴이 감당해낼 수 없는 잔혹함으로 세상을 파괴하고 유린한다. 전후의 모든 재건도 돌이킬 수 없는 파괴의 흔적을 눈가림하고 있을 뿐이다.

「암브로스 아델바르트」의 경우에는 상실의 세계가 한층 더 구체적이고 광범위하게 그려진다. 한때 호화롭고 찬란한 도시였던 예루살렘은 1913년, 보들레르의 『악의 꽃』을 연상시키는 악취와 폐허와 추함의 세계로 전락해 있다. "온 도시가 저주로 뒤덮인 듯하다. 몰락, 오로지 몰락뿐이다. 쇠퇴와 공허. (…) 가죽 공장의 박피장 (…) 한가운데에 거대한 웅덩이. 응고된 피, 내장 무더기, 햇살을 받아 마르고 타서 거무스름한 갈색으로 변한 창자들……"(176~77면) 몰락의 리스트는 폐기물과 오물과 썩은 웅덩이와 대기를 덮은 독기로 끝없이 이어진다. 일체의 미학적 처리를 거부하는 절대적인 추에 도달한 예루살렘은 문명의 종말을 상징하는 듯하다. 그러한 퇴락과 파괴는 쏠로몬 가문의 몰락에서도 반복되고, 새로운 인간적인 기술로 도입된 판슈토크 교수의 충격요법이 실은 환자의 건강을 철저하게 파괴하는 데에서도 확인된다. 한때는 전설적인 명성을 떨치던 아름다운 휴양지 도빌의 몰락도 마찬가지다. 상업화라는 '파괴중독증'은 세계의 구석구석까지 침투하여 모든 공간의 독특하고 고유한 분위기(genius loci)와 아우라를 유린하고 획일화한다.

「막스 페르버」에서의 맨체스터는 또 하나의 예루살렘이다. 도무지 손쓸 수 없이 거대한 공장들의 폐허로 변해가는 산업혁명의 발상기 맨체스터는 현대문명의 전반적인 몰락과 그것이 낳은 대재앙의 현장이다. 용도를 잃고 폐기처분된 건물, 주민들이 모두 소개된 듯 텅 빈 거리, 유대인들이 떠난 자리에 남은 황량하고 거대한 황무지, 죽음 같은 정적만 감도는 운하. "최악의 대형선박 사고현장"을 연상시키는 것은 운하만이 아니다.(202면) 도시 전체가, 나아가 문명 전체가 좌초한 타이태닉호처럼 흉하고 섬뜩한 몰골로 녹슬어가고 있다. 소위 '고상한 야생인'을 떠올리게 하는 케냐의 마사이족 족장이 수수께끼의 경로를 거쳐 이 도시로 흘러들었다가 초라한 무허가 지하식당에서 창백한 생명을 소진하던 끝에 사라져버리는 것도 이 도시의 불모성을 보여준다. 소설 속 화자가죽을을 기다리는 페르베르 방문한 뒤에 마지막으로 찾는 미들랜드 호텔 역시 한때의 화려한 모습을 잃고 두껍게 쌓인 먼지의 켜에 묻혀가며, 결국 도빌과 마친가지로 상업화의 홍수에 휩쓸려 홀리데이 인 호텔이라는 국제적 체인을 가진 거대자본에 흡수되고 말 것이다.

세계의 실상이 이러하다면, 이 작품에 등장하는 이민자들의 역사도 보편적인 의미를 띠게 된다. 그들은 불법하는 세계, 실향하는 인류의 실발대들이다. 과도한 배만이터와 막스 페르버의 실향은 나치의 발흥으로 인한 것이다. 제주주의와 전쟁, 나치의 인종대학살은 자본주의와 기술발전의 큰 역사의 진보를 낳은 것이라는 순진한 환상을 무너뜨렸다. 오히려 기술문명의 발전과 그것이 초래한 힘의 경쟁과 불균형은 과거에는 상상할 수 없었던 전무후무을 말리하면서 지금도 계속되고 있다. 「암브로스 아벨바르트」에서 테레스와 카지미르가 고향을 떠나야 했던 것은 실업 때문이었다. 물론 바이미르 공화국에서의 높은 실업률에 그 원인이 있지만, 노동이민은 자체는 일시적 현상이 아니었다. 세계적으로 노동이민은 지금까지 지속적으로 증가하는 추세이며, 이는 심화되어가는 제3인 경제적 불균형을 반증한다. 우리 사회가 오래 경험했던 이농현상도 일종의 '국내 노동이민'이었다고 볼 수 있고, 한국인 노동이민도 꾸준하며, 이주노동자들의 한국 유입 또한 급속하게 늘고 있는 만큼, 테레스와 카지미르, 페니, 그

310

리고 독특한 유년시절에서 벗어나기 위해 고향을 떠난 암브로스 아벨바르트가 겪어야 했던 운명은 우리에게도 결코 낯설지 않다. 그리한 이민이 남기는 상흔으로 얼룩진 삶은 현재진행형이며, 비비스가 고향에 올 때마다 출렁대는 무한정한 눈물은 구체적인 경제적 불균형이 극복되지 않는 한, 앞으로도 많은 사람들에게 강요될 것이다.

비비스가 겪는 이별의 트라우마는 그러나 나치에 의해 독일에서 쫓겨난 유대인들이 고통과는 비교하기 힘들 것이다. 쾌르버의 어머니 루이자의 가족처럼 독일의 유대인들은 수백년에 이르는 오랜 세월 동안 독일땅에서 살아오면서 독일인들과의 평화로운 공생과 통합을 추구하고 갈망했다. 루이자의 친척들은 그녀의 고모를 독일제국을 상징하는 '게르마니아'라고 부르고, 유대인 하교의 교사는 독일제국을 찬양하는 교육을 한다. 루이자의 어머니는 엘리자베트 황후가 유대인 문인인 하이네를 좋아했다는 사실에 안도감과 자부심을 느낀다. 유대인들은 독일인 이웃과 독일의 지방신문을 읽으며 세상 소식을 받아들이고, 어린 루이자의 상상의 세계도 독일의 동화들로 가득 찼다. 루이자의 다사다난하고 행복했던 유년시절에 대한 기록을 읽다보면, 유대인 수용소에서 폐기물처럼 공업적인 수준으로 살해되고 소각된 유대인 한 사람한 사람의 몸에 얼마나 많은 사연과 애틋한 기억이 서려 있었던지 새삼 깨닫게 된다. 종교만 달랐을 뿐, 그들은 여느 독일인들과 다를 바 없는 그 고장 사람들이었다. 과율 베라이티가 자신을 박해한 독일땅으로 다시 돌아간 것, 독일군 병사가 되었던 것, 고향 사람들은 증오해도 S시가 자신의 고향임을 부정할 수 없었던 것, 과거의 흔적들을 고스란히 남겨놓은 고향집을 끝까지 포기하지 못했던 것, 그리고 결국 그 고향의 신전을 죽음의 장소로 택한 것이 빼죽 길이 독일인이었기 때문이다. 자신을 유일한 고향에 대한 중요성가 자신에 대한 중요일 수밖에 없는 기마힌 딜레마에서 그는 벗어날 수 없었다. 나치의 의해 가족이 살해당하고 이민으로 삶아버린 유대인들이 그러한 삶이란 죽는 날까지 부단히 자신을 갉아먹는 분노와 가마없고 여쳐구나없는 싸움을 별여야 하는 시지포스의 삶일 것이다. 디스크 수혜의 양거중한 자세로 하염없이 서 있어야 하는 페르베의 모습은 유대인 내면에 대한 상징이며, 매번 중이가 너털너털해지도록 그리기 위 지우기를 반복해도 끝내 그림을 완성하지 못하고 지처버리는 페르베의 자세는 바로 그러한 유대인의 삶에 대한 알레고리다. 완성할 수도, 지위버릴 수도 없는 그림처럼 그는 독일과 화해할 수도, 독일을 잊을 수 단 한번도 밖지 않지만, 독일의 기억은 악엽의 지워버릴 단 한번도 나와 죽는 날까지 그의 삶에 짙은 그림자를 드리운다. 결국 그가 회복에 그려낸다 가끔 실패한 내상은 독일이었는지도 모른다.

페르베가 독일땅을 밟았더라면 어떻게 되었을까. 학생들

을 유대인 수용소로 보내 견학시키고, 선대가 저지른 잔혹한 범죄를 '습관적인 협박' '도덕의 몽둥이'라는 말이 나올 정도로 언론과 교육을 통해 자주 되새기는 오늘날의 독일은 페르버의 분노와 고통을 어느정도라도 진정시켜줄 수 있었을까. 제발트의 대답은 부정적이다. 1991년에 키싱엔을 찾아간 소설 속 화자는 독일인들의 기억상실과 과거의 흔적을 철저하게 지워버린 교묘함만 확인할 뿐이다. 파울 베라이터의 마지막 삶을 함께한 란다우 부인도 격한 감정을 누르던 끝에 나치 시대에 독일인들이 보여준 비열한 태도가 지금도 전혀 달라지지 않았다고 일갈한다. S시의 사람들은 파울 베라이터에 대한 조사(弔詞)에서 나치가 그의 삶을 파괴한 것에 대해 모호하고 성의없이 언급하고 지나간다. 일본과 비교하자면 대단히 모범적으로 보이는 독일의 반성도 나치의 희생자들에게는 턱없이 부족하고 피상적일 뿐이다. 힘에 복종하고 편승하는 군상이 지배하는 것, 그것이 란다우 부인이 말하는 역사의 논리이며 현대 독일에 대한 비판의 요지다. 페르버와 달리 전후에도 고향에서 살았고, 죽는 날까지 고향을 완전히 떠나지는 않았던 파울 베라이터가 결국 자살로 생을 마감한 것 자체가 전후 독일에 대한 선명하고 도저한 비판이다.

이 작품에서 눈에 띄는 인물들이 있다. 나비채를 들고 나타나는 사람들이다. 생기가 소진되어가던 암브로스 아델바르트는 병원 앞 들판에 나타난 나비 잡는 사람을 보면서 잠시

나마 기분이 좋아지는 듯하다. 운명하던 날, 그는 그 나비 잡는 사람을 기다리다가 약속된 치료시간을 놓치고 만다. 그 나비 잡는 사람은 그가 애타게 기다리던 죽음의 사신이었을까? 막스 페르버가 기진맥진한 몸으로 그라몽산의 정상에 도달하여 매혹적인 풍경을 향해 뛰어내리고 싶은 위험한 충동을 느낄 때, 나비채를 든 남자가 땅속에서 솟아난 듯 불쑥 나타나 하산할 것을 권한다. 그뒤 페르버는 거의 강박적인 집착으로 그 남자의 그림을 그리려고 하지만, 그의 모습을 재현해내지는 못한다. 여기서는 오히려 나비채를 든 사람이 페르버의 죽음을 막아준다. 페르버의 어머니 루이자의 회상 속에서도 나비채를 든 러시아 소년이 등장한다. 소년은 정해진 길을 벗어나 자유롭게 들판을 뛰어다닌다. 그녀가 프리츠의 청혼을 받고 머릿속이 하애지는 행복감에 휩싸였을 때, 그 소년이 행운의 사신처럼 그녀의 눈앞에 나타나 수집한 나비들을 하늘로 날려보낸다. 소년은 루이자의 수호천사였을까? 나비채를 든 사람들이 뜻하는 바에 대한 한가지 힌트가 있다. 크레타섬에서 찍은 사진에서 쎌윈 박사는 포충망을 들고 있다. 그 여행을 같이한 그의 친구 에드워드는 식물학자이자 곤충학자다. 쎌윈 박사가 포충망을 든 것은 "기어다니거나 날아다니는 온갖 동물"에 대한 관심 때문이었다.(27면) 결국 나비채를 든 사람들은 모두 파괴적인 문명의 대척점에 있는 사람들이 아니었을까? 자신을 자연의 일부로 파악하고, 자연의 질서를 존중하며, 자연에 대한 순명(順命)을 미덕으로 섬길 줄 아는 사람들이 아니었을까? 암브로스가 애타게 기다리던 것도, 페르버가 강박적으로 재현하고자 하던 것도, 루이자가 갈망한 것도 피폐한 문명의 속박에서 벗어난, 순명 속의 자유로움이 아니었을까? 야생을 회복한 쎌윈 박사의 정원에서 저절로 자라나는 것들이 만들어내는 보기 드문 빼어난 맛, 여기에 제발트가 생각하는 유일한 구원이 농축되어 있는 듯하다. 그런 해석이 틀리지 않았다면, 나비채를 든 사람의 형상은 자신의 숙주를 파괴하여 결국 자신의 죽음을 초래하는 기생생물의 운명을 피하기 위해 인간이 취해야 할 유일한 태도를 상징하는 픽토그램이다. 그리고 그런 점에서 소설 속 인물들이 겪어야 했던 고향 상실과 그뒤의 피폐한 삶과 슬픈 종말은 20세기 초 독일인들의 이야기에 그치지 않고, 인류 전체의 이야기로 확장된다.

제발트는 이 작품 속 인물들을 실제로 만나보았다고 한다. 언젠가 그들을 만나 그들의 이야기를 듣고, 그들이 살았던 곳들을 찾아가본 것이다. 물론 제발트가 서술하는 이야기가 모두 사실인지는 알 수 없다. "나는 일체의 값싼 허구화의 형태들을 끔찍하게 생각한다. 나의 매체는 소설이 아니라 산문이다"라고 말한 바 있는 제발트의 작품에서 허구와 현실의 경계는 분명하지 않다. 그 모호함은 소설 속 화자와 저자 사이에서도 나타난다. 이 책에 수록된 네편의 소설 속 화자들이 서로 나른 인물이라고 볼 이유는 발견할 수 없다. 그리고 이 화자들은 여러면에서 제발트 자신과 합치된다. 「헨리 쎌윈 박사」에서의 화자처럼 제발트도 1970년에 노리치에서 새 일자리를 얻어 근무하기 시작했다. 「파울 베라이터」에서 화자의 고향 W마을은 제발트의 고향 베르타흐(Wertach)와, S시는 제발트가 초등학교를 다닌 쫀트호펜(Sonthofen)시와 이니셜이 일치한다. 「암브로스 아델바르트」에서도 화자의 고향 이니셜은 W이며, 그는 1980년대에 제발트와 마찬가지로 영국에 살고 있다. 「막스 페르버」에서 화자가 1966년에 영국의 맨체스터로 떠난 것도 제발트의 삶과 일치한다. 그뒤 화자가 스위스에서 교사생활을 했던 것이나, 뮌헨의 독일문화원에서 일한 것도 마찬가지다. 이쯤 되면 독자로서는 저자와 화자를 구별할 이유를 찾을 수가 없다. 그러나 다른 한편, 어디에서도 화자의 이름은 명시되어 있지 않다. 게다가 앞서 말했듯이 소설의 내용 또한 현실과 허구의 경계가 분명하지 않으므로 그런 내용을 경험하는 화자가 현실의 인물인지도 불분명해진다. 이 책에 수록된 칠십여장의 사진도 마찬가지다. 오래된 과거의 흑백사진들은 대부분 소설의 내용이 사실임을 뒷받침해주고 있지만, 내용과 사진이 일치한다고 해서 항상 내용이 사실로 확인되는 것은 아니다. 작가가 사진에 적합한 허구적 내용을 만들어냈을 가능성을 배제할 수 없기 때문이다. 초등학교 2학년 시절의 페르버를 찍었다는 사진 속 인물이 정말 페르버인지, 암브로스가 혼자서 쓸쓸한 말년을 보낸 방의 사진이 정말 그의 방인지 우리는 확인할 수 없다. 확실한 것은 그런 소년과 그런 방이 있었다는 사실뿐이다. 소설의 텍스트가 말해주는 것보다 더 많은 정보를 담고 있는 사진들은 독자들을 텍스트를 넘어서는 관찰과 상상으로 이끈다. 그런 허구와 현실의 모호한 경계는 제발트의 작품세계 전반에 걸쳐 나타나는데, 그런 긴장이 그의 작품이 놀라운 반향을 얻는 데 한몫했다고 평가되고 있다. 독자는 그의 작품을 순수한 소설로도, 순수한 기록물로도 읽을 수 없고, 이에 따라 단순한 허구로도, 일회적인 과거의 사건으로도 치부할 수 없는 소설 속 내용에 더 큰 관심을 가지게 되었다는 것이다. 구성된 것이면서도 그에만 그치지 않는, 아지랑이 저편의 풍경과도 같은 고향이 더 큰 향수를 불러일으키는 것처럼, 현실과 허구의 불안한 착종은 독자에게 편안한 향유를 허락하지 않는다. 제발트의 소설들은 강렬한 사실적 인상의 배후에서 진실에 대한 독자들 자신의 탐구와 성찰을 촉구하고 있다.

『이민자들』 초판이 발행된 지 11년 만에 개정판을 내게 되었다. 원고 전체를 원문과 다시 대조하면서 전반적으로 표현들을 개선하고 몇군데에서 발견한 오류들을 바로잡았다. 독자들의 편의를 위해 옮긴이주를 보강하고 외국어 고유명사의 표기법도 손보았다. 특히 흐릿했던 사진들의 화질을 개선하고 크기와 배열도 원서에 가깝게 바로잡았다. 이런 작업이 '개정판'이라는 명칭에 값하는 결과를 낳았기를 빈다.
　　그러나 물론 번역문의 개선작업이란 원래 끝이 없다. 다시 보면 또 개선할 부분이 발견될 것이다. 두번째 개정판을 펴낼 기회를 기대하면서 앞으로도 이 작품을 계속 살펴볼 생각이며, 독자들의 제안도 기다려본다.

이재영

이민자들

초판 1쇄 발행 / 2008년 10월 25일
초판 6쇄 발행 / 2017년 10월 2일
개정판 1쇄 발행 / 2019년 3월 22일
개정판 4쇄 발행 / 2024년 3월 20일

지은이 / W. G. 제발트
옮긴이 / 이재영
펴낸이 / 염종선
책임편집 / 오규원 양재화
조판 / 황숙화
펴낸곳 / (주)창비
등록 / 1986년 8월 5일 제85호
주소 / 10881 경기도 파주시 회동길 184
전화 / 031-955-3333
팩시밀리 / 영업 031-955-3399 편집 031-955-3400
홈페이지 / www.changbi.com
전자우편 / lit@changbi.com